黄沙吹过西凉河

秦天 著

天津出版传媒集团
百花文艺出版社

图书在版编目（CIP）数据

黄沙吹过西凉河 / 秦天著．-- 天津 : 百花文艺出
版社, 2023.4
ISBN 978-7-5306-8374-3

Ⅰ．①黄… Ⅱ．①秦… Ⅲ．①长篇小说－中国－当代
Ⅳ．①I247.5

中国版本图书馆 CIP 数据核字（2022）第 202678 号

黄沙吹过西凉河
HUANGSHA CHUI GUO XILIANGHE
秦天　著

出 版 人：薛印胜　**责任编辑：**赵世鑫
装帧设计：谢蔓玉　**特邀编辑：**韩玉龙
出版发行：百花文艺出版社
地址：天津市和平区西康路 35 号　**邮编：**300051
电话传真：+86-22-23332651（发行部）
+86-22-23332656（总编室）
+86-22-23332478（邮购部）
网址：http://www.baihuawenyi.com
印刷：涿州市荣升新创印刷有限公司
开本：660 毫米 ×960 毫米　1/16
字数：203 千字
印张：15
版次：2023 年 4 月第 1 版
印次：2023 年 4 月第 1 次印刷
定价：59.80 元

如有印装质量问题，请与涿州市荣升新创印刷有限公司联系调换
地址：涿州市百尺竿镇毛家屯工业区中心路 3 号院
邮编：072750

我们总是走得太快，来不及停下脚步回头看看，可人生哪有那么多一路到底，无非是走走停停。承认吧，人生很苦，我们一辈子都在为别人而活，活给别人看。

秦天

一

一辆骡车迎着太阳走上山头，木质的车架上堆放着铺盖、水壶和一些杂物，车头车尾各挤着一人，皆包着头巾，走近了可辨出是一个妇女和一个少年，两双眼睛格外明亮。牵骡的男人走在前面，个子不太高，肩膀很宽，隔着灰色的宽布衫依然能辨出粗壮的臂膀，他的裤腿向上卷起，露出壮实的脚腕，一双灰色布鞋深深扎在褐色的土地里。

男人走得很缓慢，骡子也走得很缓慢。

空气中的风沙染上黄色，沙粒不大不小，但密密麻麻，吹得到处都是，入秋后太阳走得比夏时快，不等骡车走多远，天色又暗了些，远处大片大片的金黄渐渐变红，没有了先前的刺眼，柔和的红晕把苍黄的土地和起伏的山坡染上一层桃色，稀稀落落的树木兀自埋在山峦里，深绿的叶片还沉浸在燥热浓烈的季节里。

落矮的双肘枕在两个弯曲的膝盖上，手掌撑着半边晒得微微发热的脸颊，伸手将紧裹的黑布头巾扯了扯，竟没扯动，许是先前绑得太紧，他发黄的手指解开最外面的一个结后再用力一扯，总算松动些，面巾这才缓缓滑至鼻下。和手指一样发黄的脸上没有多少棱角，两侧浅色的汗毛密疏不均地覆盖在上面，鼻梁算挺拔，五官和大多数北方人一样分明，眼睛不算大，又不至小到一道缝那般，黑白分明的眼球在沙尘弥漫的空气里逐渐模糊起来，深蓝色布衫和布裤洗得发旧，膝盖和手肘处磨得泛白，两条胳膊比袖子长出一截，露出干瘦的手腕。

他在发呆，看着眼前陌生的地方，晶莹的球体纹丝不动，倒映出大大小小起伏的山峦。身后的女人，深紫色的头巾与身上的衣服融成一色，头部被严实包裹着，看不见一根头发丝。女人一条腿搭在车架子的侧栏上，另一条腿则盘坐在铺盖上，双手揣在怀里，时不时微合上疲倦的双眼。

土地的颜色和空气的颜色不同，黄里泛着白，恍惚间更偏白。从山坡下来的路还算平坦，土质较硬，车轱辘没有遇到太多碎石形成的障碍，因此走起来还算顺畅，小路直直向前延伸，逐渐被夹在两座起伏的山峦中间。这里不管多高的山峦都与土地的颜色完美融合，隔得远了甚至分不清山与路，像大把的色块堆砌在一起，模糊成一团。近处的一座半山坡上，除了杨树还有几颗零散的杏树，不太高，尚属幼年阶段的枝条随风舞动，搅拌着周围的沙粒，发出细微的声响。

不知过了多久，视野逐渐开阔，天色也终于完全黑了下来。远处的村落在黑乎乎的山峦上戳出一些细碎的小窟窿，闪现出影影绰绰的光，氤氲着深邃复古的气息。

“落矮，我们快到了。”

一路上沉默的男人忽然发出粗哑的声音。少年双脚一探跃下骡车，走至男人身边。“爸，统万城到底是个甚地方？”

“你爷爷他们住的地方。”落守忠摇摇头。

“你经常去吗？”

落守忠摇摇头，他出生后就被抱养走了，对这里并没有过多的了解。落矮转头问车上有些疲惫的妇女：“妈，你去过吗？”

赵珍漆黑的发卡紧紧裹着深紫色的头巾，风快停了，她也丝毫没有摘下来的打算，她收回一路向外搭着的此时有些酸软的左腿，说：“我咋能去过哩？这又不是我老家！”虽是给落矮回话，但话说到一半视线又转向了拉骡子的男人身上，男人绷着脸没有理会，气氛再次沉默下来。半个月前，落守忠收到老家妹妹落姜的来信。信上说父亲落有名近来身体不大好，一连吃了两个多月的草药，依旧不顶事，这几天连神智也不大清楚了，经常在半梦半醒中叫着儿子落守忠的名字……

落矮没有听到自己想要的答案，回过头来继续向前探着。

不一会儿，村落的影子被遮挡住了，夜色吞掉了地面上的大部分景观，远处一两声狗吠随着周遭的一切偷偷掩了声迹，一股诡异的气息在身边弥漫开来……月亮不知什么时候已悄悄挂在了黑色的幕布上，那么高、那么远，在空气逐渐变冷时泛着银色的寒光，让人不敢靠近。半个月前，落矮第一次听到统万城这个名字，那里有个村子，叫白柳村，是他们的老家，于是落矮第一次有了老家的概念。印象里，老家就是每年过年都要回去的地方，他从小就知道父亲一生下来就过继给了五爷，从此再也没有回过老家。可是，这些他并不关心，他对那个地方的好奇差点搅乱了他平静的生活。

这几天，他总是走神，神游到一个陌生的地方，他想象着那里应该有巍峨的高山，山峰高万丈有余，直挺挺插入云霄；山的深处有高深莫测的庙宇，庙门紧闭，终日不开，庙里可能是世外高人，也可能只是个神祇。找不到源头的顺流而下的白色溪流绕过一棵棵青松，包裹着整座大山。山脚下的屋子与山峦连成绵延的弧线，通身包裹着石灰般的颜色，夏天的风是轻柔的，夹杂着绿草的香气，吹进山谷，阳光跟着错落的山石折射到石壁一角，浸润着温热的水雾……恍惚中落矮听到熟悉的名字，随之而来的是数学老师犀利的眼神。她是个严肃的中年女人，常年穿着一成不变的深色衣服，还有那大框的黑色眼镜反射出内容永远相似的光，不上课时镜片后面无神的眼睛周围凝固着不会流动的空气。他认为这个女人大概是生活不顺，因为她从不注意打理自己枯黄的头发，而是任由它们野蛮生长，半年也不修剪一次，其他差不多年纪的老师即使条件艰苦，也会时不时修理发梢，向后梳一个干净利落的发髻。最让他耿耿于怀的是，她曾到家里来告状，落矮记得当时母亲的表情，说不上喜怒，只是沉默了足足有十秒钟或者更长时间，落矮从门后的位置看到夕阳的光影瞬间从她的脸庞移到了另一边，在脸盆架的右半角停下，发出金灿灿的光。不知是什么样的情绪驱使着落矮从门后面飞似的逃走了，他感到头皮一阵发麻，突然不想知道她们最后的对话。从那天后，落矮对这位老师多了一种奇妙的情绪，甚至有些害怕与她直接视线接触。教室里金色的光从西边窗户探了进来，裹挟着一种似曾相识的压抑感，这种感觉强迫落矮低下了头，因为他猛然意识到那天母亲脸上的表情其实是窘迫和不知所措……

出发的前一晚，赵珍拾掇出一只大木箱子放在桌上，地上堆着一些杂物和几捆麻龙绳，虽然家里没有多少东西需要费大力气打点，粮食也只够支持一家三口勉强度日，但零散的生活用品仍满满当当塞了一箱子。不一会儿落守忠回来了，手里提着拿粮票换来的两斤玉米面，为防止漏掉，他又在玉米面的口袋上多套了一个布袋，然后把布袋绑在大木箱子上，做完这些后他又出去把门外的骡车架好，并抚了抚它头上的长毛。这头骡子是家里最宝贵的东西，比人都金贵，一点马虎不得。收拾妥当，一家人坐下吃饭，饭桌上放了几个玉米馍馍，三碗稀饭和一碟苦菜。三人都不说话，除了吃饭声，还有隔壁嘀嗒嘀嗒的钟声。钟表是个稀罕货，那年头吃饱饭不饿肚子已经很不错了，有钟表的人家更是凤毛麟角，落矮好几次趴在门缝上偷瞧，都被主家逮到，愣是一次也没看真切过。

直到睡觉前，落矮耳边还有那嘀嗒嘀嗒声。即使把被子蒙在头上也无济于事。嘀嗒嘀嗒——没有变快，但比吃饭时更具节奏，好像最后那个音节加大了力道重重地砸到下一个位置，再下一个位置，没有终点一般走向永无止境的环形迷宫。在这样循环往复的梦里，落矮又开始重复白天关于统万城的幻想，只是这次梦里他真的到了那个地方，找到一条长满杂草的陡峭小路，沿着缝隙往山上走，越往前越陡峭，到了四五十米的地方，山路几乎是耸立着，先前的杂草也变成一棵棵不大粗壮的树，根扎在硬生生的土里。落矮觉得自己的身体轻飘飘的，轻易就能从挺立的山脊爬上去，又走了百余步，映入眼帘的是更加稠密的树林，土地变得湿润，还能听到汩汩的流水声，但看不见溪流隐在何地。“寺庙！”落矮瞬间的反应是去找那座高深莫测的寺庙，树林里不时传来雀子叽叽喳喳的叫声，这声音很尖锐，在幽深的林子里伴着回音显得有些可怖，随即几抹灰色的影子从树枝上跃起，一眨眼又钻进了树林的更深处，只留下细长柔软的枝条在轻轻颤动。不知过了多久，落矮闻到一种从未闻到过的奇妙的香味，起初并没感觉，闻得久了觉得鼻腔刺刺的，很浓烈，不知从哪个方向飘来，让人晕乎乎的……

“落矮，起来了！”是母亲的声音。落矮睁了睁眼皮，勉强眯成一条缝，四周黑漆漆的，空气中轻飘飘的话却压得人很沉。

他猛地起身跳下车去，跟落守忠四下打量，面前是一个白色的石牌坊，八九米高，在黑夜里仍能看到通体泛着的白光，许是石灰材料里某种物质在月色下反射出微弱的光，上面有些大大小小的凹凸，看不清具体的花纹和雕饰。

“上面是甚字？”赵珍问。

“看不清，太黑了。”落矮揉揉眼睛，想看得更仔细些，但仍看不清，黑色的字迹自然而然地与黑夜融为一体。“还能是甚字，肯定是统万城嘛！”落矮的话还没落地，落守忠便开口道。

“问你了？就你能行！”赵珍恼道。

“不是统万城是甚？都到了统万城还能写别的地方名儿了？”落守忠有些不耐烦。

“咋不是白柳村？”

三个人再次沉默。

落守忠记得落姜在信上说穿过石牌匾就是白柳村，那座名为统万城的古城墙就在村子的最西边，城墙方圆五六十里地只此一村，穿过白柳村往东走四五十里地是三河村和县城所在。虽说叫统万城，但其实是指白柳村。外地人将这大一片地称为统万城，本地人都叫白柳村。牌匾往前十来米的地方有块同样颜色的大石头，大石头快有两三人高，立在大路的正中央。顺着村口的大路下去，依傍两座夹道的土山脊上人家一户挨着一户，像是在山脊上掏出一个个黑色的洞，有些窑洞没砌外墙，隔着老远能照见煤油灯闪着橘色的光，周围的景象影影绰绰地晃动着。

落矮突然推了推落守忠的胳膊肘，说："爸，前面好像有人哩！"只见不远处有一个白色的影子似乎听到响动晃了晃。

"是守忠哥不是？"人影处传来的是女人的声音，她的嗓门儿又粗又亮，像一声暴雷在夜晚寂静的村子里突然炸开，忽然吹起一阵凉飕飕的风，刚落地的话音又重新陷入了寂静，好像从未发生过这一嗓子的吼叫。落守忠循声加快了脚步，骡子也被牵着小跑起来，发出哒哒哒的脚步声，但略显疲惫的前腿拖着呆滞的后腿跑得并不是很快。

"哎——哎——是——我！"落守忠扯着嗓子应答，"是落姜吗？"

"三哥——是我——我是落姜！"临近了落矮才发现刚刚发出暴雷声的白影竟是一个精瘦的女人，"一吃过饭我就跑出来看你们来了没，路远，你们自己走怕是费事了，可算到了。"她的声音仍是很高，手脚很利索，一闪身带着他们拐进了一个路口，往前八九米只有两户人家，山脊背后的窑洞黑乎乎的。她边走边打量着赵珍和落矮，"这是我嫂子和我侄儿吧？"

"是我！"赵珍笑着招呼，说着又拍了落矮一下，"愣着干甚？叫姑！"落矮瞅着眼前的大人，感觉到背上传来赵珍的力道。

"姑！"

"我的妈呀，都长这么大啦！"女人惊道，不觉又提高了几分音调。落矮往后仰头，下意识地想捂住耳朵。

"吱呀"一声，虚掩着的院门打开了，门开到最大，骡车才勉强进去，和门框发出沉闷的摩擦声。把车架卸下，落守忠将头偏向落姜，犹豫着问：“他——在里面吗？”

“在哩，炕上躺着，起不了身，你快去看看！”落姜说。

屋门很轻松地被推开了，没有发出预想中的“吱呀”声，进屋后大家声音便低了下来，柔和的光隔着窗纸悄悄洒在窗檐下，院内借得一点亮，照出地上大大小小的足迹。屋里好几种声音夹杂着，时而悠长时而凄切。落矮磨蹭着没有进屋，蹲在墙角，远远看着耷拉着毛耳朵跪卧在地上的骡子，走了一路的木架子车安静地停在草棚底下，空旷的天边零星挂着三两颗若隐若现的星，巨大起伏的黑影镶着淡淡的白边遮挡住散发寒气的光源，风带着沙粒没有规律地乱刮，偶尔夹杂着从槐树身上搜刮下来的墨绿色的叶片，远处不知名的鸟叫声拉得老长，像是从巨形黑影的另一边传来，三四声后方才停歇。

落矮想起了五爷，父亲唤他“干五爹”，一辈子没娶妻，更没有子女，周围人都说他抱养个干儿子是给自己养老送终的。五爷在棉花厂做工，那时他们一家人挤在小平板房里，前后总共两间房，中间只隔个粗布门帘，一住就是好多年。五爷的脸不黑，甚至有些发白，衬托得面上深褐色的斑点愈加清晰，斜挑着的水泡眼险些拧进眉头里去，他的脾气很暴躁，嗓子里常年卡着痰，说话时声带黏着厚厚的浓痰发出轰隆隆的声响。每天早上天快亮时，屋里总响起震雷般的清痰声，那声音攒足了劲儿，似乎把整个胸腔的气都凝在了一起，在粗短的喉咙里悠长地翻滚、蓄力，末了，涌到嗓子眼儿汇聚，一气呵成，犹如天崩地裂，常把一家人从梦中惊醒。他的腰上总是缠着用来保护肠胃的厚厚的“裹腰”，但落矮认为裹腰的真正用处是挂烟袋和藏钱。落矮偷偷翻过几回，每次都被五爷抓个正着，有一次五爷还因为这事大发雷霆，甚至拿起扫帚狠狠抽了落矮几把子，但打完后又总要从裹腰里面掏出个钢镚给落矮买糖吃。胡萝卜加大棒，几回下来，落矮倒也习惯了，只觉他脾气坏但心肠不坏。

没人会想到五爷最后是被一口痰卡死了。同样没人觉得奇怪，只余下可惜。一口小小的痰都能把人噎死？落矮曾听五爷说过：“生死不由人，得认命！”由不由人，落矮不知道，但能肯定的是不能小看喉咙里的痰——真要命！

落矮蹲了很久，久到双脚发麻，最开始鼻腔干燥的空气和黑棕色土地溢出的土味也渐渐消散了，直到屋里男人的一声粗吼，打断了他的思绪，紧接着是女人更加尖锐的哭喊声，比暴雷更加猛烈地划破了整个黑夜。落矮一惊，赶忙跑进屋里，便看到炕头上躺着一个穿着灰布衫的老头儿，白色的头发乱蓬蓬地散在枕畔，露出不大挺拔的耳朵，脸型消瘦窄长，皱纹由额头上的横形“川”字向下延伸成竖形“川”字，曲折的沟壑中长出深深浅浅的褐色斑点——和五爷很像。这是落矮的第一反应。老头儿的眼睛紧紧闭着，因而看不到瞳孔的颜色，鼻头有些干涸凝固的深红色血痂，嘴唇紧抿，周围银白色的胡子拉碴在核桃皮般黑黄干燥的皮肤上闪着亮晶晶的细点。灰布衫下盖着军绿色的薄褥子，有些褪色的布面印有一圈一圈浅浅的水渍。褥子下露出一双宽厚的脚掌，脚背肿得老高，枯黄的皮像充了水般涨起，黑色的脚趾甲又宽又短。

落矮站在落守忠身后不敢再靠近，看着他抱着头啜泣，还有被赵珍扶着号啕大哭的落姜。时间好似被一秒一秒地剥开，定格在这悲伤沉重的气氛里。落矮不自觉地想起了隔壁那家的钟表声——嘀嗒嘀嗒，以前只觉得那声音让人难受，它走得太慢，钟脚太重，现在才知道这世上没有什么比在这无形无声的漫长时间里停留更令人痛苦了！他不知道自己该干什么，或许应该像上次五爷走时一样——跪下磕上几个响头。四五个人的现场太过混乱，人人都忙着发泄自己万分悲痛的心情，丝毫没有注意到炕台边的灯芯越燃越亮。地上一只黑色的地虫钻到落矮脚边，随即被一脚踩死，留下污浊恶心的干扁尸体躺在灰土里。

二

落矮不知道夜是怎么过去的，总觉得稀里糊涂的，一晚上没睡也不觉得困，反而很清醒，脑子里仍挥散不去五爷的样子，一幅幅场景来回闪动：他就那么坐在平时常坐的墙根儿下，屁股底下不垫任何东西，黑色的老布衫穿得发旧，袖口处磨得发亮，和同样灰扑扑的几个秃头老汉一起撇闲话，他们的头顶上飘着同样味道的淡色烟雾，几张脸出奇地相似，如同他们身上的衣服一样老得发旧。碰上下雨天，他们就换个淋不到的墙根儿继续坐着，在雨幕中隔着淡色烟雾，眯起的水泡眼若隐若现，只要有烟抽，一坐就是一天。每到吃饭，五爷总要拿个搪瓷缸，灌满水，再往里丢几片陈茶叶子泡上，一边吹气一边喝，每喝一口都要发出“啧啧”的声音，水泡眼享受地眯成一条缝。落矮想起昨夜看到的那双脚，很像五爷的脚，肿得老高，布鞋的脚背被撑起奇异、突兀的弧度，走起来姿势滑稽，动作沉缓，每晚总要在盆里泡上些黑乎乎的枯草枝，用手搓着消肿。落矮捏了捏手里的杨树叶，把它放在眼皮上静静地想，大概人老了都会变成这样。

炕上，落守忠动作娴熟地用温水兑酒给落有名擦洗身体，这本不该是一具陌生的尸体，皱巴巴的干皮包裹着清晰可见的骨骼，皮屑掉了一地。换上老衣后，落守忠和赵珍把人抬放在窑洞里间铺了干草的木板上，头朝里，脚朝着门口的方向，并在脸上盖了一张不大不小的麻纸，又找出一个方形的小木桌，用碗盛满黄米，中间插上一根指头般粗的香。做完这些，落守忠才坐下缓了一口气，他没有想到紧赶慢赶最后还是只见到父亲的最后一面。对于这个家，他一直有一种复杂的情感，没有过半点相处却被血缘关系绑得死死的。他不了解落有名，不了解落姜，这种彼此的不了解让他迟疑了很久，即使他清楚地知道在干五爹走后，自己就该早早回来尽孝……他看着落姜白色的影子从门前闪过，消失在幽静的黑夜里……

天渐渐亮了，晨曦的微光吃力地攀爬上一座座山头。院里进来十来个人，都是落姜找来的村里乡亲，乡下的汉子们都是干力气活儿的好手，他们进了院二话不说就开始帮忙收拾东西，将落有名的铺盖卷起来，放在院墙头上。这是白柳村的习俗，只要哪家人的墙头上放着铺盖卷，路过的人总要进来烧两张纸钱以示尊重。汉子们又从各家搬进来一堆木头、架子、厚厚的帆布以及成捆的绳子，他们三三五五地在院门口搭起了帐篷，不一会儿，几个妇人拿来些粗砂白布和麻绳开始裁起了号衫，逝者的亲属都是要穿的。

阳光透过薄薄的窗户纸，短暂地洒在了落有名的身上，落姜跪在一旁静静地看了好久，这是父亲最后的光！她觉得自己已经失去了所有能失去的东西，又感到一块沉重的石头重新落在肩膀上，将她狠狠地压倒在地上，不留一丝喘息的机会。她麻木地站起身，走进里间屋收拾遗物。炕上两只大木箱子里除了一些旧被褥，只剩下几件男式外衫和袄子，地上的柜子里有几双布鞋和生活用品，抽屉里放着几个旱烟袋，一柄磨得很旧的长长的烟杆，父亲这几天病重，就再没用过这些东西。桌上的三包用油皮纸包裹的草药让她陷入了纠结——她认为这些草药说不定以后还能用得到，毕竟老爹去了那边再不用吃药了……她的动作极慢，把几件穿旧的壮袄、壮裤仔细叠好，再把手巾、搪瓷水缸、羊角梳放在单独的纸盒里。不一会儿，落姜的眼泪还是不受控制地流了出来，号一声“我的大吆——”，接着揣起袖子在眼角抹两把又继续收拾。

落矮看着落姜，这是一个三十几岁的女人，身形消瘦，穿着白布衫，黑布裤子，松垮垮的，脚踩双乌布鞋，头发有些泛黄，头缝笔直，辫子朝后紧紧捆着，一夜也不见松散，前额稍有些宽，眉梢和眼睛里带着失望的神情，细长的鼻子下的嘴唇发紫，早没了初见时的精神气，整个人笼罩着巨大的悲伤，唯一不变的是依旧洪亮的嗓门儿。

落有名的侄子落守昌和落守祥连夜出去把前两年提前打好的棺材拾掇出来，叫了几个粗壮的汉子抬进院来，棺材一头大一头小，足足有七尺长，外面没有多余的花纹，棺身简简单单，四下皆用比大拇指还粗的绳子捆着，上面四角留下四个圆圈，两根坚实的木桩穿孔而过，扛在汉子的肩膀上，抬到窑洞门口缓缓放下。落守昌把一些金色和银色的纸放在棺材底，又撒了五枚铜钱，铺了一层厚厚的褥子。另一边，落姜从老式木柜里取出一个饷洋，用酒洗过后小心翼翼地放进落有名嘴里。之后，落守忠和几个男人把地上的人小心地抬放进了棺材里，又盖上褥子合上了棺盖。

院里的帐篷基本上搭好了，朝地里栽几根棍棒，上面盖块厚实的硬帆布，用粗绳捆住，一缠一绕套成死结，一群汉子再将棺材抬放进灵棚内，下方四个角各垫几块砖，与地面隔开一道缝隙。一个方形小木桌摆放在棺材前。

村里的唐飞拿进来一只刚杀没多久的鸡递给赵珍。来之前他已经把鸡毛剃干净了，一只鸡虽然宝贵，但有名叔生前待他极好，这些年没少照顾他，此时这只鸡便是他最后的报答机会。赵珍看着眼前收拾干净的鸡，感动得连连道谢，双手接过来把它放在供桌上的餐盘里。落矮蹲在一旁直勾勾地盯着盘子里的鸡，这只鸡没有头，两个翅膀左右各插着一根木棍，形状十分怪异。“这是引魂用的鸡。”赵珍一边解释一边把落矮推出灵棚。

“落矮！”落守祥跟着抬树杆的后生走进来，对刚从灵棚出来的落矮招手。落矮记得这个男人——很高的男人，叫落守祥，他大概是到现在为止落矮在这个院里见到的最高的人了，约莫三十几岁的样子，背略略有点弓，可以想象他要是把背挺直了会有多高。他的脸型狭窄，人中很长，鼻子和嘴唇的线条很清晰，但下颌却短短的。

“你爹妈一会儿要去县上置办物事，你往我家走，落阳、落明在家，你们几个弄点儿吃的垫垫肚子吧。”落守祥说着朝东边院墙指了指。“出了门一直朝东走，出了路口南拐第一家就是了，不远，赶紧去！”落矮回头看了一下屋里的落姜，有些犹豫，“好小子！快去，不要和落阳斗阵啊，他若是敢欺负你，你告诉叔，叔打死这尿小子！”落守祥催促道。

落矮照着男人指的方向从门口出来，一路上左瞅瞅右瞅瞅，视野逐渐开阔，心却压得紧紧地，回想起突然发生的事情，他不知所措。白柳村的样子清晰地摆在眼前，天蓝得清澈，比袁县要蓝上许多，水洗一般的蓝色幕布里飘着大片大片白色的云团，看起来壮得鼓鼓的，没见风沙，但不管是山、路，还是树，都和昨天来的时候一个模样，黄里透着白，远处一个一个窑洞紧紧靠着一座座山峦，像天生就从那里长出来似的，窗户纸透出亮眼的白光，装点着高低起伏的山峦。路畔的锦鸡儿紧紧黏着褐色的土地，绿色丝状的根茎打横匍匐着，枝头开出一朵朵淡紫色的小花，中间金黄色的花蕊向外延伸，想和周围艳粉色的地角儿苗的花瓣一较高下。

落矮到了落守祥所说的地方，木板门紧紧闭着，两个圆形门闩一左一右挂在胸门上。“哐哐哐”，落矮用门闩拍了拍。半晌还是没人应声。“哐哐哐哐哐……”又是几声。

“谁？”这回院里传来了男孩沙哑的嗓音。

“我！”落矮答。

“‘我’是谁？”门内人道。

“你是落阳还是落明？”落矮话音刚落地，门“哗啦”一声从里面拉开了，开了一个不大的缝子。一个比落矮稍矮一点的男孩从门口探出一颗圆圆的脑袋，男孩晒得很黑，头黑，脖子黑，开门的手也黝黑黝黑的，圆溜溜的眼睛里闪出琥珀色的光，灰色的淡眉轻飘飘地浮在眉骨上。

“我是落矮！”落矮看着门里的男孩说。

男孩此时也打量着落矮，像是放松了警惕，门也拉得更开了。说罢便扯着嗓子吼：“哥——哥——哥！”

落矮听到‘哐啷’一声，紧接着一个比落矮高出半头的男孩站在门口，“吼叫甚了，吓我一大跳！”男孩稍白一点，头发剃得极短，头皮略发青，厚厚的唇有些泛白，一张嘴就露出满口灿白的牙齿，赤脚趿拉着双鞋，表情阴沉沉的，明显心情不悦。

“落矮！”落明指着落矮说。

“你爸让我来的。”落矮道。“我知道你，他昨晚出门时说二爷走了。”落阳说着把门打开，待落矮进来后又把大门小心地关上。

“你见过死人了？”落明凑近落矮，放低了音调，声音里带着紧张的情绪，像是在说什么不得了的秘密。落明对这样的事物充满着一种独特的兴趣。实际上对于不能完全理解以及人们避讳不谈的事物，人们都会有这样一种特殊的情绪，这种令人恐惧的背后是仅凭自己看到的、听到的零碎片段所产生的奇妙臆想。落矮也有这样的感觉，只是当那个人实实在在与自己血脉相连时，就会有不一样的感觉，这种感觉隐隐约约要有一个答案，就在前面，迟早要浮出水面。

“那是二爷！”落阳在弟弟落明的后颈一拍，表情依旧阴沉。

“你怕吗？”落矮问。

“你才怕呢，我可不怕。”落明脸涨得红红的。落矮没立刻出声反驳，只是没继续搭话。

落阳沉着的脸终于有了变化，他突然“嗤”了一声，对弟弟落明说：“你就是怕了，胆小鬼！”

落明一听来劲儿了，于是立马反驳：“我真不怕，不然给你证明。”

“怎么证明？”落矮有点好奇。

“李拐子在你家不？”落明想了想，突然问。

落矮纳闷儿：“李拐子是谁？”

“李拐子就是拄着拐棍儿的男人，走路一瘸一拐的那个，头发老长，到这儿！”落阳说着在肩膀处比画了一下。

“不对，到这儿！”落明突然指着胸前的位置出声反驳。

落阳又在落明头上敲了一下，说：“你知道甚？他早剪头了！”

落矮并不想知道这个李拐子头发到底多长，剪没剪头，因为他根本没有见过那个长头发的男人，要是有，他一定会有印象，甚至毫不掩饰地打量一番。落阳忽然表情严肃地说：“见到李拐子你可要躲远点儿，他会打人呢！你别看他腿瘸——那就是他跟人打架打断的！”说着俯身到落矮耳朵旁，“听说他还杀过人哩！跑到这儿躲仇家来了。”落矮想这个人兴许是外貌可怕，脾气坏，加之身体上的残疾才会让人退避三舍，万万想不到竟然还有命案……他忽然感到后背一阵发凉，回想起不久前在黑暗中感受到的诡异气氛，猛地打了个哆嗦。统万城这个地方和他想象中的样子完全不同，没有高大的建筑，没有清澈的溪流，只有满眼望不到尽头的黄土地，卷起的沙砾，悲伤陌生的亲人，现在还多了一个让人毛骨悚然的李拐子……

另一边，纷乱的院里。一个佝偻背的老汉走来走去，众人唤他“王阴阳”——统万城最懂阴阳风水的人。他穿着一件深灰色粗布夹大褂，老式花样，戴着个玳瑁边的大眼镜，镜片后面的眼睛眯成一条缝，厚厚的嘴唇开开合合，叽里呱啦地念叨着什么，灰黄的“八”字须也配合着一抖一抖的。他的手里拿着几张叠得齐整的黄纸，有些是三角形，有些是不规则的四边星、五边形，上面依稀可见黑色的花纹。来回走动的裤腿被裹得紧绷绷的，露出双小脚，在念完长长一大段咒令后继续向下一个位置移动……最后，他在窑前站定，和另一个带着黑布檐帽的老汉低语。这老汉名叫落有财，是落有名的弟弟——落守祥的爹，在白柳村有些能耐，早些年跑到很远的地方倒卖过药材，天南地北一走多年，后来到山上挖药材时不小心从山沟沟栽下去，摔坏一条腿，把能找到的药材都吃了一遍才勉强能走，但走起来仍是一瘸一拐的。多年来落有财见的人多，说话办事很有一套，跟谁相处都很周到，才一个上午就让原本乱糟糟的场面井然有序了起来。

等两个老汉叽叽喳喳地说完，落有财恭恭敬敬地把人送了出去，一直送到大路口才回来向院里忙碌的人们吆喝："亲戚邻家们，有这么个事我给大家伙说说，刚刚，咱王六爷已经算好日子了，九月初八，算上今天拢共还有七天，队里的事情忙完，有空的就过来搭把手，家里有活儿的就这几天抓紧安排，有劲儿的汉子们过来相哄，婆姨女子们不忙的也拿上咱的案板菜刀过来，给大家亮亮你们的本事！"

院里瞬间炸开了锅，七嘴八舌地问落有财："落三叔，照你这么说，那没本事的咋办呀？是不是得躲在圪崂崂不敢出来哩！"说话的是刘小岚，皮肤黑黝黝的，唯独脸红扑扑的，大花眼，个子不太高，圆肩头，二十七八岁的样子，一笑嘴就咧开，露出一排整整齐齐的牙齿。众人都跟着起哄："岚子说得对！""落三叔，你就给'能人'好好分，我们这些瘦的跟麻柴杆一样的男人做不了饭，到时候直接过来吃席子？"生产三队的小队长郝小替说。

落有财咳嗽了几声，笑了笑，说："岚子，你家老汉在外头做营生，家里金宝儿要是顾不过来你就甭来了，少你一个也不误事的。"说罢扭过头，佯装恼火训斥："郝小替，你跟岚子能比了？你也真能操闲心，里里外外这么多营生，还怕没你的份儿？你放心，你不找活儿你落叔我也来找你呀，到时候可不要躲到山圪崂不敢出来，看我到时候不打断你的腿！"

郝小替也不怕，呵呵地笑着说："落叔，我看你是嫉妒我有条好腿！"大家伙儿听了手里的活儿也慢下来，笑着拍手看热闹："落叔，小替这孙子胆子肥了，都敢调笑你了，上去揍他……"

“不怕，郝小替这灰娃，迟早挨收拾。”

院里气氛欢快起来，你一言他一语，叽叽喳喳地闹着，同一个院子，今天和昨天俨然是两个世界。中午，郝小替和李飞在院里支了口锅，几个隔壁住的婆姨在炕栏边的灶台上擀了几捆粗粮面，在大锅里咕噜噜地煮开了，大团大团的白色烟雾从锅沿边不停地往外冒，然后膨胀，变淡，最后消失于虚无。“咚咚咚”剁上几根葱，泛着白光的菜刀飞速闪动，和案台快速地接触，一眨眼又分开，洋芋被切成指甲盖大小的碎丁，纱布沾点儿油在锅上抹一把，泛点儿油花，加几片白菜叶子，开水加盐炝成汤，拌上一盘萝卜咸菜，一盘黑野菜，二十来个人端着碗坐在院里砖垛子上，男人们圪蹴在地上大口大口地吃了起来。

太阳高高挂着，将从盛夏带来还没用尽的热气从铅色的大气层源源不断地传递到地表，毫无保留地献给山洼、山沟，远处起伏的山峦一层叠着一层，硷畔上满树的叶子在淡黄色与棕黄色之间犹豫不决，田野在起伏的褐色里夹杂着金黄的小块，雀子飞来飞去，从山下到山上，在阵阵叽喳声中消失不见。

落守忠回来了，身后拉了一捆丧事用的物件，一个五色的主幡，两个流金纸制成的金幡和银幡，这三幡只在顶端加了长弓，弓上各安了一个鹤头，下垂有用纸花做成的“瓔珞”，几个人过来用铁丝把三幡绑在树杆上，插在灵棚两侧，长长的幡子顺着高高的树杆垂了下来，不时随风飘动。落矮被唤过去穿上号衫，头上戴个号帽，帽中央缀着一个小小的红色布条，腰间用粗麻绳系着，长长地直拖到地上。院里的人也都换上了款式不一的号衫，有长的、有短的。祭桌前放一个大铝盆和一些垫子，放香火的碗边多了一根粗长的蜡烛，安静地燃着，一根能燃一整天，名叫“长明灯”，用来给亡灵指路的。

三

夜深了，灵棚亮着，灯芯忽闪忽闪，发出幽幽的光。窑洞外间围坐着一家人，操磨了一天一夜直到现在，所以个个儿都是灰头土脸的，此刻已经将疲惫都写在了脸上。落有财点了一杆旱烟袋，吧嗒吧嗒地抽着，浓郁的烟圈从烟头扑腾扑腾往外冒，不一会儿就把整桌人笼罩了，大家像在云里雾里浮动，轮廓从清晰到模糊，又从模糊到清晰，煤油灯下一张张蜡黄的脸时隐时现。“咱老落家人丁不算兴旺，你们老爷儿就养了我们四个兄弟，妈养老四的时候走了，就剩下老爹一个鳏老汉拉扯我们兄弟，不等老四大些他也走了，有富大哥一个人拉扯我们三个拖油瓶儿，每天都吃不饱饭，天天跑到别人家里干活儿，能混的吃上口饭都不错了。”落有财说着指指对面的落守昌，“守昌，那会儿是你爹一个人扛起了落家，你想不到他吃了多少苦呀！”落守昌枯黄的头发丛中闪着几根银丝，他对落有财说的故事没有多少感触，但从记事起就一直过着苦日子，好在白柳村没打枪，让他扛过了满是炮火的年代，穷就穷一点，饿着肚子总比送了命强，现在是新时代了，他更不爱提以前的老账本了，因此听着落有财的话，他的心思早就不知飞到哪儿去了。

落有财继续说：“等我和二哥大些了，也出去给人家喂猪、放羊，那会儿前梁儿庄的张叔看我们过得苦，每次还背着张婶子偷偷给我们两兄弟揣块玉米面饼，那可是好东西，我们舍不得吃，拿回家给大哥，大哥也舍不得吃，最后让给老四有缘了。”他端起水缸子抿了一口，“除了大哥念过几天书，我们都没念过书，我和有名哥都是半吊子，后来才认得几个字，我们三兄弟发誓一定要供有缘上学，不然对不起地底下的老娘。老四争气，回回考第一，当年整个白柳村谁不说有缘聪明。”落有财说罢，高兴地竖起了布满裂痕的大拇指，嘿嘿笑了起来，没了白日的精气神，此刻他脸上的褶皱活像一块沾了灰的枯树皮，一笑就要裂开似的。笑罢，他又深吸一口烟，再缓缓吐出。“老天爷薄待我们落家，几辈子没出过一个哈人，没干过一件脏黑事，为甚要对我们这么狠？好端端地收走了有缘，那才是个十六岁的娃娃呀……他那么聪明，没干过一件坏事，对这个家更没说过一句不是，为什么他就从那山沟沟上跌跤跌下去了？那么多人为什么旁人都好好的，就他出事了？他不是娇生惯养的，从小就在那儿耍，十六年都好好的，为甚突然……突然就死在那儿了？”豆大的泪珠从落有财的眼角滑落，在纵横交错的枯树皮上顺着纵横交错的沟渠四下流开。“他还那么小，都没长成人，他本该是我们老落家最有出息的人……他太好了，好的连老天爷都嫉妒了，着急忙慌地要把他收回去，收到老爹老娘跟前尽孝去了……”

夜晚的风凉飕飕的，顺着半掩的门缝钻进来，摇晃成各种各样的影子，落有财的头发跟着虚影闪了闪，抬手揉了揉眼，继续说：“没几年有富大哥也走了，身体本就不好，又受罪搓磨了这么多年，他还不到三十岁……那时起这个家的支柱就倒了。谁也想不到没过多久，大嫂竟跟人跑了！有名哥出去寻了两个月都寻不到人，到县城里打了好几个来回，却连半个人影都没有找到。有富大哥就这样撂下我们，我们哥儿俩相依为命，还有守昌一个三岁不到的碎娃娃夜夜哭——逢人都说是个夜哭郎哩！”守昌抿嘴苦笑。“落家的女人都命薄，年纪轻轻的都去那边了，守忠、守祥也是从小没了妈，现在又……”说罢他对着守忠道：“你莫要怪罪你爹当时把你送走，当时实在是穷，养不活……他一辈子老实，天天蹲在地里，真真是靠天吃饭，那几年赶上统万城大旱没收成，你大哥二哥都费事养，哪能养起你，后来情况好些了才有了落姜。他当时准备把你接回来，但是五爹不放人，死活要让你给他养老送终，我们也没有办法，谁让你是人家养大的呢？再后来，你大哥跑出去参军没回来，你二哥又出了意外……你们这一房就剩你和落姜了！”

一旁的落姜一言不发，惨白的脸在昏黄的灯影下依然像薄纸般脆弱，熏红的皮死死地定在眼眶上，眼神早已飘往别处，游离在看不见的空气里，她有些发晕，舌头僵硬，向前伸了伸，倏地抵在牙根上，干涸的嘴唇紧紧黏在一起。直到落守祥把热气腾腾的水递到她手里，她才有了反应。

落守忠听罢忙摇头，说：“我没怪，我都知道，我管别人叫了一辈子爹，自己的爹临了才见上一面……”说着哽咽起来，他分不清到底愧对的是落有名还是别人，更像是自己给自己上了一道死活挣不开的锁。他知道落有财今天把大家叫到一处就是为了当着所有人的面，把以前的事情说清楚，行行道道都画清楚。他怕自己心里有疙瘩，也怕自己和这些兄弟姐妹有隔阂。说实话，这些年自己和落守昌、落守祥，以及正在路上的落守吉，甚至是落姜都几乎没有来往，而人与人之间的关系是靠一天天相处处出来的，日子磨得久了，才能自然而然产生感情，父母亲人也是一样，从小不养育，长大不来往，关系自然而然也就淡了。在他看来，血缘可以维系亲情，但有时候亲情并不完全依靠血缘来维系。他清楚地明白即使今天这场话没完没了地谈上三天三夜，他们之间也不会马上就变得亲密无间，但他从心里由衷地感激落有财，因为今天这场话无疑是一个良好的开端……

落有财看着落守忠语重心长地说：“好孩子，我知道你心善，和你爹一样，一看就知道是孝顺的，你现在回来了，就跟着守祥他们在二队好好干，这个家现在交到你手上，你也有婆姨娃娃，就剩落姜这么一个妹子，她可是你亲妹子，你一定要把她照看好呀！”他又看向落姜继续说：“你知道落姜命不好，头前那个男人是个好后生，就是命薄，落姜嫁过去还没半年就走了，她那个瞎眼的婆婆吴老太非说是落姜克死了她儿子，竟处处刁难……”说着摇摇头，叹了口气，“姜啊，这段时间过去了你准备咋办？”

落姜回过神来，说：“我不是过得好好的吗？这些年咋过的以后还咋过，况且现在三哥他们也回来了，我甚也不怕了！索性就回来住！”说着抹了把眼泪。

“胡说！哪有小姑子一直住在哥哥家的？”落有财闻言呵斥道。

落姜愣了愣，半晌没反应过来，刚要开口说话，落守祥戳了戳落姜，落姜看了一眼落守祥又看了眼落守忠才把话咽了回去。

落有财紧接着说：“守忠，你刚回来，哪里晓得这山村里的弯弯绕绕，你爹就落姜这么一个心结，我要是不管，不是叫世人戳我脊梁骨吗？这种事我可干不出来！”说着弯腰在桌腿上磕了磕烟灰子，收了烟袋准备起身，出门时转头吩咐落守忠，“你爹的后事你不要操心，有我们在，你守吉哥正往回赶，青海实在是太远哩，要几天才能回来……”落守忠点头应下，随即落守昌和落守祥跟着招呼了几句也起身回家了。

人刚走，落姜就去灵棚照看，赵珍趁没人拉住落守忠，说：“刚刚有财叔说到落姜的时候你怎么不说话？我听说她可是被那个吴老太欺负得厉害，干脆让她回来算了！”落守忠坐在炕栏边，说：“你以为我不想？可毕竟那是她婆婆，要是就这么回来保不准被村里人戳脊梁骨，往她头上扣屎盆子，你没听三叔说村里弯弯绕绕不少，咱们刚来，再看看吧……”

出了门，落守祥拉长了脸，说：“爹，刚刚为甚不直接跟守忠哥说让他把落姜接回来？”落有财听罢紧锁着眉头，说：“这事你不要管了，还有守昌也是，你们是她亲哥吗？现在守忠回来了，那才是她亲哥，你们跟落姜虽是一起长大的，有感情，见不得她受罪，但这事轮不到你们出头，我看守忠是个有主意的，而且现在这家是他在当，且看他咋办，你们以后千万不要再提这件事，不要再乱指点……”落有财又朝着落守祥指了指，“尤其是你！你以后不要老跟在落姜后面瞎掺和，看好你那两个儿才是要紧事！”

落守祥撇撇嘴，没再言喘。从小到大，他一直把落姜当成亲妹妹看待，先是那个“冯日能”，再是梁小冰，这些年她过的是什么日子，他心里最清楚不过了，前段时间他就听到村里有人说那个吴老太又在刻薄落姜的事，当时二叔落有名病得厉害，他就暂时把这件事撂下了，现在正是解决这件事的好机会，所以他不理解他爹有什么好顾忌的。看着前面落有财的背影，他蹙起眉头，是因为落守忠吗？想到落守忠，他的眉头微微舒展，虽然以前从没和这个堂哥打过交道，但是通过短暂的相处，他觉得落守忠不是那种凉薄的人，不至于亏待自己的亲妹妹。但是转念又想，人心哪是这么容易就看透？那层肚皮岂是白隔的？想到落姜以后的日子，他又不免担心……

夜里，落矮从灶房锅盖底下翻出个黑面馍，掰了一半，剩下的压在锅盖下的盘子里，啃了几口去后边的屋子睡了。这几天忙乱，都是随便找个地方倒头就睡，赵珍落矮母子在灶房后面的屋子凑合，落姜回去照看吴老太，落守忠守夜，在灵棚里铺个毛毯，照看香火，不让长明灯灭了。办丧事最是搓磨人，百里不同风，十里不同俗，隔得远一点，讲究也不一样，有些人家算日子好几天都不得空，十天半个月也没个好日子，还有的半年都不能办事情，只得把日子算到明年，先埋进去，墓口不封，在外面留个口子，子孙后代时时过来照看，等来年日子到了再行操办，下葬宴客，才算圆满。

夜已深，吴老太早早睡了，隔壁屋的落姜却翻来覆去怎么也睡不着，确切地说，从落有名去世后她就没安稳地睡过一觉，她心里装着太多事，一闭上眼睛，就能看见以前的、还有这几天的场景和片段，有好多人，落有名、梁小冰、婆婆吴华，还有冯世春。

空气里氤氲着奇妙的香气，这种味道不知从哪里飘来，在跌宕起伏中愈加浓烈，隔着四处弥漫的云雾，迷迷糊糊中她又看见落有名了，他还是穿着平日里那件旧布衫，坐在炕栏边，右腿搁在左腿上，一只胳膊揣在怀里，粗糙皲裂的手里拿根烟杆，抬起手招呼她进来吃饭，她走到跟前一看，炕头灶台上坐的锅里空空如也，连一粒米都没有，冷锅冷灶的，下面没有烧火，干柴整齐地垛在一旁。不等她问，落有名就从炕上铺的毛毡底下掏出一个用汗巾包裹得严严实实的东西递给她，打开一看是些钱，除去几块钱，剩下的都是一些零钱和钢镚。“过年了，这是给你的压岁钱。”眼前的落有名咧着嘴笑说。落姜摇头拒绝，心想我要甚压岁钱？哪有这么多压岁钱？天突然变得很亮，落姜觉得哪里不对，她刚从外面回来，一路上杨树的叶子绿油油的，隔得老远依旧能听到打谷场上的吆喝声。大脑混混沌沌来不及思考，转眼落有名已从炕栏下来了，腿上是一条肥大的黑棉裤，小腿用绑带绑得紧紧的，他拿起毛掸子在腿上扑打几下，弯腰在地上拾起一双乌布鞋往脚上穿，但好像并不顺利——鞋子不合脚，怎么也穿不上。他有些烦躁，力道也大了起来，狠劲儿往鞋里蹬，落姜见他急躁起来，于是忙过去帮他，却被猛地推开了。落姜没有在意，因为他的脾气就是这样——要强，还犟！只见他猛地把鞋后跟踩下去，在地上狠劲儿踏了踏，就往门口走，她问：“大，你去哪儿？”

落有名没有言喘，背着手出了窑洞后继续往大门口走，她追出去又问：“大，你去哪儿？”这回，他终于停下脚步，脚后跟踩着鞋，站在大门口，“咯吱”一声把门打开，回过头看看她，说：“回去吧！我要走哩！”他的脸不似方才在屋里那般阴鸷，柔和的光线洒在脸上，有些泛红，显得整个人慈祥温润起来，奔颅上抽起来的皱纹也似被阳光熨平了，整个人看上去年轻了许多，就像她小时候记忆里的样子，更像一幅很久远的画——落姜忽然这样觉得。

“你还回来不？”只一瞬，她的心又揪了起来，痛得喘不过气，迫切地想要知道答案。心里升腾起一个巨大的泡沫，里面盛满了热切的希望与美好的幻想，随即，她开始感到恐惧，害怕泡沫被轻易戳破，破了之后该怎么办？这时，落有名忽然笑了笑，摆摆手示意她回去，接着转身出门去了。她紧跟着飞速跑出大门口，可是路上空荡荡的，没有人的影子，风把杨树吹得哗啦哗啦响，路上的黄土飞了起来，视线变得混浊，耳边的哗啦声许久未停。她失魂落魄地在门口蹲了许久，感到泪水浸透裤子，黏糊糊地粘在膝盖上。不知道过了多久，久到她感受不到时间，太阳没有移动，日头停留在落有名出门的一刹那，时间仿佛并不存在，一切都没有改变，一切都正在丧失……直到头顶多出一片阴影——梁小冰回来了，站在她面前，问：“今天吃什么，怎么还不做饭？”

“你怎么回来了？”落姜瞪大眼睛不可置信地看着面前的男人。自己已经好久没有看到他了，在梦里他也很少出现，他的脸不知什么时候开始变得模糊，而此时，他竟突然出现了——在老爹刚走后，脸上的表情那么清晰，和那段渐渐尘封的记忆一点点重叠，直至完全吻合。梁小冰的头发又黑又密，发质很硬，因为经常在地里干活儿，头发总是灰扑扑的，他的眼睛很深邃，皮肤发黄，正穿着结婚时自己织给他的那件灰褐色的毛背心，身板很壮实。他看了她好一会儿，然后径直走进院子，把手里的镢头放在墙边，从窑里舀了一盆水洗手，洗完拿起脸盆把水倒在院子里的核桃树下，就像平时一样。落姜发觉此时自己竟在梁小冰家的院里，之前他亲手种的核桃树还不是很高，枝干细细的。梁小冰说：“我明天要去县城一趟。”落姜看着核桃树有些回不过神来，枝叶那么瘦，一阵野蛮的狂风就能把它刮断。“我大走哩！”落姜说。

“你说他啊，我瞧见他往你家自留地去了。”梁小冰抬起头看了她一眼，转身进了窑洞，落姜跟在梁小冰身后，看着他宽阔的背影，家里还是熟悉的样子，只是空荡荡的，没有婆婆吴华的影子。

“什么？你说我大去地里了？”她惊道。

“你咋啦？”梁小冰奇怪地看着她。

落姜只觉得自己脑袋昏昏沉沉的，这一切都太过诡异，老爹还在自己家地里干活儿，梁小冰回来了，那吴华呢？

“妈呢？”她问。

“你说谁？谁妈？”梁小冰声音大起来，他原本就木的脸上此刻完全是疑惑的表情。

“我说你妈呢？吴华呢？”落姜也不自觉地放大音量。

梁小冰愣了愣，凑近她疑惑道：“你咋了？没得癔症吧？要不找王阴阳看看，我哪来的妈？我妈养我的时候人就没了！”

落姜感到头顶“轰隆”一声，像是突然被一道巨大的雷鸣击中，在阴鸷诡谲的迷途中跌入看不见的深渊，下坠的身体越来越沉重，背上仿佛承受着几百斤的重量，将她狠狠地压垮，所有的意识在这一刻彻底崩溃，她蹲下来大声哭道：“你才有癔症！你咋能没妈？你妈那么厉害，你咋能没妈？”她情绪更加激动，身体止不住地颤抖，一丝凉意从后颈处爬上来，激起了一身的鸡皮疙瘩。

梁小冰被落姜突然的举动惊住了，显然有些不知所措，话到了嘴边又软下来：“好好的，说话归说话，怎么还骂人哩？你到底咋了？”他跟着蹲下来，用胳膊揽住落姜，呆滞的表情变得凝重。落姜感受到身后梁小冰有力的大手——很宽厚，掌心的温度隔着单薄的布衫传递到她的肩膀上，只是这种感觉突然变幻莫测，难以言喻，像置身在狂风呼啸的旷野，片刻的温暖随时都会被一阵飓风裹挟，片刻的宁静会不打一声招呼就转瞬即逝，她突然很想抓住梁小冰的手，即使那双手布满经年累月的老茧，即使那双手曾经狠狠地落在自己双颊，抽得她脑子发蒙，即使她以前恨死这个男人了……她抬起头，眼眶里泪眼模糊，看不清梁小冰的脸，只有冰凉的触感，纹路清晰……

落姜猛地睁开眼睛，天有些亮了，窑洞顶部的土坯不规则的细纹以一种张狂的姿态向四下延伸，直到身侧的位置，她睁着眼一动不动，视线顺着其中的一条裂纹来回穿梭，神志逐渐清醒，一滴晶莹的泪水从眼角缓缓滑落。意识瞬间清晰，随即感受到心脏突然收缩，剧烈的痛苦让落姜的身体开始轻微颤抖，她不由地抱住头蜷缩起来，心中默念梁小冰的名字，干裂的嘴唇跟着一张一合，额头渗出一层细密的汗珠。不知为什么，那个让她憎恨、厌恶、矛盾与纠结的男人，竟变得遥不可及，或者说，早就遥不可及。她回想起梁小冰原来是个温柔可靠的男人，他会把家里操持得很好，也会在吴华每次发难的时候为自己说话，可每次一听到外面冯世春的名字时就会化身恶魔，暴跳如雷，让人不寒而栗。她不明白为什么在梁小冰的心里，冯世春永远就像一根尖锐的利刺，横插在他们中间，狠狠地刺痛这个小小的家，她觉得梁小冰从来没有理解过她，明明一切都已尘埃落定，他到底把她看成什么样的人？是那种可以随意抛下脸面，让全家人蒙羞的自私女人吗？他从不懂她，也不信她，宁可相信外面那群乱嚼舌根的闲人的胡言乱语，也不愿意相信她。想起永无止境的激烈争吵和拳打脚踢，她就浑身冒汗。她用力坐起来，下地倒了碗冷水一口气灌进去，凉意霎时传遍了四肢百骸，她缓了缓，脑海里翻涌着，极力回忆最后梁小冰的脸，画面定格在那个场景戛然而止，任凭再怎么努力也想不出其他的内容。她放下碗，叹了口气，在屋里走了几圈，看见吴华不在，长长松了口气……

四

一大早，落守忠正忙着换祭台桌上盘子里的供品，天气虽凉了下来，但吃的喝的也不能放太长时间，容易招引虫子。“三哥，我来吧！你赶紧去眯上一阵子！”落姜接过落守忠手里的盘子。

“成！”落守忠看落姜面容憔悴，心便了然，应是落有名走后她心里煎熬，遂点了点头，又转过身交代，“一会儿来人了好好招待，有甚事喊我！”落姜想也不是什么难事，一口应了下来。

不一会儿，落守祥带着落阳、落明来了。

“没睡吗？”落守祥一进灵棚，就看到落姜一个人跪在地上，眼里满是疲惫。

“睡了一会儿，刚过来不久。”

“要是困就回去再睡会儿，这里有我呢！”落守祥跪下把一旁的纸钱放进火盆里。

院外，落矮和落阳耍在一处，密谋着去李拐子家探险。落阳走过去，说：“这有甚难的，要去就快走！”三人一拍即合，他们顺着硷畔东侧长满杂草的山洼往下跑，一路上有柠条摆着粗长的身体横在新踏出来的小路上，顺着裤腿扎在落矮的脚踝处，刺刺的，但这点刺痛远不能勾起此时心绪澎湃的少年们的注意，先是下坡，大家速度飞快，一股脑儿跑到了沟畔底，李拐子的窑洞暂时消失在视野范围内，三人稍松了一口气，气氛没有方才那般紧张了，落明停了下来粗喘了几口气，又跟着前头落阳和落矮开始上坡。落矮才发现他们看到的近在咫尺的那排窑洞走起来竟然这么远，他们翻了几座小山丘才爬上最后那道挺立的土洼。这时三人都气喘吁吁了，又是上山，速度显得格外地缓慢，布鞋里钻满了土渣子，还有些小土疙瘩，硌得脚生疼，走起来更慢了，落矮抬起头看此时已经走在前面的落阳、落明两兄弟，他们除了累，好像并没有不适，落矮只得硬着头皮一路上踩着两兄弟的脚印往上走。

“看，到了！”不知是谁发出的声音，落矮赶忙抬头，看见那排窑洞此时赫然出现在眼前，距离他们只有十步的距离。落矮紧张极了，甚至能听到心脏在胸腔内“咚咚”狂跳的声音，背心早就汗湿了，落阳、落明两兄弟再没说话，嘴唇都紧抿着，从前额到后背汗涔涔的，在太阳下反射着晶莹的光。一阵风吹来，钻进汗湿的后背没有出来，三人不约而同地打了个寒战。

“没人？我们要不上去看看？”一路狂奔后的另一种刺激，让落阳心里的阴霾一扫而空，不知出于什么样的心理，他突然希望获得更多的刺激、更大的挑战，这让他感到兴奋。于是他大着胆子提议。余下二人看到落阳脸上的表情，瞬间被他的那种躁动所感染，莫名也跟着激动起来，于是他们蹑手蹑脚地走向目标所在——没有院墙的两个土窑洞，并趴到窗口边朝里面张望。三个人刚好把一扇窗户趴满，窗户上糊着一层厚厚的白纸，瞅了一会儿，三个人都沉默了——没看到半个人影。

“看不见，他是不是不在家？”落矮低声问。

“落明，你眼神好，你能看见不？”落阳扭头问向落明，同时将声音压得低低的。落明用脏乎乎的手背使劲揉了揉眼睛又凑近看，两个圆溜溜的眼珠拼命地睁大，似是要从眼眶蹦出来，死死盯着窗户那头，好一会儿才叹了口气，摇摇头。余下两人皆松了口气。接着“哐当”一声脆响，一个葫芦大小的水瓢从窗台掉到地上，砸在落明脚边。随即窗户里头传来一声男人沉闷的声音：“谁？”

里面有人！三人一惊，吓得连跑带窜从之前爬上来的那条挺立的山洼滑溜下去。落阳、落明两兄弟整天山上山下跑，身轻体健，一眨眼就飞蹿下去，落矮则是连滚带爬在山洼上摔了一大跤，顾不得疼又爬起来继续跑。好在李拐子没有跟出来。三人皆是松了一口气，待重新回到硷畔上，落矮才发现自己脚腕处一阵酸痛，回去的路上一扭一扭的。

“你真不中用！这样就把脚扭了？”落阳蹲下看了一眼鄙视道。

落矮脸上挂不住，其他两个人好好的，只有自己出了洋相，心里更是不甘，他纳闷儿事情为什么会发展成这样？没看到李拐子不说，结果还莫名其妙地在人家窗户边偷窥，最后逃跑时还扭了脚腕，真是偷鸡不成蚀把米！“还不是你们把水瓢打到地上，不然用得着跑？”落矮气得到处找补。他绝不愿意承认那是自己的问题，特别是在落阳、落明两兄弟面前……他弄不明白自己为什么只针对这两兄弟，更没发现从一开始就在心里把自己放在他们之上，莫名的优越感让他不得已倔强地强撑面子，一路上强忍着疼不吭一声，更没有注意到两兄弟故意放慢的步伐……

等落矮一瘸一拐回到家，赵珍和落姜已经在准备午饭了，院里又多了几个落矮不认识的人，好像发生了什么事，没人注意到落矮。落阳、落明直接回家了，落矮一个人无聊地坐在草棚里，听到人们在说关于白孝川的事。

“这个白孝川这阵子来白柳村想干甚了？”落守祥的眉头拧成疙瘩。“他是白家老爷子早年抱养的，虽说喂养了还没一年，但不管咋说也算白三他哥了。”落守昌指了指白三道。

“唉，他来家那会儿家里也只有我大哥，我跟他没相处过，但现在人家回来买的前庄段家人的窑，咱也拦不住嘛！有财叔，您老人家说，这能咋办？”白三面露难色解释道，他这个“二哥”抱到他家养了一年就被接走了，从此和白家再没交集，只是前些年听说白孝川这些年一直在省城——是个文化人，从本质上早就和他们不同了……更不晓得白孝川为甚放着好好的省城不住，非要跑回村里瞎胡闹，而且还在这种时候，害得他夹在中间被落家人为难……

“三儿，我们也不是为难你白家人，只是我们老落家现在就这么一件大事，我二哥的丧事肯定是要好好办，这个不用多说你也能理解，不如今天就在这儿交个底，当着咱村这么多人的面，跟大家说清楚你那个二哥白孝川到底在外面是不是偷墓的？毕竟这是大家都关心的事情。”一直坐在凳子上的落有财道。

“哎呀！落三叔，还要我再咋说了，白孝川是我家老爹当年抱养的，我连见都没见过，只有我大哥跟他相处过，况且我大哥人都走了这么多年了，在世时从没跟我提起过，更不要提联络……就连他在省城的事也是前不久才知道的——听说他现在混得了不得，在省城高低是个文化人！偷墓这事不要说他，就说咱一般庄户人家谁能干这缺德事了？”白三急得直摊手，“不信你们出去打听打听，就连这消息也是前庄传过来我才知道的，我真不知道他回来想干甚呀——”

“好了！白三，我们信你！谅他白孝川也不敢干甚，就算他真敢，我们也万不会依他，大不了我们几兄弟每天守在他家门口，让他半步也不能靠近我家老坟——只是这丧事还没办成就来个偷墓的，让人心上犯怵。”落守祥撇撇嘴道。

“王叔，您看呢？”一直没开口的落守忠给一旁坐着的王阴阳递过一杯热茶，众人也纷纷将视线汇聚到这位十里八乡最负盛名的风水先生身上。王阴阳仍穿着他那身深灰色粗布夹大褂，玳瑁边的大眼镜后的眼睛眯成一条缝，看不出一丝波澜，他的裤腿绑得紧绷绷的，一双小脚搭在地上，茶在嘴上抿了一口，才说：“这件事确实不是件小事，三儿，你兄弟要是真碰过先人的东西是万万不能让他到坟上，用老话说，就是身上沾浊气——不吉利！”

“听见么，三儿，你不行想办法跟你兄弟说说，要不然让他迟些来，就算他不到我家来，这村里屁大点儿地方，我们到时候送人的队伍肯定要路过前庄上山，乡里乡亲这么多人看着，不管咋说等人埋了再说。”落有财看向白三下了决断。

白三犹豫了半晌没开口，一边的白四接过话头：“我们没问题，不过，我有个主意——让前庄段响亮跟他说，毕竟他是卖家，只要他随便找个由头迟卖上几天不就行了！这样合情合理，总比这么直接告诉白孝川强，还不惹人！”白四一向比白三脑子灵活，他这办法提出来在场的所有人都点头赞成。落有财点着烟，暗想直接找白孝川确实没个像样的借口，想以后如果白孝川打算在白柳村扎根，庄前庄后低头不见抬头见，一来就闹得不好看，难免让人看了笑话，庄户人家最要脸面的……这么说来——白四说的确实是目前最好的办法了。“守忠刚来，对村里人情门户不了解，那就让守祥明天一早带上守忠去找李志诚，让他出面跟老段说说——他跟段响亮是儿女亲家，又是村支书，他说话，段响亮多少会听的。”

“行，明儿一大早我们就去！”落守祥点点头。

“准备上点儿东西，不要空手去。”落有财补充道，人情门户是乡下人处事方面最看重的，不管是不是求人办事，既然登了人家的门，两手空空实在是不好看。

“这样的话我们兄弟俩就先回去了，有什么能帮上忙的尽管招呼，我们两兄弟绝对没问题！”白三松了口气，起身说道。

“白三兄弟，真是麻烦你们了！饭快好了，就留下来吃了再走！”落守忠起身招呼。

“就是，你两兄弟吃了再走！”落有财也起身招呼道。

“不了不了，家里婆姨那边来人了，要赶紧回去招待了，今天就不了，你们好好吃，有用上我们的，过来知应一声！”白三和白四推辞后就急急忙忙地回去了。

突如其来的棘手事商量出个眉目后，大家皱着的眉头都舒展开了。

丧事都办过，这没什么难的，但都是第一次遇上这种情况，总算有个解决办法，所有人都松了口气，吃过饭后，各人忙各人手上的事，这个小插曲也就暂时过去了。落矮原本愁云密布的脸上担忧更深了，在听完白孝川的事后心上一惊，李拐子的事完全没有眉目，现在又来了个白孝川，一波未平一波又起，按照李拐子之前做过的“事迹”，如果他真的之前和自己二大闹过不愉快，甚至是有仇的话，那麻烦就大了，落明、落阳还看到过他出现在自家门口，路过家门又不进去，让人更加怀疑他到底想做什么，难道是想报复，看见家里人多才暂时走开的？等人不多的时候呢？白孝川的事让落矮更加头疼，现在不来那以后呢，埋了不是还能再挖？家里要防着李拐子，祖坟上要防白孝川……白柳村处处隐藏着危机。

五

农历九月，村里庄稼陆续成熟了，八月十五过后的一两个月是队里最忙的时候，学校处于停课的状态，家家恨不得出动所有的劳动力，多挣工分，多分粮，十来岁的孩子也顶半个劳动力，他们可以满山跑着，割猪草。常言道：农忙打坷垃，农闲割青草；夏时捡麦穗，秋收拾黄豆。挑种子的人手早都划分好了，把长势好的庄稼留上好几片，挑种子，收起来，主要是黄豆、绿豆这些豆种，将干瘪的、坏掉的，影响发芽、出苗率低的坏籽挑出来，留下饱满的好种子待第二年种。

生产队的院子里哄闹的人在跟社员对完工分后四散回家，日头照上来，牛棚里的牛百无聊赖地甩动着尾巴。安在磨棚里的磨子重新修整过，挑挑拣拣的石块用背篓背回来，重新垒成磨台，磨盘四周磕磕巴巴，好在磨扇是新的，四周比磨盘小了足足一寸多，上磨扇颜色很暗，下磨扇槽口的斜沟处的划痕深深浅浅。

前庄山畔的玉米地里，有个老汉头也不抬地弯腰忙碌着。“老段！”李志诚从田垄上背着手远远地走过来。段响亮听到声音忙抬头站起来，许是弯腰蹲太久，猛地起来，腰上一阵酸疼，面上顿时龇牙咧嘴的，看到来人后忙凑近笑道：“亲家，你咋来了？”

“咋？你意思是没啥事我就不能来了？”李志诚佯装发怒，绷着声道，面上却是笑。段响亮咧嘴一笑，忙说：“哎呀！你这说的是甚话，你是谁了？你可是咱白柳村最大的官了，还有你不能去的地方？就是怕我这庙小，站不下你这尊大佛！”

“看你说的甚话，现在是什么时代了，段响亮同志——你这种思想很危险！”李志诚立马板下脸，“我这不是开玩笑！你看看，还真恼了？”李志诚并不真恼，只是想让段响亮注意说话方式，不能什么话都不过脑子从嘴里往出蹦。他看着面前自留地里一排一排收得干干净净的玉米地，心想这段响亮果然是能人，村里数他会打理庄稼，“老段，你这玉米都收得差不多了，还忙甚了？”

“亲家，快不要糟蹋我这个老汉了，老话说‘六月立了秋，前后都不收’，今年虽说没那么早立秋，但是雨水不旺，这玉米长得大不如去年，看这情况说不定还要冷得早哩！”段响亮看着自家的玉米地叹息。之前从上到下忙着创高产、创亩产，苗子都插得密，一块地恨不得栽得满满的，长出来的秸秆又细又黄，麦子干干瘪瘪，就几寸高……

“别的人家发愁我没话说，你段响亮说这话我不信，谁人不知道你老段家这些年家底厚，咱村多少人破窑洞才住上，你这阔气的联排窑洞都修起来了，大院外墙砌得老高，咱村里数你光景过得好呀！”

“哎呀！好你了亲家，别人不知道你还不知道么，我这一大家子熬了多少年才攒下这么点家当，没别的本事，就是靠天吃饭，老天爷疼爱些，地里收成还过得去，勉强养活一家老小吃喝，这是运气好，可要等气候不行了，一年的辛苦全白搭了。我家女子玉玉是命好，去你们家能享福，我后面还有段涛和段波这两个儿，眼巴巴等着了，读书读书不行，干活儿干活儿顶不上，到头还不是得指望亲家你能给扶一把！”说着段响亮掏出洋火盒取出一根胖头火柴，顺着盒身左侧一划，就冒出一根跳动的火苗，凑到李志诚嘴边，把早拿出来的烟点着。李志诚吸了口烟，眯了眯眼说：“你说的甚话，我还能有那通天的本事不成？要真有，我家鹏子现在咋还在地里哩！”李志诚道。

“大队没甚要人的口子？”段响亮不死心，他就不信依李志诚的本事，安排个人还不容易？

“说得轻巧，哪有这么好的事？咱村这两年长起来的后生这么多，要是有，早都急得打破脑袋了，现在你看看，这会儿哪个不都一个个乖乖在地里该干吗干吗？”李志诚知道段响亮打的什么算盘，白了他一眼。“也是——不管咋说，以后咱们两家这些娃娃还都要靠亲家你拉扯哩！”段响亮确实打着好算盘，别听李志诚说现在没个找营生的口子，要是以后有也绝对肥水不流外人田。

李志诚不想继续再聊这个话题，想起自己今天来找段响亮的目的，一大早落家那几个弟兄就找到家里来了，事情的经过他大概听说了，不过答应他们不仅是为了落家，这个事情说来也是村里的一件大事，村里这么多人祖祖辈辈就守在这统万城，后山这么多祖坟早都规整成型了，还有多年前留下的几个无名墓——就修在村小学背后，这些都是一村之本，是村里人最看重的，哪怕落家人不来找他，这事也要早打算。“听说你那屋卖出去了？” 李志诚终于切入正题。

“说好了，还没成交，交了钱才作数哩！”段响亮答道。

“你咋卖给那号人？”李志诚听了表情有些阴郁。

“呵呵……你也知道了？”段响亮有些心虚的脸上扯出一抹笑，把嘴角两边的皱纹挤成一堆。

“哼！还用我知道？全村都知道了，甚消息到镇白石跟前还有得跑？昨天下午就有一群乡里乡亲拉这事了！”李志诚冷哼一声不悦道。

“谁？他们拉我甚？咋议论我的？”段响亮一听来劲儿了，竖起耳朵，从心底里他也怕被乡亲们唾骂。

“你说咋议论你的，你能做出来还怕人议论？你知道那人是干甚的，你就敢卖给他，我看你是跌钱眼子里，心都蒙油了！你不怕村里一人一口唾沫星子淹死你！” 李志诚冷哼。

“我的亲家呀！一开始我真不知道是卖给他的，他当时嘱咐另一个后生过来打问，你也知道，我那孔破窑村里人谁要？而且还在那山墺子背阴上了，来回路又不好走，前庄洼上远近就我一家，早就不想要了。我寻思空放也是放，不如卖了给我家那俩小子攒点老婆本儿，有人要我就给！这两天才知道买主竟是白家以前抱养的白孝川！吓得我赶忙找县里的人打听，那个白孝川干的事其实是考古，我侄子那个县里文化处的老丈人说了，考古也是正经营生，不是咱们想的那种见不得光的勾当，你就放心吧！”段响亮说到他那侄子的老丈人，瞬间挺起了腰杆，语气比刚刚硬了许多。

李志诚不这么认为，多年来见惯了大大小小的事，第一次听说有人来买旧窑洞的，想住买块地直接打一孔窑洞不比这好？他一个省城回来的专家不会连打孔窑的钱都出不起，至于买个烂窑住吗？这白孝川多半是别有所图。“不管是不是考古，你都注意些，给那个白孝川说，让他先别来，老落家办事了，到时候不要闹得不好看！”李志诚道。

段响亮一听满脸为难，说：“说好后天就来，让我咋给回了？”

“这有甚不好说的？你就说这两天农忙，窑里东西还没顾上倒腾出来，让他等上一个礼拜再说！”李志诚深吸了一口烟，眯起眼睛看向远处。段响亮恍然意识到李志诚跑来专门为这事找他的，还是有备而来，他才推辞了一句对方立马把借口都替他找好了，他就是想拒绝都难了，要是不干，肯定还会有下句等着哩，心里突然憋起一股火，但他转念一想，这李志诚好歹是个支书，以后指不定还有甚事要倚仗他，万万不能轻易得罪，权衡之下只能点头应下。

李志诚看段响亮没有他预想的再推辞，还算配合，面色也缓和下来，耐心解释道：“亲家，不是我来找你的不是了，你也要站在我的立场替我想想，村里这么多人，一辈子都待在这村子里，年纪大点的基本都是文盲，豆大的字不识一个，知道甚是考古？也就你家有个县里文化处当干事的亲戚能长点见识，眼界比他人宽，可是村里这些人不认这个理，跟先人东西打交道的能有什么好了，我这么说你也明白，刚好又碰上落家办丧事，本来就对这事很敏感，村里现在多少双眼睛盯着呢，你再想那落有财是什么人，你不是不知道，咱没必要惹他，迟卖两天也没甚影响，你就先照我说的跟白孝川递个话，万不敢让他这两天过来……”

白孝川的事暂且先压下了，落家听到消息后松了一口气，一切又恢复了原状，该准备的都准备好了，帮忙的人约定好宴客事项后都回地里忙去了。这两天落矮觉得时间突然变得缓慢，落阳、落明去割草去了，而他这半个劳动力却白白浪费了，每日守在灵堂前把长明灯换了一盏又一盏，跟着落姜折了厚厚的一沓纸钱，把原本放纸钱的盒子都堆满了，拄丧棍儿缠上白色纸穗扎成捆堆在灵堂一角，祭食桌上的果子、馍换了一茬又一茬。来烧纸的人没前两天多但还是零星不断，落守忠跪在门口，逢人进来就磕一个头，赵珍忙完就进来和落姜跪坐在一边。

落姜突然说起村里小学还不错，学生不在少数，落阳、落明两兄弟也在那儿念书，落矮去了正好三人搭伴，而且听说过段时间城里往下拨几个教师，就是不知道能不能分到白柳村，李志诚因为这个事在县里走了好几趟了，估摸八九不离十……落矮听到一半，觉得心中一阵烦躁，便起身出去了，迎面碰上郝小替，郝小替顺手就在落矮头上弹了个脑蹦儿，笑着逗落矮。

“小替，你咋过来了，队里这么忙可不敢耽搁了！”落守忠道，他虽然对于郝小替这些天的热心帮助非常感激，可对方毕竟是三队小队长，要是因为自家给队里误下事，这罪过就大了。

“没事，不要紧，我过来看看有甚要帮忙的没。”郝小替露出一口大白牙笑笑，炯炯有神的大眼睛四下搜寻着什么。话音刚落地就听到门口清脆的声音：“落三哥、落姜快吃炸馍！”刘小枫端着一碟刚炸出锅的金灿灿的馍片进来了。担心落姜心情不好，刘小枫最近每天过来陪落姜，白天帮着做饭直到很晚才回去，她娘刚好去县城，只剩老爹刘温在家，吃罢饭就忙赶了过来。

“你娘回来了？”落姜问。

“没，哪有这么快，本来我姐说带上孩子回来，结果孩子发高烧，就不过来了，我爹刚从生产队干完活儿回来，一个人的饭好做。”刘小枫飞快扫了一眼郝小替，转而看向落姜。“怎么拿这么多，给你娘和岚子留点儿呀！”落姜不好意思地说。

“留啦！我做了不少，一出锅就想着赶快给你们尝尝，落三哥、三嫂你们快趁热吃！”刘小枫说着白净的脸上露出明艳的笑容，露出两个清晰的酒窝儿，两根乌黑发亮的发辫静静地垂在胸前，瞬间吸引了郝小替的视线。他从未看过如此美的画面，好像刘小枫并不是他一直以来认识的那个刘家二女儿，和她姐姐岚子一点都不一样，为什么同样的爹娘能生出差距如此大、截然不同的两个女儿呢？可一想到她的年龄，突然让他觉得此时的刘小枫变得遥远，远到让人难以靠近，她更像是画里的人，不应该出现在白柳村，不应该出现在这么一个丧事的灵堂前，不应该……郝小替随即又从心底漾出一丝苦涩，很快就覆盖住刚才的愉悦与惊喜，最后这丝沉重的苦涩在嘴角变成了不易察觉的苦笑：“小枫，只顾着招呼落三哥他们吃，不给你小替哥吃？”

刘小枫想起刚刚自己只顾着招呼落家人把他给忘了，不好意思地笑道：“小替哥，怪我，看我多傻把你给忘了，你也快吃，见者有份！”

“傻姑娘！”郝小替声音轻轻地，随后用手捏起一片炸馍放进嘴里。其他人早吃起了馍，好像没有发现哪里不对，只有刘小枫唰的一下红了脸，一句“傻姑娘”就像羽毛般飘进耳朵里，拨动最敏感的一根神经，让她后背渗出一层薄汗，连同血液都在翻滚发烫，一种奇异的感觉漫延到四肢百骸，之前从未有过这样的感觉，照在身上的太阳光更加火辣，几乎要把她燃烧、吞噬了。

“小枫，脸咋这样红？”落姜注意到刘小枫脸上的红晕，担忧地问道，其他人的注意力也都转移到刘小枫身上。“没事，刚炸馍太热了！”看到郝小替落在自己脸上的视线，刘小枫没来由地局促起来，“我回去刷锅，你们吃着！”说罢，不等众人反应逃也似的离开院子。

“是不这两天太操劳了，落姜你给小枫说这两天不忙，让她在家歇一歇！真是太麻烦人家哩！”赵珍抱歉地说。

郝小替看着刚从门口消失的那一抹倩影微微失神，仿佛能看清刘小枫突然的逃离意味着什么，他匆匆告别了落家，出了院门，下意识地朝刘小枫离去的方向，走上一条并不通往自己家的路，但是这条路能路过小枫家！此刻郝小替并没有思考自己为什么要追着她走过的路，步子跨得很大、很快，走着走着竟不自觉地跑了起来，是希望能看到她最后的背影吗？换作平常，他一定能追到她的背影，而这次她几乎是跑着逃离，直到走到她家门口还是没有看到自己期望的。刘家大门紧闭，院墙并不高，近在咫尺，以他的身高只要靠近院墙就能看到院里，但他脚上突然如同压着块巨石让他不能挪动半分，瞬间反应过来的郝小替猛地向后退了好几步，直到肩上传来的温热重量将他的思绪快速拉回。

“郝小替，干啥呢？”唐飞一脸疑惑地看着郝小替，他刚拐过弯准备回家，就看见郝小替站在刘温家院墙边上犹豫不前。

“没事……路过，正准备回家呢！”郝小替心一惊，随即脱口而出，离开唐飞两步远，抬脚转往回家的方向。

“哦，对了郝小替，刚遇到白丹了！她正去落家找你哩！”唐飞热情地说道，“你快去吧，这阵子她应该还在哩！”想到白丹到处找郝小替回家，唐飞平静了许久的心再次泛起波澜，他和白丹是从小一起长大的，可是最后白丹选择了郝小替，这让他颓废了好一阵子，但是婚姻是最勉强不来的，搭伙过日子还要双方你情我愿，否则几十年要怎么熬得过去？曾经他认为自己是这个世界上最懂白丹的人，结果她却选择了郝小替，郝小替是三队队长，能扛事，也靠得住，但就是脾气不好，两个脾气不好、性子急的人并不适合在一起，他原以为白丹会明白这个道理，但事实证明女人在爱情面前都会失去理智。自己除了尊重她的选择，别无他法。

“好，我这就去！”郝小替一愣，神色收了收，又恢复如常，才返往落家。郝小替走后对门传来刘温的声音："小枫，你站门上干甚了？"小枫觉得此时的心脏都快从胸腔跳出来了，刚刚门外郝小替与唐飞的对话她一字不落听得清清楚楚，短短的两句话却让她感到剧烈的压抑，刘温的声音像一桶冰冷的水从她头顶砸下来，灌进身体，让她浑身冻得发麻，像刚从冬天西凉河的冰窟窿里钻出来，穿着薄衫站在硷畔上，没有遮挡地暴露在北风里，让她清醒。

"你到你姐家了没，孩子咋样了，烧退了没有？"刘温看到女儿像是没听到他的话似的，像个木桩子愣愣地站在原地不动弹。

"我这就去！"刘小枫终于回过神，转过身从大门出去。路上一个人都没有，但留下几双影影绰绰的足迹，刘小枫脚步一顿，只一瞬又清醒过来，朝姐姐刘小岚家走去了。没人知道她此时更想去找落姜，这个比她大出好几岁的女人，更像是自己的姐姐，同时也是无话不谈的朋友，她多想把心里的事情通通都告诉她，她是过来人什么都懂，最重要的是落姜从不会笑话自己，也不会把自己的秘密告诉别人，这个村子里只有她最懂自己，那是一个自己绝对信任的人。有时候她想知道为什么落姜不是自己的亲姐姐呢，她明明比刘小岚更像自己的亲姐姐，刘小岚更像是一个严肃的长辈，她对别人都很宽厚、温柔，却唯独对自己苛刻，自己每次一有什么想法告诉她，都会换来她的嘲笑，笑她在做白日梦，她叫她多看看脚下，不要胡思乱想些没用的东西。要么就是叫她与其浪费时间胡思乱想，倒不如把家里的水打了、柴劈了。"多看看脚下"这话没什么不对，但却叫人不舒服。这话更像是从爹娘口里说出来的，虽然爹娘没文化不识字……刘小枫想着想着就愈发想去落家寻落姜，可她不能啊，这不幸的女人刚没了爹，自己是有多自私，会想到让她反过来安慰自己，这太残忍了……少女脸上的红晕逐渐褪去，太阳照得更高了，可她觉得反而没有方才那般炽热，脚下的路宽阔起来，内心却有一根刺牢牢卡在某个位置，她不知道那是什么……

当郝小替重新回到落家时，白丹已经在院里了，正在吃方才刘小枫送来的炸馍，她穿着一身蓝色粗布裤褂，明明是穿了很多天的衣服，郝小替今天才看清楚那件衣服的模样，之前从未注意过妻子的穿着，他在进门的时候放慢了脚步仔细打量她，前额宽大，一双丹凤眼正眯着，手里捏着块炸馍，正和落姜与赵珍聊着什么，吃了一半也不全放进嘴里，不知道在等什么，注意力并不全在吃上，仔细看，神情还带着一股倨傲，让人很不舒服。目光下移，他看到她手里剩的半片金黄色的炸馍，于是心上突然一紧，说："你怎么找到这儿来了？"语气算不上好，还带着几分责备。

白丹并没有注意到郝小替有什么不对，因为早已习惯了他平时说话的语气，所以并不惊讶，她说："我娘来家里了，叫你回来吃饭哩！"郝小替听罢脸上的不耐烦更明显了，说："吃个饭又不是甚要紧事，还跑到这里来寻，也不嫌丢人？到时候我又不是不回去。"

"叫你吃饭有甚丢人的？"白丹不解，但此时，她已经感受到郝小替语气里的不快，气氛一时有些紧张，虽是夫妻，但在外人看来还是很尴尬，一时她脸上有些挂不住。

"行啦，人也找到了，赶快回去吃饭吧，别让大婶等急了。"落守忠开口道。赵珍和落姜也连声附和，与二人道了别。

回去的路并不十分远，两座山紧挨着，路也平坦好走，但在郝小替眼里却无比漫长。不知从什么时候开始，他看到白丹越发的不合心意，起初，别人介绍白丹给他认识时，他觉得白丹虽不算漂亮，但最起码适合过日子，也是自己当初最好的选择了。可现在，他发现白丹变了，没有那般勤劳能干，家里经常会乱作一团也不收拾，好几次自己在队里忙完回来，还要再收拾家务，最难以忍受的是吃过饭的碗她能一直放在炕栏边的灶台上整整一天，第二天等碗变得又干又硬时她才洗。对一个人的不满意，会像爬山虎一样不知不觉中占据心里的每个角落，不论她做什么，都是错的。在他眼中白丹不够热心肠，从来不见她好心帮过别人，就连常跟她一块儿的艳梅家有事，这个自私冷漠的女人也不去帮忙，只知道顾自己从不考虑别人……

最重要的是，他仔细回想这些年，竟记不起自己对白丹是否有过一丝心动的感觉，一直以来他都觉得和谁结婚都一样，不都是找个人过日子吗？直到刘小枫出现在他的视野里，他觉得一切都不一样了，心中第一次有了躁动的感觉，有了激情！他如今是三十岁的人了，才第一次产生了这种奇妙的体验。

白丹一路上看着郝小替自顾自地走在前面，与她岔开四五米的距离，而且距离还在不断拉大，她心里觉得奇怪，担心他是不是在队里遇到什么事了，但她转念一想，即使是有什么事也不该拿自己撒气，随即不满道："你走这么快做甚？"

"不是你心急火燎地叫我回去吗？"听到白丹的声音后，郝小替步子略一顿，但并不停，反而继续快步朝前走去。

"你吃枪药啦？谁招惹你了？"白丹有些恼火了，不知道这个男人好端端的又抽哪门子风，平白无故冲自己撒火。走在前面的郝小替并不想搭话，没回答她，于是她快步赶上男人的步伐，走到和他并肩处，继续追问："问你话呢？到底咋了？"顺手扯了一下男人的袖子。

"我咋不咋关你甚事？"听到女人不停地追问，郝小替的脸迅速拉了下来，在袖子被抓住后更不耐烦了，愤怒写在脸上，抬手一把甩开拽着自己袖子的女人的手，随着男人的动作女人猝不及防向后一踉跄，险些跌倒。白丹愣住了，她没想到郝小替会这么生气，而自己完全不清楚这是怎么一回事，只能眼睁睁地看着男人踏着更加快速的步伐，不一会儿就将自己甩得远远的。路上没旁人，但毕竟不是自己家，白丹心里虽有怒气却不好发作，想到娘和宝蛋还在家等着，只好咬牙作罢，这些天她也发现了郝小替的变化，可究竟哪里出了问题，她不知道。一切都和平时没有两样，在这两年的努力下家里的日子比之前好了很多，她始终想不明白到底是哪里不对，可越是不明白、越是没影的事越是让她心里发慌，她甚至能清晰地听到不安的种子在心底发出颤动的声响。

车轱辘般大的太阳，此刻静静悬在一望无际的天上，转动着红紫色的光轮，源源不断向下散布着直白又坦诚的光线，窑洞隐藏在粗犷的山野里，深层的黄土迅速吸食了沙砾表面的每一丝热气，让地面以肉眼可见的速度转为灰白。田地早已经过一波收割，高低起伏的高粱秆或横或竖地排布着，微风送来股股稻香，田野尽头看不见江堤，西凉河铺洒在西凉山的山坳里，倒映着浑然协调的美景。

六

转眼到了出殡的前一日，落守吉和落文都回来了。一大早，院里来了好几拨人，最早来的是一班吹手，六七个人，那是十里八乡名头最响亮的吹手，村里人只要有人家办事情，不管红事白事准请他们，村口镇白石跟前的乡亲们你一言我一语，名声很快便传开了，不仅白柳村，有时候他们还被请去县城里吹奏。其中有一个领头的老师傅，唢呐吹得一绝，没人知道他的唢呐是和谁学的，吹了多少年，只知道他来到这村子三四十年了，一来便会吹，还带出好些个徒弟，有的已经能独当一面了，这些徒弟出师后会去别的村里卖艺糊口，总不能和老师傅抢饭吃，这是这行大忌。

这师傅身后还带着两个年纪很轻的后生，皆提着唢呐，再是拿着镲、锣的，背着大鼓小鼓的。这班子人一进来便和落家几个男人简短寒暄几句，又被请着喝了几壶茶，之后就在院角围成一圈，以领头吹唢呐的老师傅为正位开始起势，老师傅拿出噙在口里的哨片装在唢呐顶端，略吸了一口气把嘴对上去，鼓着腮帮子，于是人们便听到一股悠扬洪厚又高亢的声音响彻天际，接着鼓手、镲手都迎着乐点开奏，一个个摇头晃脑，乐器活了一般充满精气神地吼叫着，叫醒整片空旷的山脊，似要把这片黄土地里的人气毫无保留地宣泄出来，让孤高湛蓝的天知道这千沟万壑的山峦里有最健硕的汉子。赶着乐点，落守祥和几个力壮的男人抬着几张大方桌子斜侧着身子从院外进来，身后跟着一群半大的孩子扛着椅子板凳，其中有落阳、落明，还有几个年龄差不多的男孩女孩，在院里四散摆开。靠墙边新搭了几口灶台，村里女人们拿着从自家的菜刀、锅铲，围在灶台跟前，一会儿寻这个，一会儿问那个，地上几个黄铜大洗盆里泡着洋芋、大白萝卜、大头菜……

下午开始请三代、迎纸火，落矮发现人群里坐着一个披散着头发的男人点着烟，白雾从他的头发稍飘过，遮挡住本不太清晰的轮廓，整个人似乎笼罩着幽黑的暗影，沉闷的气息与灰白的烟雾混合，却并不完全融为一体，高高的鼻梁下一道褐色的疤痕一直延伸到上唇，周围肉色的褶皱丑陋地将人中分成两半，紧抿着的嘴角向下耷拉，了无生气的一张脸让人窒息。这个男人身上有太多过往的痕迹，落矮瞬间明白过来，想也没想就脱口而出“李拐子”三个字，一起玩的孩子们听到后，忙顺着落矮的声音看过去，“真的是他！”刘壮壮叫道。

“他来干甚？”落阳警惕地蹙着眉头。

“不是来找麻烦的吧？”落明问。

“我们这么多人，他不敢胡来！”周闹闹强鼓着一口气，说话也硬起来。前一秒还为争斗输赢吵嚷的几个人，在看到李拐子后以惊人速度统一了战线，一下午把所有的注意力都用在了李拐子身上，直到天黑撒完路灯后人们都散去，只留下一群人商量明日出殡的事情，才放下心中的防备。

凌晨的白柳村，天还黑着，半个银白的月牙忽闪闪地倒趴着，整片原野连同孤寂的老鸦在宁静中沉睡。唯独一方小院并不寂静，熙熙攘攘的一群人整装待发，撒过酒摔过碗后一队人拉着驴把棺材抬上车，吹手走在最前面吹吹打打，落矮跟在一旁，双手捧着相框，几十号人拿着拄丧棍儿跟在后面一边撒纸钱一边哭，人群走了一阵，太阳仍迟迟不见踪影。山峦沉重而巨大，回声闷闷的，一路经过三两座山丘又回到出殡的队伍里，山脊的黄叶隐在黑暗里，被震得掉落在半山腰上。中途一个惨白的身影跪倒在地上，哭天抢地地号，还没到山上已是满身滚成土人了，一旁两个妇人怎么拉也拉不起来。村里人有讲究，这种场合就是要哭的，哭得越厉害越好，越能显示出孝道，不哭反而显得不孝顺，落人闲话。

段响亮家的旧窑洞的橘光吹灭了。“你疯啦！不是说先别过来吗？”段响亮压低了嗓门儿吼道。

“段大哥，我就是听你的才迟了几天！”白孝川道。

“我是怎么和你说的？你还专门挑今天？这要是让落家人知道了可咋整！”段响亮急得脸都涨红了。

“为啥？”白孝川一时没听懂段响亮的意思，他更不明白为何回家还要偷偷摸摸的。

“你听！”段响亮直接把白孝川拉出屋，远处传来悠长的唢呐声。

“村里在办丧事，这和我有啥关系？”白孝川看着眼前急吼吼的段响亮仍是不解。

“咋和你没关系，村里今天送葬！”这要是让人知道了，他段响亮不仅是把落家人惹了，还把李志诚也惹了。白孝川反应了一阵，回过神来松了口气，说：“段大哥，我想你们误会了，我买你的地就是想在这里安个家，没别的意思，再说我是考古，是正经职业，没甚见不得光的。”

“白兄弟，你可不要骗我，我老汉是庄稼人，没识几个大字，不懂你们这些营生，但是今天，咱今天就把话放到台面上说清楚，你跟我打保证，免得村里人到时候戳我脊梁骨。”段响亮认真道。

“段大哥，段响亮同志，我不光向你保证，赶明儿我就去找李书记保证，他是村干部，这点思想觉悟肯定要有的，让他出面跟大家伙解释清楚，肯定要比咱俩出去说管用！”

段响亮看白孝川说得恳切，话也软了下来：“白兄弟，你也别怪我，实在是你老哥不好做，几边为难，你也知道咱这村支书，虽跟我是儿女亲家，但是凡是他认定的理儿，谁去说都不顶事，要是闹得不好看了，一准儿过来找我的麻烦，还有落家人也绝不善罢甘休，我是实在没办法呀！你得体谅体谅我呀！”

白孝川点头笑笑，说：“我还纳闷儿，这屋子里有甚好拾掇的了，还用得上那么长时间，原来是这事！”

“除了这事还能有甚事了？”段响亮说，“不要小瞧这事！”

段响亮拉着白孝川再三嘱咐才走。

送葬的队伍浩浩荡荡地往山上走，路过一排排高低错落的窑洞。锣鼓唢呐长长的怒号声响震天，寂静的大山披着黄绿渐变的旧衣却不为所动，远处白色的月牙淡淡地隐进了云层，躲避着刺耳的哀号，黑漆漆的山路渐渐亮了，一个个白色的身影明晃晃的，愈发清晰起来，土地上深深浅浅的车轱辘印和脚印里夹杂着轻薄的纸钱，一阵风刮过，纸钱飘洒飞舞，盘旋几圈，挂在路边的柠条和锦鸡儿的枝丫上轻轻晃动，无论如何也挣脱不开束缚，反射着星星点点的白光。终于到了坟地，风忽然大了起来，晨曦中的纸幡在山头翻飞，野雀听到响动“轰”地飞起，振动着翅膀在山腰盘旋几圈，便向西边飞去了。周围有大大小小的老坟，土堆干裂，不见碑和拜台，在提前打好的坟口跟前，几个人早就守在一旁，看起来已经等候多时。

棺材被捆着粗长的绳子拖放在坟口的土坡处，一点一点往下滑，再由几个人合力往里推，直至完全摆放进墓里。落守忠举着粗大的幡子扎在坟口，接着外面的人开始拿铲子朝坟口处填土。

压实，填土。

压实，填土。

…………

不一会儿，巨大的银幡已经牢牢地扎在褐色的土堆中央，周围氤氲着新翻泥土的气息，还有一股股巨大的浓烟，烟火缭绕在一个个灰扑扑的头顶，直冲冲冒上天，再被路过的山风吹向四面八方。落矮困得睁不开眼，他朝背风处走去，揉了揉眼睛，远处好像一个个整整齐齐的土堆，一排一排地向后延伸，然后数以千计地扩张，从山腰上不停向前，直到划破无尽天际，与某个地方相融——更像是幻觉，让他迷乱，他觉得不应该有这样多的墓堆，但眼前的景象又如此真实，它们似是有某种魔力，吸引着他陷入沉醉的幻象……

天大亮了，白孝川发现院子墙头有一朵小黄花探出头来，骨朵儿不是很大，是一种叫不上名字的花，枝叶不粗，叶片呈浅绿色，软软地挂在半空中，不仔细瞧很难瞧见。他环顾四周——靠西的院墙塌陷了一块，窗户纸有些破久了，石磨还算新，边缘的弧形完整，没有大的凹陷，院角犁出一片地，不过早已荒废了，长出高低的野草，枝叶开始逐渐发黄，满院一派潦倒衰颓之势。白孝川把用小推车拉过来的铺盖家当卸下来扛进窑里，在灶火圪崂看见垛成一排的砖被烤得黑乎乎的，白孝川心里盘算着，拿它和上些稀泥把院墙垫一垫能好看些。他拿起水桶正要出门打水，又想到段响亮的话，便放下水桶，他决定先去找一趟这个村支书李志诚。

白孝川早就听过李志诚的名头，他当村支书多年了，在白柳村积攒了不少人气，村里老人都愿意听他的，年轻人尊敬他，见了他都要叫上一声李叔，李志诚年轻的时候读过几天书，写得一手好字，会说场面话，因此各家有难以决断的事都来找他定夺，他总能在中间协调好，让大家和和气气地就把问题解决了。现在找他是唯一也是最好的办法。这阵子生产队还没开始上工，于是白孝川顺着李志诚家的方向走去。大门开着，院里传来窸窸窣窣说话的声音，白孝川走到院门口在大门上敲了两下，院里两个年轻的后生转头看他，其中一个样貌俊俏的后生走过来问："同志，您找谁？"

"我是刚搬来的白孝川，来找李志诚同志。"白孝川自报家门，客气地笑笑，眼神向院里张望，寻找李志诚的身影。

"原来是白叔？我知道您！"后生礼貌地笑了笑。

"你是？"白孝川疑惑道。

“我是李俊鹏，李志诚是我爹！”说罢他又挠挠头，“但是我爹这会儿不在，去队里了，要不您先进来坐下等？”

白孝川摇摇头，不想李志诚这么早便出门了，看着面前的后生，暗想这个李志诚不愧是个有本事的，生的儿子也出众，相貌好，有礼貌，还会说话，将来跟他老子一样也是个有本事的。另一个后生听到他俩的对话也跟过来，虽没李俊鹏样貌那般出众，但也算端正。李俊鹏指着段涛向白孝川介绍：“白叔，他是段涛，你买的就是他家的地。”

“你是段响亮的儿？”白孝川看着段涛开口道。

“白叔好。”段涛点点头，向白孝川打招呼。

“好好，你也好！”白孝川打量着段涛，心道这段响亮把地卖了盖新房，估摸就是为了给这个儿攒老婆本儿。“你们忙吧，我去队里找！”白孝川并不打算多逗留，于是跟两个年轻的后生告辞，起身去队里。

李俊鹏看着白孝川要走，忙跟上去，说：“白叔，您刚来能找到路吗？要不我带您去？”

白孝川心上一暖，忙摆手，说：“我虽然刚来，但路还是能找着的，就不麻烦你了，你忙你的，不用管我！”白孝川心中对李俊鹏的好感更甚，看着李俊鹏和段涛，他总有种熟悉的感觉，婉转的思绪让他晃了晃神，他突然觉得自己真的不再年轻，那段意气风发的岁月早已变得久远，深深地埋在由北到南的路途中。

白孝川走后，段涛开口道：“你知道他是干甚的吗？”

“听说是考古的。”李俊鹏道。

“你说他真是考古的？”段涛接着问。

“你什么意思？听谁说什么了？”李俊鹏转头把大门关上，同时加重了话音。

“也没说什么，就是有些怀疑。”段涛说不上来，但心里觉得没这么简单。李俊鹏心里了然，他当然明白段涛的意思，但是这个事情村里的人很敏感，既然段响亮已经把地卖了，而他爹李志诚也没阻拦，就说明白孝川这个人大体上是没有问题的。“我知道你的意思，但这话不能出去乱说，你别忘了，卖给他地的可是你爹！”李俊鹏突然严肃地看着段涛。

段涛点点头，虽然他当时极力劝阻他爹不要把地卖给白孝川，但是以他爹段响亮的脾气，在外还好说话，一旦回到家就说一不二，没人能做的了他的主，说得多了他就会冒火，说：“这个家还是老子在当，轮不到你做主哩！”这几天，家里人就因为这事被村里一些好事的人说三道四了。见段涛不说话，李俊鹏把手放在他肩膀上安抚道：“你爹这么做肯定有自己的打算，不管是不是真的，咱们都不能让这件事情闹大了，能化解的尽量化解，再说，人家看起来像正经搞研究的，不像外边说的那样！”

段涛盯着李俊鹏好一会儿，说：“大鹏，你知道你越来越像谁了？”

“谁？”李俊鹏被段涛突然转移的话题怔住了，疑惑不解。

段涛扑哧一声，咧嘴笑道：“你爹！我说你越来越像你爹哩！”

“说正经的，别打岔！”李俊鹏也跟着扑哧一笑，随即扭住眉头呵斥，“我是我爹的儿，不像我爹像谁？”

“你大哥也是你爹的儿，就没你这么像！”段涛打趣道。

李俊鹏显然不想听他说些没用的话，话头一转：“你今后有什么打算？回来有段时间了。”

段涛知道李俊鹏指什么，想到自己念书念到半路，没念出什么名堂，实在读不下去跑出去做工，做了一阵子也没有起色，现在又跑回家，待了也快大半年了，心里有些惆怅：“不晓得，当农民，种地呗！”

“我看你不像个种地的，你就没这打算。”李俊鹏道。

“我这些日子可是天天蹲在地里，你也看见了，没这打算我干嘛费这劲儿？”段涛有些急了。

“你那是还没想好干甚。”

被李俊鹏戳穿心事的段涛面色有些不自然，准备转移话题：“你信白孝川吗？”明显段涛不想继续这个话题，李俊鹏也适时停下，并顺着他的话题略一思考道：“我更相信事实，与其我们在这儿猜，不如用事实说话，他要真是考古的最起码有材料证明吧！工作证总要有吧！还有，他是党员吗？”

段涛眼睛一亮，只要是正经研究工作，肯定要留有资料的，自己怎么就没想到呢？一直习惯从人情的角度考虑问题，总想着托人打听，县城偏远，传回来的也不一定真实，传着传着就变了味儿。“你放心，有消息我第一个告诉你！”李俊鹏知道段涛心里的顾虑，这个人要面子，不像他爹段响亮只认钱。段涛点点头，看看日头准备起身道：“你大哥和我姐快回来了，时间不早了，我回去了。”

出了李家往回走，段涛思考了许多，一方面想知道白孝川找李志诚会说些什么？他想知道白孝川的事情，除了自家卖地给他引得村里多了些闲言碎语这个原因外，也是他深藏在内心的好奇与冲动，此刻他无比期望白孝川真的就是考古工作者，而不是传闻里让人鄙夷的偷挖人祖坟的恶贼。虽然他不知道考古工作到底是什么样的工作，具体做些什么，但至少是国家允许的，可以放到台面上的光明正大的工作。没有人理解他此刻的心情，就像坐在大火上的一壶将要喷涌而出的沸水，被压上严实的盖子，找不到发泄点，他迫切地需要一个出口，而白孝川极有可能就是那个出口。通过这个出口，他可以名正言顺地离开这片庄稼地，到另外一个自己从未涉足的地方，到更加广大的世界中去，最重要的是能让村里人高看一眼。另一方面，他想到了李俊鹏，这个让他怀有无比复杂心情的人，是自己从小到大的赤屁股的好友，后来自己的姐姐和李俊鹏的大哥结婚了，两家人结了儿女亲家，他们两个人更是亲上加亲，比以前更无话不谈了，以前只谈天说地，聊时事，现在也会聊前途，聊未来，聊一些更加私密的事情。在大家眼中李俊鹏太过优秀了，读书好，相貌好，考虑事情周到，会来事，还有李志诚这么个当村支书的老子，从小到大，只要他们俩站在一起人们都只会注意到李俊鹏，就像刚才，白孝川也只注意到了李俊鹏，要不是李俊鹏介绍，对方未必主动和自己搭话。长久以来，活在李俊鹏的光环下，他已经渐渐麻木了，以前有过既生瑜何生亮的感慨，但是不可否认的是，在与李俊鹏多年的相处里自己早就默认了他的优秀，慢慢地用人外有人，天外有天来安慰自己。现在，自己绕了一大圈又回来种地了，虽说李俊鹏也在地里劳动，但是跟自己有天壤之别，说不定他明年就回队里任职了，而自己只不过是守着自己娘老子混日子罢了。段涛自己都记不清从什么时候开始感觉比人矮了一头，不同的是，现在的他越来越在意矮下去的这截了……

白孝川到了队里，几个生产队的人基本都在，在他说了来意后，队里的人都抬头看他，还有一些人开始窃窃私语。一个叫朱玉庭的男人过来招呼他，跟他说："李书记临时去县里了。"

"走了多久了？"白孝川显然没想到会有这么巧的事，一出门就出师不利，看到队里人的反应他突然有了不好的预感，更觉得这事要尽快解决了。"刚走没多久，这阵子应该到村口了。"朱玉庭看见面前明显露出焦急神色的白孝川又补充说，"你要着急的话，现在说不定还能追上哩！李书记大概今天回不来了。"

朱玉庭后面那句话让白孝川心里顿时暖了一下，虽然他心里很感激朱玉庭，但是现在的情况不允许他浪费更多的时间。向朱玉庭激动地拱拱手后，白孝川抬腿就往村口赶了。一路上好多乡亲去落家，虽看见面生的白孝川从硷畔下来，着急忙慌呼啸而过，但以为他是落家的宾客，因此也并不惊讶。

村子里吃席很简单，物质条件匮乏，主要以黄米、玉米、洋芋、萝卜为主，能见到腥荤是大家最稀罕、最开心的了。一大早村里的男人们就赶过来在院子里搭起了帐篷，搬桌子的、摆碗的、做饭的，人来人往好不热闹，前一天支起的几口大锅现在里面倒了油，在柴火噼里啪啦的爆裂声里烧得直冒烟，葱姜蒜一齐下锅发出嗞嗞的声音，接着下肉、下菜；炸油糕的锅里更热闹，切成长条形的糕片躺进去，立刻涌起一圈两圈金黄色的气泡，密密麻麻地缠着糕身逐渐膨胀，这些气泡也不闲着，朝着某个方向齐齐发力，推挤着糕体慢慢向上漂浮，直至露出油面，被筷子一夹一捞。好几股巨大的烟火气凝结成团向上鼓起，冒得老高，隔着院墙都能看到升腾而起的白色雾气，夹杂着喷香的气味。

老人小孩早早就赶过来找个好位置坐下等待开席了。做饭的周婶儿、唐飞、岚子、小枫，加上几个前庄的媳妇，七八个人撸起袖子，拿着锅铲、菜刀，忙得热火朝天。

不一会儿，村里人都来了，二十几张桌子都坐得满满当当，来得迟的从家里带来小板凳挤着坐，坐不下的就把小孩抱在怀里，有些还自带了碗筷。

郝小替招呼着把人安排坐好，走到刘小岚、刘小枫姐妹跟前说：“我留了位置，你们弄完就过去吃吧！”小枫看了一眼郝小替留的位置，赫然是白丹坐的那桌，她低下头没答话，继续手上的活儿，一旁的几个帮忙的婆姨起哄：“怎么就留两个！不给我们留？”“就是！郝队长，你这心眼子偏得厉害了，只知道招呼年轻、俊的，不招呼你大姐们？”说着又指指周婶，“周婶子，你说呢？”“郝小替，周婶子平日对你可不错啊！”周婶子却只管锅里的饭，也不管他们年轻人怎么闹腾。

郝小替脸红了红，挠挠后脑勺，有些不好意思：“我再给你们支张桌子咋样？”刘小岚倒是不大在意：“小替，我看算了吧，我们等忙完了最后吃，到时候有的是座位。”几个婆姨本也和刘小岚是一样的打算，就是为了开玩笑起哄，逗逗郝小替，也就罢了。郝小替偷偷瞄了一眼刘小枫，见对方情绪不高，丝毫没有坐下吃饭的意思，于是再没言语。

李俊鹏和段涛一前一后进来，院里早已热闹非凡了。段涛注意到刘小枫还没有落座，看见面前刚好空着两个位置，犹豫了一下，转眼就见李俊鹏直接坐在其中一个空位上，到嘴边的话来不及说出口，也就跟着坐下了。不一会儿，远处响起唢呐锣鼓声，送葬的队伍回来了，意味着可以开席了。碗碟声窸窸窣窣，上菜、吃饭自然而流畅，人聚人散仿佛都是一眨眼间完成的动作，宴席正要散，忽然有人跑过来说："不好啦！快打起来啦！"一众乡亲支棱着耳朵，接着也不问缘由就跟着来人乌泱乌泱地往事发地跑了。李俊鹏拦住一个小伙子问："怎么回事？谁打起来了？"

"偷墓的！是那个偷墓的！"说罢又挤进人群里跟着乌泱乌泱的队伍往前拥。"糟了！"段涛听了大呼一声。李俊鹏也是一惊，脑海中瞬间闪过几种可能发生的情况，又想到刚刚李志诚突然去了县上，什么时候回来还说不准，如今要是闹起来该怎么解决，他不由得拧起了眉头。

镇白石前，白孝川和落守吉眉眼上均是黑青，鞋和裤子都灰突突的，显然是在地上打过一架了。白孝川拍拍裤腿上的尘土，一脸丧气。"咋回事？"李俊鹏从人群里挤进去，把落守吉一把拉住。

"咋回事？志鹏，这个姓白的可不是甚好人，他鬼鬼祟祟地偷跑到咱们白柳村，你说他想干甚了？"落守吉黑布衫上的扣子被扯得早不知掉哪儿去了，领口大敞着，脸憋得通红，脑门儿上全是土，奔颅上的汗淌下来不等擦就又和面上的尘土融成了泥污。他也是四十岁的人了，不比大小伙子，跟白孝川在地上打了几个滚儿，此刻已是气喘吁吁。

"守吉叔？他是刚搬到咱村住的白孝川，"说着帮落守吉吹了一口头顶的土灰，"瞧您，有话不能好好说，依我看，这里面一定有甚误会！"

"能有甚误会？你问问大家伙儿，谁不知道，他白孝川能是个一般人？"落守吉闻言撒开李俊鹏的手，指着白孝川，"我明明看见他趴在山丘上鬼鬼祟祟，不知道打甚坏主意哩！再说，今天是个甚日子？今天是我二大的葬礼，这种日子我们不上门找你，你就该躲得远远的，还跑出来乱窜，一肚子坏水，我看他是存心往我们落家门前洒脏水。”

落守忠和落守祥听到响动也跑来了，看见白孝川就知道这事千避万避还是没避开，该来的总是要来。

“我看大家是误会了，守吉叔，凡事要讲究证据，现在没有证据说明白孝川同志就是你们口中的偷墓贼，咱不能冤枉好人。”李俊鹏说罢看向落守忠，“守忠叔，你说呢？”虽然时间不长，但通过这些日子的来往，他知道落守忠刚回乡时间不长，性格也是老实本分，没有落有财家这两兄弟难缠。被突然点到的落守忠心里一团乱，他没想到原本顺顺利利的丧事眼看着办完了，饭都吃罢了，来这么一出。他看了一眼守吉，心里一时后悔——叫他出去看还有没有没过来吃饭的乡亲，咋出去了就偏偏撞见了白孝川，要是没碰见还好，否则依他这火暴性子，万不是轻易了事的人，现在好了，还打了一架，闹出这么大的动静，全村人都来看热闹了，他要是不管不顾，就是在全村面前丢落家先人的脸，以后还让人看他落家的笑话。“守吉哥说得没错，今天这日子不比往常，我爹才下葬，就闹成这样，要是说不出个一二三，我咋跟落家先人交代？”

李俊鹏没想到落守忠平日里看着老实巴交，实际上心里也打着小算盘，想到老人常言，厉害的狗不叫，还真是不能小看老实人！

李志鹏还想说点什么周旋一下，突然一个踉跄被落守吉推开，“俊鹏，你不懂就不要在这瞎搅和了，你大不在，你个毛头小子也做不了主，我们自家的事我们自家解决！今天，当着全村人的面，一定要这白孝川好好交代，他鬼鬼祟祟地来我们白柳村到底打的甚主意，这也是村里乡亲们关心的大事，谁家没个祖坟，大家伙儿说对不对？”

“对！”

“就是！一定要交代清楚！”

“说明白再走！”

…………

落守吉扯着嗓子三言两语煽动得看热闹的人比刚才更来劲儿了，就好像白孝川明天就要挖他们家祖坟似的。

白孝川缓了缓劲儿，他这辈子哪里受过这种气？况且依他现在的体力确实比不上村里劳动的人，从早上来到村里一下没歇，一口水也没喝，遇到个二流子说了几句话就开始动手，搞得这样灰头土脸的，心里窝着一团火不知往什么地方发，眼看又被村里人给团团围住，心情更是跌落到谷底，后悔出门没看皇历。看着村里来势汹汹的众人就像是秀才遇上兵，可他除了说理还能咋办？“白柳村的乡亲们，我想你们是误会了，不知道那些谣言是谁传出来的，但是天地良心，我白孝川发誓，我真是考古工作者，虽说现在回乡了，但绝对不是甚偷墓的，我打小也是喝过白柳村的水的，出去了这么多年，也不是那种忘恩负义的小人，我这次回来就是好好过日子的，你们一定要相信我呀！”

“这下大家伙儿相信了吧！”李俊鹏拉过白孝川，招呼着让众人散场。

落守忠没说话，心里巴不得大家伙儿不追究，让这件事快些过去。但是落守吉可不打算就这么完事，他上前拦着李俊鹏，说：“不对，没这么简单！”混浊的眼珠子在眼眶里转了转，心里顿时咯噔一下，“我知道了，好你个志鹏小子，真当你守吉叔好哄骗哩！我说嘛，你干吗这么护着白孝川。”又指指李俊鹏身后的段涛，“原来是因为这个呀！他段响亮甚烂脏钱都敢挣了，把自家的窑卖给白孝川，李志诚跟段响亮是亲家，而你自小又和段涛穿一条裤子，他们家得了钱能少了你家的好处？怪不得从一开始你就一直为白孝川说话，护着他，这里面猫腻可真不少哩！”

段涛一听，涨红了脸，气鼓鼓地险些跳起来：“守吉叔，你说甚哩！不要瞎说！”

“我瞎说？你让段响亮自己站出来说，让他给大家伙儿一个交代！”落守吉话毕，众人都开始找段响亮，人们互相看看，哪有段响亮的人影？“段响亮去哪儿了？刚刚明明还在这儿！”落守吉气极，道：“段响亮这碎㞞真会躲事！”

段响亮是个老油子，一看见白孝川和落有吉打起来了，就吓得躲远了，这会儿不知藏到哪个山圪崂去了。

白三和白四两兄弟看见落守吉打了人仍不善罢甘休，脸色有点不好看，白三更是直接黑了脸，之前是看在落有名去世的分儿上给落家人面子，实在是不好反驳，于是好心帮他们出主意，没想到现在是蹬鼻子上脸，这个落守吉更是去了趟青海就不知道自己几斤几两了，真以为自己比村支书还大了，不分青红皂白直接就动手打人！白孝川好歹是他爹抱养过来的儿子，姓白，就是他们白家人，打白孝川就是打他们白家的脸。“落守吉，我二哥刚回来甚也没干，他连你落家的门在哪儿都找不见，你凭甚无缘无故就动手打人？再说了，白柳村也不是你家的，凭甚他不能来，难道以后谁要来这村里住，还都要给你打个报告？你比村支书还牛？”

落守吉看见白家兄弟气不打一处来，说：“白三！我还没找你麻烦哩，你倒先挑衅起我来了？你说，你之前说甚了？”

“我说甚了？”白三反问，他倒要看这个落守吉想干什么。

“不是你出的主意让白孝川晚些天回来吗？”

“我甚时候说了，白家人为甚不能回这白柳村？”白三索性破罐子破摔了，这落家人他就惹了又能咋的。

落守吉没想到这个白三这么不要脸，他回来那天守祥就亲口把白家两兄弟的话给他转述了一遍。这个白三现在竟然不承认了。“说话不算话，就你还男子汉，我看你就是个㞞包！”

“你骂谁㞞包？你真以为我们白家没人了，让你好欺负？”白三说着跳出来要和落守吉理论，落守吉早就一窝子火没处发，撸起刚放下来的袖子就往上扑，旁边的人拦都拦不住。

“行了，这是要干甚了，不嫌丢人！”落有财腿脚不便刚赶过来，三眼两语就知道出了岔子，“都住手！”他一声吼让场面一下子静了下来，众人都看着落有财，他把抽尽的烟卷撇在地上，使劲踏了几脚，“这个事得李志诚来评判，他是村支书，也知晓内情，让他定夺！”

“我爹不在，县里有急事，一时半会儿回不来！”李俊鹏皱眉。

“不在就去你家等，等到你爹回来，不管咋说，这事必须有个说法！”落守吉说着和一帮人起身浩浩荡荡往李志诚家走。白家兄弟也紧赶着，村里看热闹的人肚子吃饱了眼睛还闲着，麻溜地跟着去了，也不管家里满院的营生。

段涛急得像热锅上的蚂蚁团团转，围着李俊鹏，惭愧道：“这可咋办，都堵到你家门口了！”李俊鹏这会儿不比段涛轻松，李志诚才一上午不在，村里就闹出这么大的动静，他一直觉得在他爹身边待得久了，看得多了，村里这些事情处理起来没多难，无非就是一些家长里短的碎事，他以前一直觉得只有生产队里的事才是正经事，可现在，他才知道原来家长里短的小事也能像星星之火，可以燎原。而眼前正是一个考验他能否独当一面的机会，他必须站出来平息这场纷争。可真要干起来一时竟不知如何下手，如何把这些人的矛盾解决了，他无奈地发现自己还差得远呢！“你等等，让我想想。”李俊鹏看着往他家方向去的人群，圪蹴在石头跟下直挠头，段涛在旁边越催，他越慌。“你说这落家人咋就这么难缠哩，平日里还真小瞧他们了！”段涛也跟着圪蹴下。“落家人也是白柳村老人了，祖上多少辈子就扎在这村里了，这事算是戳在人肺管子上了，咋也得给个说法。”李俊鹏说完略一思考，“落文不是回来了吗？她是个读书的，找她说兴许能成事！”

“她能同意吗？”段涛想落文毕竟是落家人，胳膊肘能往外拐吗？

“同不同意也只能试试了！”说罢两人急忙起身就往落家赶。落文正跟几个婆姨一起刷锅洗碗，并不知道外面究竟发生什么事了，李俊鹏和段涛把事情的经过大致一说，想让落文出面把落家人劝回来。落文放下碗，她万万没想到他叔竟在外面跟白孝川打起来了，落姜跟赵珍听了心都揪起来了，急得就要放下碗往外跑。落文忙把这两个人拦住，说："婶子，小姑，家里还一团乱，人都走了留下这一摊可咋整？你们先在家等着，我跟俊鹏他们过去！"听落文说要过去，李俊鹏和段涛终于松了口气，但他们又担心落家人不听落文的话。路上，落文问李俊鹏："现在也没旁人，你跟我说实话，这个白孝川到底是个什么人？"

"落文姐，白孝川真是考古的，你不要信那些谣言。"李志鹏表情严肃。"落文姐，我跟你打包票，白孝川是考古工作者！"段涛紧跟着开口，眼神里闪着让人难以忽视的坚定的光。

三人抄小路赶往李志诚家，院子里早就挤满了人，大门口的围墙上也趴满了看热闹的人，李俊鹏走在前头，挤进去开路，说："大家都让一让，让一让。"院里落家人和白家人面对面僵持着，一个个冷着脸，谁也不让谁，有吹个哨子的就能直接开打。李俊伟和段小香两口子看到李俊鹏回来，忙过来拉住他，说："咋回事呀鹏子？这是咋了？这些人全围进来说要等爹回来有个交代，是不是因为那个人。"李俊伟指了指坐在白三旁边的白孝川。李俊鹏点了点头，说："哥，没事，落文有办法。"

落文拉住落守吉说："叔，你们咋跑到这闹开了？这像个什么样子？"落守吉见是落文，脸色稍缓和了一下说："落文，你不知道，这白孝川偷摸摸地来村里了，还鬼鬼祟祟地蹲在那村口，被我抓个正着，你说气不气？"

白孝川听了跺着脚忙解释道："我那是着急找李支书！不是鬼鬼祟祟！"

"你偷摸着找李志诚干甚？"

本来还欲解释的白孝川听见偷摸两个字，立马拉下脸，说："我找他干你啥事？这你也要管？"

眼看着两人又要吵起来，落文忙打断，说："叔，你先听我说，我在县中学听我们主任说了，白孝川之前确实是考古的，还有工作证哩，是我们误会人家了！”

“落文，你说甚？”落有财问。“落文，你娃娃家不知道就不要出来乱说，这可关乎咱家先人脸面的事！”落守昌拉住落文，生怕她乱说话惹事。

“我真不是瞎说，大家伙儿听我的，这白孝川真不是偷墓的，乡亲们吃也吃好了，就各自回家吧，不要跟在这儿起哄了，李支书一时半会儿回不来，你们围在人家里像什么样子？你们要是不信我说的，大不了等他回来了再让他给个交代咋样？”落文说罢拉着落守吉就要走。李俊鹏见状忙揽过落守吉的肩膀，说：“就是，守吉叔，落文姐说得对，你就不要闹了，你们落家和白家都是村里的老人，往前数几辈关系指不定多好呢，白孝川是白家人，闹成这样多伤和气，以后低头不见抬头见的，不管咋样，也要给人面子呀！”落守吉看了看白家人还是那副臭样子，冷哼了一声，说：“俊鹏，我可不怕甚白家人，我这是给我家落文面子，她刚回来，村里人想看她笑话的人不少，你也是大后生了，我不为难你，省得让人笑话我仗着年纪大欺负你们小辈，但是这事没完，迟早是要给个交代哩！”

落文给李俊鹏使了个眼色，李俊鹏瞬间明白了，他笑着说：“叔，你的意思我都懂，一定给大家伙儿一个满意的交代，咋样？”说罢看着院里墙头围的满满的村民，说：“大家伙都散了吧！家里地里都有营生了，都各忙各的吧！”李俊伟和媳妇松了口气，张罗着疏散一众乡亲们，一场对峙总算暂时停歇了。

七

刚才还闹哄哄的院里此刻只有水声、碗碟碰撞声以及扫帚在地面上划出干脆的声音。落姜麻木地将手中一个个的碗泡在大洗盆里，看着盆里的水由清澈变得昏黄，直到污浊。她并不喜欢洗碗，脏兮兮的，虽然她自己身上的衣服比碗还要脏上许多，可从心底仍觉得碗很脏。不久前是谁把嘴放在碗沿，她不知道，可无非就是村里的这些人。她记不清自己洗了多少年的碗了，大概从六七岁开始吧，这让她产生洗了一辈子碗的错觉，她没想过不干，村里没有哪个女人说自己不喜欢洗碗，然后拒绝这项刻着女人名字的工作，这算哪门子工作？乡下女人不就是干这些事的吗，城里女人也干着哩！不要说洗碗，家里的这些营生女人不干难道要爷们儿干？她发觉自己陷入了某种执拗——烧火、做饭、砍柴、喂猪、掰玉米、打谷子、锄地……让她干什么都可以，可唯独不洗碗！她把这种情绪深藏在心底，不敢向任何人吐露。要是说出来免不了被人骂矫情，哪个贫下中农对劳动挑挑拣拣的？她开始反思自己为什么会有这种让人厌恶、可耻的想法，从小什么脏活儿累活儿没干过呢，突然而来的情绪让她羞愧。她看了看坐在她身边的赵珍，动作麻利，几缕头发松垮垮地挂在耳朵两侧，这个来自银川的乡下女人很能干，人也好相处，来到白柳村从没给过自己脸色看，周婶子还说嫂子小姑子不好相处，更何况是外地人，害她之前还担心了好一阵，现在看来根本不是那样。看着别人劳动，落姜觉得放松，她的心现在很平静——这些天从没有如此平静过！就和她现在的生活一样，她想起自己以前最爱在家里没人的时候，一个人偷偷坐在地里的田埂上，看远处干活儿的人们，想象着他们此刻脸上的表情，晶莹发亮的脑门儿和满是泥泞的脊背，好像夏夜里疯狂聒噪的蝉虫用力燃烧自己的生命，空气里似乎有种迷人的香气在无声地蔓延，穿过静默挺立的高粱丛，漫过不太丰盈的河道，变幻成一层轻纱拂过脸颊。她发现落矮有时候也这样，不太爱说话，一个人到处跑，总是找不到他的影子。只一瞬，她又想起了冯世春——嘴里啃着一根柳树条子站在树荫下，笑得很轻柔……这让她平静的心再次颤抖，吓得她忙掐了把自己的手肘，留下一片红色的青紫。

第二天下午李志诚回到村里，一进村就赶上段响亮在镇白石前跟众人瞎白话，在七嘴八舌中他听到了关于白孝川的事，当时急得就破口大骂："奶奶的，我才走了多久，落守吉就惹下这么一摊子事！我昨天去县里，吴主任跟我说了白孝川的情况，人家是正经的考古队员，哪是甚么偷墓贼！他还敢动手打人？这可给我惹下乱子哩！"说罢忙往白孝川家跑。段响亮听了松了一口气，转瞬间乐得合不拢嘴，瞬间挺起了那背锅的腰，硬气起来，跟在李志诚旁边一边走一边说："这可太好啦！亲家，你没见昨天那落守吉多嚣张，气死我了，还敢带着一群人围在你家院里闹事，分明就是不把你这个村支书放在眼里。"李志诚心里本就有些火，他从吴主任话里话外听出了这个白孝川不是一般人，说不定和吴主任也有几分关系，不然人家也不会在开完会单单把自己叫住提起白孝川的事……因此他心里更加笃定这个白孝川不但不能惹，还得像供神一样给供起来才好哩！同时，心里不停地暗骂落守吉这个哈凥，趁自己不在就给他惹下一屁股麻烦。耳边段响亮越说越起劲儿："还是俊鹏有本事，晓得找那个落文！"

"甚？俊鹏去找落文了？"李志诚面色稍霁。

段响亮哼哼："是呀，没想到这落守吉天不怕地不怕竟能听这个晚辈的！”李志诚笑了笑，有些欣慰自己的儿子竟然能想到这层利害关系，心里不免骄傲起来，在他眼中村里所有后生都不如自己儿子有本事，语气顿时柔和下来说：“他当然要听了，别忘啦，落文不是打算从县里转回来教学吗？现在还没定下来呢！”段响亮一听就知道这里面不简单，况且他一向对教书的事敏感，忙问：“咋说？不是往高处走难，往低处走易吗？从县上回乡里还不容易？”

“名额是定好的，听说今年有人主动愿意来咱村里教书了，所以这名额能不能落到她落文头上还不一定呢！你当落家人真是听俊鹏和落文这些晚辈的话，他是怕惹出乱子耽误落文的前程哩！”李志诚把双手背到后面，露出高深莫测的表情——他算是明白了，落守吉这是故意挑事和自己打擂台呢，要是往后落文的事出了岔子，白孝川这件事且有得闹……

“亲家，你说我家涛子能教书不？虽说他书读了个半吊子，但好歹念到高中了，教小学生应该没甚问题。”段响亮一听耳朵都竖起来了，凑到李志诚跟前露出讨好的笑容，面上的褶子像粗树皮一样挤在一起。李志诚早知道段响亮又盘算上让他儿进学校的事情了，而且不止一回，好说歹说就跟听不进去似的，他有些不耐烦地说：“前两年缺了老师还能跟县里打报告，咱队里自己选人，现在直接上面分配了，这也是计划的一部分，哪里由得村里定，这个事你就不要想了——没戏！”段响亮是个识眼色的，知道李志诚不想再聊这个话题，索性就闭了嘴。

转眼到了白孝川家，一进门就看见院里收拾出来了，干干净净的。“白兄弟，是我！”段响亮扯着嗓门儿吼。白孝川忙从屋里出来，说：“段老哥，你来啦！”看到跟段响亮一起进来的人正准备开口，李志诚抢先自报家门：“白孝川同志，我是李志诚，昨天的事让你受委屈了，我在这里必须向你道歉。”说着伸出手与白孝川握手。白孝川惊讶于李志诚的坦白主动，随即又被这股热情感染，忙笑着说：“我知道，你不在村里，也是没办法。”

“白孝川同志，说来惭愧，昨天县上突然有急事，没想到竟然发生这样的事，这个落守吉实在是太不像话了，你放心，我一定给你一个交代！”李志诚说得诚恳，白孝川原本心里的气也没办法再发作，说：“李书记，过去的就过去了，我也不计较了，可是日后，我要在村里长久地住下去，村里人如果再这么误解下去，还指不定又闹出什么事来。”白孝川说着叹了口气。

“你是文化人，我们在你面前就是大老粗，说不了漂亮话，我给你保证，这个事肯定要解决的，不用等日后，就今天！立马解决！”李志诚对一旁的段响亮吩咐，“去把村里人都叫过来，就说我昨天欠大家伙儿的交代现在就还！”段响亮听罢也激动起来，忙跑出去扯着嗓子张罗起来。这些天他一直夹着尾巴做人，此刻终于扬眉吐气了，他就是要让那些暗地里戳他脊梁骨的人看看，他段响亮不过卖了孔窑，一没偷人二没放火，凭甚往他身上泼脏水？想着想着不自觉嗓门儿也大起来，他现在只后悔来的时候没把家里那口破锣拿上。

不一会儿，白孝川的家里就被村民们里三层外三层地包围起来了，李志诚和白孝川站到最中间。“乡亲们，昨天的事我都听说了，今天，我一回村连家都没顾上回，就把大家叫过来，是有重要的事要说明！”人群里开始窃窃私语，落有财年纪大了和村里几个老汉找了个圪崂坐下点了棒烟抽着，落守吉站在人群前面，双手抱住胳膊肘，落守昌和落守祥刚从地里回来，满头大汗还喘着粗气，众人的视线全部集中到村支书李志诚身上，等着他说下一句。

“昨天我去县里开会，吴主任跟我说了白孝川同志的事情，大家都误会啦，白孝川同志是考古工作者，不是传言里说的什么偷墓贼！当然啦，我想大家并不是针对白孝川同志个人，而是对这个考古工作存在误解。这件事我已经弄清楚了，其实早在1955年，北京那边就提出正式考古了，这个事是国家同意的，是好事！研究、保护我们老祖宗留下来的宝藏，是非常有意义的事情，对子孙后代都有好处。现在不一样了，现在是什么时代？是好时代！是最伟大的时代！毛主席给我们带来了好日子，难道国家做出的决定能是坏的吗？能害我们吗？吴主任说了，白孝川同志之前在省考古研究所干过，还参加了专门的考古进修班，是非常专业的考古同志，前几年他还跟随考古队参加过几个大型文化遗址的发掘工作。就连吴主任都对白孝川同志提出表扬呢，所以，大家不要对考古工作有什么误解，甚至是有任何恶意的猜测，这都是不对的！来者都是客嘛，既然白孝川同志来到我们白柳村，我们就应该爱护他，把他当作白柳村里其他父老乡亲一样看待，大家说好不好？”

“好！”李志诚话音刚落地，段响亮就鼓起掌来大声叫好，众人也跟着鼓起掌来。

“那我们请白孝川同志给大家说两句，大家欢迎！”李志诚鼓完掌，请白孝川发言。白孝川叹了口气，站到李志诚刚站的位置，说：“乡亲们，我是白孝川，想必昨天大家都见过了……实在没想到是以那样的方式跟大家见第一面。”说着看了一眼不远处的落守吉，“之前都是误会，过去的就让他过去吧，我还是希望大家能正确看待考古这项工作，不要有什么偏见，今后，还指望父老乡亲们多多照顾，我在这里谢谢大家了！”众人听了，见落守吉也没吭声，纷纷跟着段响亮鼓掌欢迎白孝川。

人散后，落守吉气呼呼地往家走，落守忠、落守祥，还有落文见状追过去。“叔，您还生气呢？”落文问。

“哼！”落守吉想到刚才白孝川一副大人有大量的语气，还有段响亮得意的样子，就气不打一处来。“守吉哥，听李书记说的，白孝川确实不是偷墓贼，是咱们误会人家了。”落守忠劝道，在他看来落守吉确实有些冲动了，况且他原本就不太赞同落守吉昨天的做法，他一直认为孝顺是要看人活的时候做甚，而不是死后。

“我看没这么简单，那天我亲眼看见他拿把尺子鬼鬼祟祟不知在捣什么鬼，还是得留意，你瞧段响亮一副小人得志的样子，看着就叫人就恼火！”说罢，落守吉抽了抽胡子，扭着两道浓眉。

“咱这村里会不会真有墓啊？不然他一个考古工作者在省城待得好好的，跑来这干吗？”落守祥不由地往那方面想。落文想了想分析道：“可能性不大，要真有，那肯定会走正规流程，也不会闹出这么大的误会了，况且白孝川已经买了段响亮家的窑，像是要在这安家的样子，可能真是我们多想了。”

“其他事情我们管不了，让他李志诚操心去，他不是能行么，往后真要出了事我看他打脸不，咋向乡亲们交代，这个书记也别想干了！”落守吉冷哼。他早就看李志诚不顺眼了，一副领导做派，说话冠冕堂皇，他到现在都不明白这种人为甚能在村里有这么大的威信，也就是他早年不在，离家去青海了，要是他不走，这白柳村的书记还不一定是谁的呢。想到过去，他的心又一阵痛……

走到岔路口，男人们该去地里的都去地里，落守忠叫住几人，说：“今晚都来家里吃饭，劳动完别回去了，我和珍子叫家人们吃顿便饭。”几人应称完就各自走开了。

白孝川家里，人已经散去了，李志诚和段响亮安顿了几句准备告辞，“涛子，回地里。”段响亮招呼儿子和自己一起走，段涛看着白孝川欲言又止。此刻他激动的心情还没有平复，哪有心思去地里劳动，接着又听到段响亮在一旁催促，心里知道自己不好当着他的面和白孝川说话，无奈一时半会儿也找不到合适的借口，只好慢吞吞地跟在段响亮身后，盘算着日后想办法，再找机会。而段响亮则沉浸在另一番得意扬扬的情绪里，压根儿没注意到儿子的心事，说：“你看到落守吉那张脸没？气得脸都青了，真是大快人心，这叫什么？老天爷都不帮他！他在青海待他的，回来这么几天还敢跟你李叔作对，虽说村支书不算什么大官，但在咱们这穷山沟沟里，在这白柳村，还就比平头老百姓强……”

“那是人家白孝川本身底子干净，要真是贼，咱家就真摊上事了，不被村里一人一口唾沫淹死才怪！”段涛看着父亲得意的神色，有些不高兴地嘟囔。“你这碎崽子说的甚话，连你老爹都敢教训了？胳膊肘一天往外拐，我愿意卖那孔窑吗？还不是为你个不成器的东西，你看看俊鹏都知道给咱家抹事，你呢？”段响亮听了儿子的话，原本咧到耳朵边的嘴角立马收住了，气得立马鼓起了腮帮子，想起李志诚家的俊鹏就越发觉得自家儿子不争气。“俊鹏俊鹏，你一天到晚就知道俊鹏，你咋不让他当你儿子？”段涛本来心里就有疙瘩，段响亮从小到大事事都爱拿李俊鹏和自己比较，可是这次，他没忍住立马发起火来。“哼，我巴不得他是我儿子！”段响亮没有料到自己儿子会突然因为这个跟自己发脾气，立马瞪起眼珠子恼道。

段涛脾气上来了，说：“你想也是白想，我这辈子都不如李俊鹏，因为我没有李志诚这么个有本事的爹！你咋不想想自己为甚比不过李志诚！”这些天白孝川的事情闹出的波折，这半年在地里的苦闷，还有多年来积压的怨气让他顾不得段响亮这个做父亲的感受，只想发泄自己的不满，索性让他也尝尝不如人、低人一等的感受。“好你个碎㞞，你说甚？你现在连你大都敢撅了？你给我站住！站住……”

段涛说罢就走了，把段响亮撂在半路上气得直发抖，隔着几条路都能听到他骂人的声音……

李志诚回到家，看见大儿子李俊伟和媳妇段小香正在收拾，准备吃饭。“爹，你回来啦！”李俊伟道。

“嗯。”李志诚点了点头，又在屋里屋外看了一圈，没有见到小儿子李俊鹏的人影，“你弟去哪儿了？”李俊伟帮媳妇把饭舀出来放在桌上，“俊鹏被队里的人叫走了，一会儿就回来了。”李志诚看着大儿子没说话，李俊伟虽然没李俊鹏出挑、有能力，但也是个忠厚老实的孩子，就是胆子太小了，不扛事，原以为成家了能成长起来，但这几年也看不出变化，这辈子估计成不了大事，李志诚这才把全部的希望放在老二李俊鹏身上，希望他能有出息，把这个家扛起来，以后也能拉他哥一把。李志诚端起碗，又对儿媳道：“小香，白孝川的事情解决了，不用太操心了。”

“爹，我听说了，还是你有本事，我爹做事没个轻重，为了涛子的事不管不顾的，这回差点惹出乱子。”段小香把一盘白面馍端出来放在桌上，坐在李俊伟身旁。“这回问题在落守吉身上，好在他没把白孝川打出个好歹，不然我可被他害惨了。”李志诚道。

“爹，白孝川真是省里的什么学家？”李俊伟问。

“吴主任都发话了，还能有假？”李志诚啃了一口馍道。正说着，李俊鹏从屋外进来，说：“爹，你回来啦！今天的事我都听说了。”

“你们倒是消息一个比一个灵通。”李志诚笑。

“大鹏回来啦！我给你拿碗。”段小香站起来让李俊鹏坐下，她嫁到李家也有两年了，不会看不出公爹偏爱这个小儿子，何况李俊鹏还是跟自家兄弟一起长起来的，从小看着亲，所以她在人前人后都对李俊鹏像对亲弟弟一般疼爱。“嫂子，我自己拿。”李俊鹏说着径直走进灶房取了个碗出来，然后自己盛饭。“我就知道白孝川不会有什么大问题。”

“你咋知道？”李志诚放下手里的馍，他倒想听听儿子怎么想的。“猜的！”李俊鹏看见父亲洗耳恭听的样子，突然转了念头，并没有说出自己心里的真实想法。李志诚显然没想到儿子的答案，摇着头嗤笑了一声：“你娃还得多磨炼磨炼！”

八

到了晚上，前日闹哄哄的落守忠家彻底冷清下来，锅灶早就卸下，杂物被清扫干净，骡子也被拉出去托人卖了，否则这会儿它该蹲在草棚底下，耷拉着耳朵，不时嚼动厚厚的嘴唇，或许隔墙的树叶还会落在它毛茸茸的头顶……落矮坐在门口的台阶上，极目远眺面前沉浸在黑暗里的大山，想到坟地里此刻一定也被黑暗笼罩。

落文先到，见落矮一个人坐在门口，说："落矮，你一个人坐在这干甚？"

"落文姐，你说太阳是不是有一天也会褪色？"

"什么？"

"太阳完全褪色了就变成黑夜了。"

"好美的想法！"落文惊呆了，她不禁感叹落矮竟能说出这么有诗意的话。落矮接着问："人死了去哪儿了？"他看了一眼落文，目光重新回到远处的大山，表情始终平静。这让落文突然发觉落矮不是自己印象里的小孩子了，他经常喜欢一个人发呆，想到他跟着父母到处搬家，又在城里念过书，内心世界自然也更加丰富，她突然有些心疼这个敏感的孩子，伸出手在他头顶上摸了摸，说："坟墓只是个标记，不过是留给活人一个烧纸的理由罢了，地下的人安详地睡着，与闹哄哄的人群再无相关，与自己也不相干，反正多年后所有人最后都会回到那里，只是早一步晚一步的差别，任由土地包裹，就像人，此时忙着吃地里的东西，日后也将自己毫无保留地归还给土地，还带着陪葬作为回礼，这是老天对人做过最公平的一件事，懂了吗？”落矮看着落文突然认真的神情，似懂非懂地点点头。

这是丧事办完后落家人第一次聚在一起吃饭，饭菜很简单，把丧事上剩下的饭就着白菜土豆炖了一锅，蒸出一屉黄面馍馍，拌了两盘咸菜，一家人脱了鞋围坐在炕上。落守忠拿出一瓶烧酒给落有财和落守昌、落守吉他们兄弟倒上，随即率先拿起酒盅端向落有财，说：“三叔，我先敬您老人家。这几天要不是靠您，我和赵珍、落姜甚也不懂，这场丧事绝对操办不起来，您是这个家的顶梁柱！”落有财拿起酒佯怒：“酒我喝了，你这话太见外了，还把你三叔当自家人吗？”

“叔，当然是自家人啦！您是我爹的亲兄弟，往后我们都要孝顺您老人家哩！”落守忠感慨万分。“好娃娃哩，你爹走了我心里难受，他活着受了不少罪，现在也不用再受罪了。”落有财说着情绪上来了，混浊的眼眶里闪着湿润的光。落守忠听罢声音带着哽咽，说：“我有愧，这些年没在我爹身边，都是落姜在伺候，我对不起这个家——”落姜听了抹了把眼泪，炕上几人被这种情绪感染，气氛忽地沉重起来。落有财说：“你是个孝顺的好孩子，自小是你干五大把你养大的，家里最亏欠你，怎么会怪你呢？往后咱们一家人好好过日子。”

“就是，怎么说着都伤感起来了！”落守祥也端起酒，“守忠哥一家人回来了，咱们落家人就齐全了，大家一起碰一个！”落守祥说完看见落守吉低沉的表情，意识到自己说错了话，没来得及咂舌，就听落守忠接过话头端起酒盅，说：“守昌哥、守吉哥还有守祥，这些天你们都辛苦了，剩下的我也不说了，往后咱们一家人好好过！”

“是啊，是啊！”剩下的几人附和道。

落守忠看着满屋子与自己血脉相连的人，围坐在暖烘烘的热炕上，拉着家长里短，他想起以前的日子，他的干五大还没死，一家人在袁县劳动，虽然艰苦，但四口人有三个成年劳动力，有时候会欣喜地吃上一顿细粮改善伙食。他在那个地方长大，但他知道自己是个外乡人，现在他回来了，但仍觉得自己是外乡人，直到现在，仍没有完全融入这个生他的小村子。落守忠觉得自己就像棵被半道上移植的老桑树，人到中年，又经历了从一个树坑拔出来栽到另一个树坑的过程，就像一棵永远扎不下根的病树，日复一日吞吐着阳光与空气，虚晃晃地站在白柳村浅白色的土层上，总有一天会成为葬身荒野的枯木朽株。

屋子里满是吃饭敬酒说话的声音，落矮脑子里则是方才落文对自己讲的话，他第一次听到这样的话，一个字一个字地说出来也并非完全不能理解，但内心总有一种呼之欲出的东西，好像能解释面前的困惑又好像不能，落矮想得入神，顾不得周围来回敬酒伤感的人们。“落矮！”直到听到自己的名字，落矮才回过神来。落姜问：“想什么呢？咋不好好吃饭呀？再不吃就要被落阳和落明抢完啦！”被点到的落阳和落明有些不服气地对着落姜做了个鬼脸，说：“他自己不吃，怎么是我们抢呢？”

“对，姑姑偏心！”落阳话里带着明显的情绪，与落明并不同。

落守祥狠狠地在落阳头上敲了一记，呵斥道：“数你事多！”落阳冷不丁被敲打，感到脑门儿一阵痛，本就有些低沉的情绪被另一种不平衡的心绪占据，他不甘心地瞪向落守祥，说：“凭甚只打我？落明吃得最多，咋不打他？”

落守祥被落阳的眼神瞪着，心里顿时蹿起火来，脸阴沉下来怒骂：“我就看见你吃得多！”

落有财听到吵嚷声眼皮跳了跳，不耐烦地骂向落守祥：“行了，行了！屁大点事也要打娃，真是闲的！”

“娃要吃就让娃吃嘛，又不是甚大事！”赵珍有些不好意思，忙给落阳碗里又夹了一块炸糕。落阳看着碗里的炸糕，心里五味杂陈。虽然被落守祥从小打到大，但这次不一样——当着全家这么多人，一点儿面子都不留，况且落矮这个比自己年龄还小的兄弟也在这儿，强烈的自尊心叫嚣着，嘶吼着，让他突然坐起来，从炕上跳下去。

“你干甚去？”落守祥冲落阳吼道。

“不吃了！”落阳说着把门重重一甩就跑了出去。“不吃别吃了，滚！”落守祥没想到落阳这么不懂事，当着家里长辈的面一点礼貌都不懂，还敢跟自己犟嘴了，这两天没动手皮又痒痒了。落姜心里不是滋味，原本一家人坐在一起好好吃顿饭，都怪自己多嘴，把场面搞成这样，她忙下炕准备去追，却被落守祥拉住：“没事，别管他，我看他不饿！”

“落矮，你过去看看。”这时落守忠拍拍发愣的落矮嘱咐道。

“我也去！”落明跟着下地，与落矮一前一后跑去找落阳，屋里顿时恢复安静。“大家吃吧，别管他，碎娃娃任性，脾气不小，都是惯出来的，回去打上一顿就老实了。”落守祥咬了一口馍，拿起酒盅一口把杯里剩下的酒喝净。“守祥哥，你可不要打落阳了，你这么打下去迟早出事，小心娃长大恨你。”落姜有些不满落守祥这种动不动就打孩子的教育方式。

“行了，我心里有数！”落守祥心上一阵烦躁。落姜却不明白落守祥为什么突然这么生气，还想继续说时却被落文用胳膊肘推了一下，她愣了一下也就明白过来，既然说不出的名堂倒不如闭嘴，况且落守祥对自己发脾气也没有错，本就是她说错了话造成父子争吵的。

“守吉哥，听说你打算后天走？”落守昌突然问向落守吉，这才把话题岔开。落守吉点点头说：“是了，要是没甚大事的话准备后天就走。”

“咋？哥，青海那边还忙吗？”落守祥问。

“也不是当紧事，就是一天不过去，我这心里总不踏实，万一小莲回来了找不到我咋办？”落守吉一改白日里的面貌，像是被抽走了精气神似的，脸上满是落寞，他的女儿落小莲在青海被人贩子拐走了，至今已有六个年头了，他一直不敢回白柳村，就是担心万一小莲回来了找不到他。这些年只有他自己和老天爷知道日子是怎么熬过来的，他早年丧妻，就留下这么一个女儿相依为命，就算日子再难过也给拉扯过来了，谁知小莲十一岁那年遭了人贩子……这年头的人把小子当宝疙瘩了，都说闺女是赔钱的，谁料他就这么一个闺女还被杀千刀的人贩子给拐走了。想到这里落守吉心里一阵绞痛。饭桌又沉寂了下来。落有财闷声点了根自制的卷烟，一瘸一拐地从窑里走了出去。近几天，他的身体越来越不舒服，一双腿更是钻心地疼，时常梦见小莲对着他哭，每每惊醒就整宿整宿睡不了觉。

“三叔，你……”落守忠正要说什么，却听落守吉叹了口气说：“没事，过年我再回来。”落守吉说罢点起了烟，想到这几天发生的事，他看着落文说：“你现在还没确定回村教书，虽说你是从县城回农村，难度肯定要比村里去县里低，但是这事一天定不下来，就一天都不能松懈。这回白孝川的事儿咱们落家能这么好说话，就是为了你！”

“为我？”落文不可置信，她怎么也想不出这件事和自己有什么关系。她立即扭头去看落守昌：“爹，是真的？”落守昌叹了口气没说话。再看落守忠点头的样子，家里其他人好像都已经知道了原委，因此并没有表现出吃惊的样子。“你的事情没有定下来之前，就不能到处惹人，李志诚好歹是村支书，虽没有通天的能耐，但要是想给你使个绊子也够咱们受得了，不过经这么一闹，他也不敢使绊子了。”看着落文若有所思的样子，落守吉忽地笑了一下，说：“小莲从小就把你当榜样，她小时候最大的梦想就是当一名教师。”说着拍拍落文的肩膀，说：“你要争气，咱们家你们这代人里，现在能扛事的就只有你了，咱们这么多年苦日子过过来，为的就是争一口气。你叔我是不顶事了，你是文化人，这么多年你爹总算把你供出来了，你有本事了，后面的弟弟们也能拉扯一把。”

“你叔说得没错，一个人上去了，一个家族才会上去。”落守昌说。虽然他平日里很少和落文谈这些事，一来没个由头，而且落文是个有主见的，心里有自己的想法；二来，落文毕竟是女娃，他不想给她太重的负担，况且她的那个病能不能成家还两说。现在，话赶话说到这儿了，这个他琢磨了好久的道理终于有机会说出来。

事情的发展让落文感到意外，落守吉的话再明白不过了，但就是这么简单易懂的话在她心里留下了很重的痕迹——“一个人上去了，一个家族才会上去”。她没想到没什么文化的父亲能说出这样的话。一种前所未有的力量从某个角落凝聚，就像灰褐色的藤蔓有着坚韧的躯干，从地上缓慢地攀升，熬过一个寒冬，迟早有一天会生出叶，开出花。

外面的天黑乎乎的，落矮和落明一路出来直奔落守祥家，只见房门孤零零朝外落着锁。“你哥不在家？”落矮回头问。

“等会儿，我进去看看。”落明扫了一眼门锁。

“锁着呢！你怎么进去？”落矮疑惑。

“他肯定是翻墙进去的，你先在这等我。”落明说罢就开始行动，落矮看着比自己还低半截的落明像一只敏捷的猴子绕到屋后，手脚灵活地爬到半高的院墙上再一跃而下，整个过程行云流水一般。

天上的星星稀稀落落的，半截月亮静静地挂在杨树梢上。

落矮蹲在门口墩子上，他没想清楚一会儿见到落阳要说些什么才不会让对方尴尬，本来落阳挨骂也不完全是自己害的，如果姑姑不说那句话落阳也就不会挨骂了……想着想着他发现也不全是自己的问题，有问题的人不止自己一个，也就释怀了。刚起身，落明出来了。“咋就你一个，落阳呢？”

“我哥没回家。”落明喘了口气，摇摇头。“那他去哪儿了？”落矮问。“只剩周闹闹家了。”落明眼睛一亮，除了自家以外，落阳最有可能去的就是周闹闹家了。“周闹闹家没有大人，只有他奶奶。”落明解释道。“那还等什么，走啊！”两人起身朝周闹闹家的方向走。天气越来越冷了，树叶不停地抖落，干枯的叶子在地上翻滚碰撞，发出“咯咯”的声音，路过一个个闪着橘色光芒的窑洞，两个人的影子跟着闪烁，在土路上变形、拉扯。“你爸会打你哥吗？”落矮问。他听说守祥叔脾气不好，爱打人，身手不比和白孝川打架的守吉叔差。“会！肯定会！”落明的声音在一阵迎面而来的寒风里颤抖。

落矮看着落明的侧脸，忽然又感受到熟悉的恐惧，和前不久面对李拐子时如出一辙，不知为什么，落守祥的脸总让他觉得阴鸷。一路上两个人沉默着谁也没再说话。落矮又陷入某种幻想当中。

落矮开始好奇周闹闹家是什么样的，从这些天的相处里，他只知道周闹闹的父亲在县城，家里只有他和奶奶两个人。他想那样的氛围一定很好——自由自在。他们从小路下去足足绕了大半座山才到，周闹闹家住得偏，没有院墙，一孔破旧的窑洞门口堆着一捆干柴，窗户纸上的破洞打着补丁，窑里传来一阵笑声。“周闹闹，开门！”落明站在门口敲了几下。过了一会儿，门被打开，开门的人是落阳，在看到落明和落矮的瞬间，他准备关门。“看吧！我就说我哥在这儿呢！”落明扭头冲落矮笑了笑，同时眼疾手快地用脚卡住门。“你们来啦！”周闹闹兴奋道，他没想到这么晚了几个人还接二连三地跑来找自己玩儿，这让他觉得兴奋。

“谁呀？”屋里传来周奶奶的声音。“奶奶，是落明和落矮！”周闹闹大声吼着。“哦，赶快把门打开让他们进来！”周奶奶说。落阳忽地把顶着门的手肘松开，“哐当”一声落明就跌了进来，直直扑到周闹闹怀里。两个人大眼瞪小眼愣了好几秒，随后发出哈哈哈的笑声。

周奶奶坐在炕上搓麻绳，手边放了一堆大大小小的鞋样子，准备纳鞋底，奶奶抬起眼，露出慈祥的笑容：“快到炕上来！”落阳原本和周闹闹在炕上抓羊拐，现在加上落矮和落明总共四个人，几个人的注意力都集中在七个羊腿关节里的小骨头上，全然忘了心里的不愉快。抓羊拐是个技术活儿，讲究的是手疾眼快——脑力、眼力、手力缺一不可，具体玩法就是抓起其中某块特定的羊拐朝空中扔上去，在它落地之前赶快抓起第二块、第三块，先抓完的人获胜。眼前只有一副羊拐，只能轮流玩。一个人玩的时候，剩下的人数数计算时间，用时最少的人获胜。数数的人比玩的人更激动，声音随着抓到羊拐数的增多愈加洪亮。

落矮突然希望时间能停留在此刻，他在黑乎乎的晚上走了很长的路，先是见识了落阳翻墙的敏捷身手，接着走在与第一次进村时完全不同的夜路上。他看不清路上的野花是否凋零，以什么样的颜色和姿态凋零。他见到了浑身笼罩着温暖与光的老人，不用去想生死这么玄妙的命题，不用去羞愧，不用为落阳接下来的遭遇感到担忧与恐惧，一切不好的东西此刻都不存在，多么快乐啊！他想落阳此刻也和自己一样，希望这场游戏不会终结，就在这个破旧温暖的窑洞里。

人散后，落守忠家。

落姜站在大门口张望，落矮他们去了这么久了还没有回来，这让她不禁有些担心，不知道他们有没有找到落阳，落阳有没有回家。她承认自己今天多嘴了，可是以往自己也是这样，到底哪里变了？她回想起落阳的表情，落守祥的怒气。是了，落阳长大了，不再是以前可以乱开玩笑的碎小子了，不知守祥哥有没有发现。现在的事实就是自己伤害了一个刚开始成熟的男孩子的自尊心！她想起自己小时候也被大人开玩笑说过抠门儿，直到今天那种滋味还会让自己不舒服。落姜啊，别人那样伤害过你，你如今又去伤害别人。玩笑话？这个世界上她最憎恶玩笑话了，那不过是沾了白砂糖的砒霜，外面那层是假的，里面那层才是真的！她感觉自己被一种叫作羞耻的东西紧紧包裹。受不了这种感觉的落姜回屋找了件外衫披上，出了门，刚走没几步却迎面碰见了落矮。

“落阳找着了？”落姜拉住落矮。“嗯，找着了。”落矮点头。

“他人呢？”落姜问。“回家了。”黑夜里落矮看不清她的表情，但从声音感觉到落姜的紧张。“你没跟过去看？他爸没打他吧？”

“我们从周闹闹家出来的，到岔路口那儿就各走各的了。”落矮道。

“甚？你这个孩子咋这么愣！也就多绕几步路的工夫，你就不能跟过去看看，以他那个爹的个性，估计那娃又得挨打了，要是打起来也好过来叫人呀！”落姜噼里啪啦一顿说，让落矮心里不好的预感更强烈了。“姑，那咋办？”落姜皱着眉头想了想，拉着落矮就往前走，“咱俩过去瞧瞧再说！”

一阵夜风缓缓地吹拂在两人身上，落矮此刻感到些兴奋、激动，他觉得自己仿佛被赋予了某种英雄而又神圣的使命，像是去拯救处在深渊中的苦难者，脚步不似方才的忐忑与犹豫，多了几分坚定与沉着。就在他们刚到落守祥家门口的一刹那，原本亮着的屋子忽地一下子陷入黑暗。夜非常黑，偶吹过一阵寒风，四下里一片寂静。落姜和落矮松开了拉住的手，霎时感受到手心里的汗立刻被风干，四目相对片刻，两人皆松了口气。

九

隔了两天落守吉就启程去青海了，生活又回归了往日的平静。落文学校的事定了下来，落家人悬着的心放了下来。村里学校开始教初中的课程，落文担任老师。虽然正经念初中的学生比原来小学生的人数少了三分之二，但开设初中课程也是白柳村的一件大事，附近的三河村到现在只有小学，学生人数更比不上白柳村，这让身为村支书的李志诚心里十分得意。要知道两村距离虽远，但一直暗戳戳地在较劲。三河村开办学校早一些，又有县里的特殊照顾，好的资源也都尽数分配过去，这么多年方方面面压着白柳村一头，任凭李志诚使尽各种手段也无济于事。没想到这次在教育的发展上竟然让白柳村后来居上，老师都争着抢着要来，名额险些不够用，李志诚没想到这么快就能扬眉吐气，在村里直呼："还能甚好事让他三河村赶上了？雨不能总往一个地方下吧，就算是玉皇大帝也总有挪地方的时候哩！"

落守昌对这样的结果非常满意，没人知道他这段时间都睡不踏实，总担心出什么变故，要是自家闺女教不成书就是要了他的命！这下好了，他的心也能安定下了。县城有甚好的，还是回家好，亲戚都在跟前，有事也能帮扶一把，而且村里的学校发展越来越好了，算是吃公家饭了，以后就算成不了家也不至于饿死，他在村里也能挺起腰杆走路了，别人都笑他一辈子没养个儿子，这回落文的事就是打说这些话的人的脸，让他们再也笑不出来，找个地方偷偷酸去。他就是要让这些七嘴八舌的人瞧瞧，有儿的又能咋，能吃上公家饭了？还不是在地里苦着，有他家女儿有出息？落守昌干裂的嘴角咧了咧，这是一种发自心底的愉悦，从未有过的开心。他想到自己苦了一辈子，现在总算有回报了，那些受过的罪也都值了，想着想着，两行浊泪从眼眶流了出来，在那发黄的、饱受风霜的脸上绽开。

和落文一起分回来的还有两个老师，男的三十几岁，据说在城里结过婚，孩子都有了，但孩子不到满月就夭折了，老婆前几年重病没治好也走了，现在只剩他孤身一人。女的二十岁出头，比落文还要小上几岁，样貌很出众。这些都来自段响亮的描述，他女儿是李志诚的儿媳妇，消息总比别人快。这两位老师跟落文曾在一所学校共事，对于落文来说是最熟悉不过的，只是大家没能从她嘴里撬出一丁点儿关于这两位老师的故事。

农忙假结束后，落矮也被送到村小学，和落阳、落明他们一起上学。学校老师紧张，虽然新分配过来三个老师，但是低年级新入学的孩子也不少，有时候同一堂课好几个年纪的孩子混在一起上，落矮见到了之前认识的周闹闹、乔杨他们，就是没见到乔桥。后来听周盼盼说乔桥父母嫌她是女娃，迟早要嫁人，上学没甚用还浪费钱，就不让她上学了。

“她就一直待在家？”落矮惊讶地问。“放羊呗！她又不是千金大小姐，你见过咱村有谁整天不干活儿待在家里的？”周闹闹嫌弃道。落矮不去深究周闹闹和乔桥之前是否有过不愉快，只是有些唏嘘，一时间难以想象乔桥放羊是什么样子。

落矮发现落阳又不在，这些天也不出来跟他们玩，整日不知躲在哪个山圪崂，便偷偷问落明。落明是个藏不住事的性子，一问就倒豆子似的一股脑儿说了出来。原来那天晚上落阳还是被落守祥打了。“我和姑专门来你家了，亲眼看见你家熄灯的，也没听见甚响动。”落矮疑惑地说。落明叹了口气，说：“本来我爸那天回来就直接睡了，我也以为没事了，谁晓得他半夜起来撒尿时想起这件事，把我哥从被窝拖出来狠狠打了一顿。”落矮瞬间起了一身鸡皮疙瘩，庆幸自己不是落守祥的儿子，不然还不知道要被打成啥样。想到落阳和那天的事，落矮心里更觉得过意不去，也不敢声张这件事，更不敢让落姜知道。

此刻的落阳一个人恹恹地蹲在山坳上，深秋的西凉河比夏时水量大，更清澈，颜色发亮，缠绕着白柳村最高大的一座山丘打了几个转，最后一路朝东奔流而去。这座大山也因河得名，唤作西凉山。西凉山像是一道巨大的屏障，包裹着村里高低起伏的山凹，把村落与河流分割开。山很陡很高，临河的地方颇为险峻，每年开春的时候，山上还未消融的冰碴和积雪常会翻滚着掉入奔腾的水流。有些地方会有极为隐秘的深潭，汹涌的河水灌满深潭后在旋涡口打几个转儿怒号着一路向前，像马儿在山崖背后狂啸。他看着眼前流动的河水，耳边忽然响起落守祥的声音——就像一根毒刺，狠狠地扎进自己的身体，他起了一身鸡皮疙瘩，寒意从脚底直直冒了上来。他怎么也忘不了落守祥狠厉的眼神，他害怕这个暴虐的男人，一到晚上就变成恐怖的恶魔，开始施暴。

新来的男老师姓曹，单名一个默字，是个戴眼镜的成熟男人，教语文，性情很温和。三年级的语文课重心仍是认字，在造句之外新加的作文课是学生们最头疼的，来上课的学生都是冲着多识几个字来的，真正下功夫的没几个，对作业也是胡乱应付一通。这在曹默的意料之外，却又在情理之中。来之前校长和他说过这里的情况，上学的孩子占到一半，男娃多女娃少，有的念到一半就回家了，还有正上课就出去割猪草的，这都是很正常的事情，本就与城里的情况不同，孩子们基础大都薄弱，能顺利上到毕业的不多，初中部学生更少，可见落文老师一个人负责初中三个年级的语文课压力不小。当初自己义无反顾地选择分配到乡下正是知道这里有难处，可当难题明明白白摆到面前时，曹默心中多了几分沉重。学校除了上课用的教室，还留有几间窑洞当校舍，窑洞里住着几名老师，下午放学后教室的门紧紧闭着，老师们吃过饭都去劳动了，一只三色的野猫从屋顶跳下来发出细微的响动，显得原本寂静的校园更加孤寂，三色猫有些胆小，不等曹默走近，就飞蹿上院墙，消失得无影无踪。

曹默叹了口气，回到宿舍取了件外衫搭在胳膊上。他记得前一天下午到村里的时候问过校长去统万城的路，便出了校门顺着山坡往下走，沿着窄窄的山路蜿蜒向下，路过大片大片的庄稼地，看见汉子们在地里忙，孩子们撅着屁股低头在拾麦穗。此刻金黄的庄稼长在黄土地里，美得像一幅画，而自己则是存在于画外的过路人。他看不清他们的脸，以及脸上的表情。曹默突然想知道孩子们是否知道自己手里的麦穗这两个字怎么写？他们父亲手里的镰刀两个字又怎么写？瞬间一个更加可怕的念头浮现了出来，在这样靠天吃饭的山沟沟里，他们就算知道了又能怎么样？大多数人一辈子都不会走出统万城白柳村。曹默摇摇头，不敢再想下去，生怕自己把自己打败。

不知不觉已走出了很远的距离，远处高高的土质建筑就是传说中的统万城了，作为古代城防建筑，墙体突出的“马面”墩台仍然清晰地保留着，原本用白土垒成的墙身里有无数千年以前的草籽与虫卵，如果它们可以思考，是否能想到自己以蝼蚁之身在一抔白土里得到永生？能否忘记当初烧土铸城时灼热锥心的刺痛感？是否会把千年来人们每一场瞻仰当作高规格的葬礼与祭奠？落日将统万城的影子拉得长长的，染红的白土紧密地堆在一起，连成十几米高的组合。即使老旧不堪，普通人在它面前仍然渺小。温度降了下来，金色的光以肉眼可见的速度抛弃刚才还紧密相拥的土地。曹默披上外衫，想到妻子曾描述的统万城与今日见到的并不相同，嘴角随即扯出一抹苦笑，妻子描述的统万城与她心里所想的统万城有多少差距，她的描述与自己听到的有多少差距，自己听到的与自己脑海里的想象有多少差距，而当时脑海里的想象与如今眼前的景象有多少差距，甚至刚刚在来的路上脑海里闪过的想法与回去路上又有多少差距？太主观，这些想法都太过主观！每一个与统万城相遇的人心里都有一个统万城，而统万城本身就在此地，千年来历经王朝更迭，一直伫立，统万城本就是客观存在的，不以瞻仰者的主观意识转移。

回去的路上，曹默的脚步越来越快，庄稼地里已经归于平静，高粱秆一捆捆扎好被堆放在畦垄上，部分玉米秆仍笔直地站立着。巨大的银盘挂在深黑色的夜空中，空气里氤氲着淡淡的香气。核桃树笔直站立，树叶开始松动，无风，便直直坠落，不发出一点儿声响。

“曹老师！”远处的声音越来越近，曹默闻声在校门口停下脚步，转过身，望见一个肩膀背着挎包的女人朝自己走来。就在那个女人离自己越来越近的时候，曹默终于认了出来，说：“孙老师？”

“是我，曹老师出去了？”和自己一起刚分配过来的孙晶晶向他打招呼。“啊！是的，我去了趟统万城。”曹默回答道。

“哦，统万城啊！”孙晶晶说话间略一思考，大概在想象统万城的样子。“统万城我多年前去过，不过没什么好看的。”果然每个人心中的统万城都以不同的形象存在，曹默想。

“孙老师也是刚回来吗？”曹默看着孙晶晶走来的方向问道。

“是呢！我刚从落老师家回来！”孙晶晶笑着说道。“孙老师和落老师关系很好呢！”曹默也礼貌地笑笑。

“是啊！女老师里我和落老师最相熟，这里又是落老师的老家，自然要过去拜访……对了，曹老师，今天语文课怎么样？”孙晶晶突然问道。

“……勉强算顺利……”困扰自己一下午的问题，竟从孙晶晶看似不经意的一句询问中浮出水面，曹默略一思索，眉头稍皱，问道：“孙老师的数学课呢？”

“唉，学生的情况和我预想的不太一样，如果单论教学的话没什么问题，只是究竟能起到多大效果，老实说，我不抱多大希望。”孙晶晶毫不犹豫地说。

曹默对于孙晶晶这样的态度并不吃惊，本土的老师怎样想的他不知晓，也许身在其中并不觉得哪里不对，甚至有许多老师和家长的想法是一样的，毕竟“知识”这两个字在这里太轻了，轻到没有人会去浪费时间想这样的问题，黑暗中曹默依稀能看到匍匐的大山的轮廓，比白天看到的更巨大，大山带着强大的压迫感，似乎永远不可逾越。

“或许是时间问题。”曹默叹了口气，缓缓说道。孙晶晶深深看了曹默一眼。一直以来，她对于这位极具教学经验的优秀老师非常尊敬，只是没想到他能做到这个地步，原本摆在他面前的是另一条路，如果他不拒绝，不出意外现在已经在省级名校任教了，何苦到这里来？自己是迫不得已才下来支教的，两年后是一定要离开的。想到这里孙晶晶暗自哂笑，人的命就这么不同，自己做梦都求不来的东西，偏偏有人可以毫不在乎随意丢弃，还带着高尚的光环……“曹老师，时间或许能改变环境、改变条件，但真正需要改变的远不是这些，我没多么伟大的志向，来这儿也是为了两年后能回去顺利转正。”

曹默有些惊讶，知道这位年轻的老师性情直爽，却没料到她忽然开诚布公地承认自己的功利心与目的性，身为教师本不应该说这样的话——太过赤裸、缺少修饰，但他理解她的心情，这个年纪本该拥有冲劲儿与激情。怀有抱负的年轻人想利用知识在时代面前换取些什么，这无可厚非，自己年轻时也会做同样的选择——像孙晶晶般与校方讨价还价，为自己争取最大的利益。但时间越久就越迷茫，原本清晰的选择让人犹豫，原本正确的选择开始似是而非，这是最让人害怕的，失去的东西越多越能看清，最舍不得丢弃的东西才弥足珍贵。又一片核桃树叶落在脚下，曹默突然一笑，说：“或许两年的时间也是一段美好的回忆呢！孙老师。”

注意到地上的核桃叶，孙晶晶凝视了几秒又抬起头，她的声音在夜里幽幽传来：“两年时间——很长，足足有四个学期呢！曹老师。”

说罢她粲然一笑。曹默点点头，忽然想到今后一直在此地的落文以及她坚定的眼神，她的选择和自己是一样的，或者说除了孙老师，这个村子里的所有老师的选择都是一样的。除此之外甚至没有产生过其他的想法。即使在某个难眠的夜里偶尔翻涌起一种强烈的冲动，这种情绪犹如一股灿然升腾的火苗，在强劲的西风里愈吹愈烈，就在它将要形成巨大的火焰之前，总会因为这样那样的原因悄然熄灭了。或许是地里一排排刚收割的稻子，村畔打水的老井，灶房半空的水缸，院里的鸡，还有村口蹲坐着晒太阳的老汉子和老婆子……

落姜最近被吴老太欺负回家了，这个脾气暴躁的老太婆撒起泼来在村里也是出了名的，儿子梁小冰走后她全靠落姜挣工分养活伺候，谁想她非但不领情，还蹬鼻子上脸，时不时还要动手。落姜不愿与她争执，索性回家住了。落矮趴在生产队的猪圈墙栏上发了许久的呆，惊叹猪真是能拱的一种动物，在小小的圈里也不停歇，总共就四面围墙，从头拱到尾，有时还会挑一个位置狠劲祸祸。任何活物，总少不了吃喝拉撒，家里割猪草的重担落在了落矮身上，他几乎每天吃完饭的第一件事就是背上竹筐上山割猪草，趁机走了不少地方。今天去李拐子家背后的那座山上，又一次靠近李拐子家，落矮心里有些复杂，自己对那个人有种强烈的恐惧，即使没有直接接触过，但仅凭三言两语的传说就足以令人胆寒。他不敢想象在小小的乡村，身边会有这样的穷凶极恶的人每天生活在这里，他们喝着同一口井里的水，呼吸着同一片天地里的空气，在黄昏中一样看着统万城的影子，听着西凉河奔腾的流水……

李拐子在家，就坐在门口，在磨刀石上磨着一把长长的镰刀，刀锋与石头碰撞摩擦，发出生脆刺耳的声音。落矮躲在柠条肆意生长的坡后面不敢上前，即使看不清他的表情，也能想到此时他的脸一定狰狞可怖。肩膀后面突然搭上一只手，吓得他一激灵，差点跌坐在地上。回头一看，面前是一个土头土脸的女孩，手里拿着细长的杨树枝，是乔桥！接着是一阵窸窸窣窣的响动，她说：“你干甚坏事呢？偷偷摸摸的。”乔桥睁大眼睛好奇地盯着落矮，想从对方脸上看出什么可疑的东西。

“没干甚！”落矮有些心虚地看了一眼尚在远处的李拐子。乔桥顺着落矮的视线，只一眼便了然，说：“哦，我知道了，你是来看李拐子的！”女孩声音沙沙的，音量却极大。落矮发现大嗓门儿是白柳村女人的特色，吓得他直拿手做出“嘘”的动作，生怕被别人听到，尤其是李拐子。乔桥无所谓地耸耸肩说：“怕甚？他又听不见。”隔着这么远的距离，落矮知道她说的是事实，却并不想承认，反问道：“你在这干甚？”问完他又觉得自己根本多此一举，他明明已经注意到她背后的箩筐和手里的锄刀。乔桥翻了个白眼，没好气道地晃晃手里的锄刀说：“劳动啊！谁像你这么闲！”

“谁说我闲？一会儿割猪草去了。”落矮不满地反驳道。

“你不上学？”乔桥问。

“割完再去。”落矮答。

两人陷入了一阵沉默，落矮想到了什么，说：“对了，新来的数学老师可漂亮了，你不来看看吗？”

“我又不上学……”乔桥有些心动，转瞬又露出失望的神情。

“你可以在窗子外面看啊！”落矮想了想，眼睛一亮。乔桥有些犹豫说：“完了再看吧，反正她就在这村里，还能跑了不成！”不知想到了什么，落矮突然说：“其实你这样也挺好的，每天自由自在。”

“不上学好？”乔桥脸上露出明显的不可置信，显然她并不认同落矮的说法。

“每天自由自在地跑来跑去不好吗？”落矮又说。

乔桥思考起来，虽然她不能直接反驳落矮说得不对，但在内心深处她总是有另一种想法，她顿了顿，说：“我妈总说我要是个男娃就好了，以前我没觉得，男娃有啥了不起，他们能做的事我一样能做，现在我发现她说得对着哩！就像男娃能读书，我不能。”落矮发觉乔桥突然有些激动，因为她的语速明显比刚开始要快，话说得急了，眼睛止不住地眨，这让他有些不知所措，一时想不出要怎么安慰她。就在他刚想说村里也有男娃不读书的时候，他注意到李拐子拿着镰刀朝他们所在的方向过来了，看起来很生气的样子，嘴里还骂骂咧咧的。落矮心上一颤，拉起乔桥拔腿就跑。

回来的路上落矮仍然心有余悸。乔桥显然也被吓到了，惊魂未定地喘着粗气。落矮的额头上满是汗珠，说：“以后打死我也不去了，保证离他家五百米远。”

“你直接说他家那座山你也别上了。”乔桥不客气道。

落矮没有回复，心里对李拐子的恐惧更深了，过了会儿说：“你说他拿个刀是不是要杀咱俩？”

“我咋能知道，我又不是天王老子，还能猜到他的想法哩？”乔桥思考了一会儿道。

“你是不是只会说这一句话？”落矮无奈。

“那你要我说甚？我就是不知道嘛。”乔桥答。

“不说了，我得抓紧割草去了，你别忘了我跟你说的事。”落矮摆摆手，从硷畔下去了。乔桥想到了落矮口中新来的女老师，心中动了动。

白柳村小学。

孙晶晶正在讲授五年级算数，一连好几天她都能感觉到每当自己上课时就有人在教室外的窗边偷看，起初她觉得惊讶，好奇心使她纵容偷窥者的行为，想看对方到底要做什么，比如边讲边走到窗下站着不动，让屋外的小鬼保持半蹲的姿势不敢动弹，她知道这是一个调皮的、有些小子气的女孩，更可贵的是她非常有耐心，在自己以为她只是一时兴起待一会儿就走的时候，她意外地发现她竟能把一下午的课全听完。这是她非常欣赏的特质，于是想对这个孩子想有更多的了解。

从校长那里，孙晶晶知道这孩子叫乔桥，是班里乔杨的姐姐，本来也在村小学念书，后来因为家里嫌弃她是女孩就不愿意掏钱供她上学了，她每天在山里放羊。这样的情况有很多，多得数不过来。但真正让她在意的是乔桥那双亮晶晶的眼睛，就像一颗黢黑的玛瑙石，在暗夜里跳动着红色的火苗，镶嵌在灰灰的小脸上，是那么格格不入，任何人都配不上那双美丽的眼睛，白柳村竟然有这样一双眼睛！孙晶晶心里满是深深的惋惜。她记得之前在路上遇到乔桥，女孩的眼神里有好奇、惊愕、激动，就在自己靠近与她打招呼时，她突然转为紧张、不安、心虚，等到自己反应过来，女孩已经一溜烟儿跑远了，像一只受惊的小鹿。其实她当时想告诉乔桥：“如果喜欢算数的话可以进来听课……”当然，这句话没有来得及说出口，现在回想起来忽地松了口气，这样的话还好没有说出口，孙晶晶突然对乔桥感激起来，感激她当时的慌不择路，否则自己就要酿成大错……

孙晶晶想起几天前曹老师说的“美好回忆”，情绪随着思绪开始起伏、翻滚，看着屋顶并不平坦的纹路，只觉浑身闷热，她出去打了一桶水回来时，遇到落文坐在校门口的石阶上，任由凉风吹动前额的碎发。

“落老师，你不是回家了吗？”孙晶晶上前道。

“啊……我一直没走……”落文有些犹豫道。

“怎么啦，发生什么事了？”孙晶晶看出落文情绪不是很高，心上一紧，把水桶放在地上，在落文身边坐下。“孙老师，忘了问你这些天对白柳村的生活适应吗？”落文看向孙晶晶，突然认真道。“适应啊……”不像普通的寒暄，对一个寻常话题有这么认真的神情。孙晶晶觉得很不正常，她打量着落文，试图在对方的脸上找出别的什么东西。“那就好，那就好……”落文重复着同样的话，又低下头思索，两人之间狭小距离中的空气陷入一阵寂静。

“说到适应……有个孩子让我很在意，不知道落老师认不认识她？”孙晶晶观察着落文的神情，想到了乔桥的事。“孩子？”落文不明所以。“一个叫乔桥的孩子，是班上乔杨的姐姐……”孙晶晶把这几天乔桥的故事告诉了落文。

落文听罢抬起头缓缓说：“孙老师，我是土生土长的白柳村人，生在这片黄土地，长在这片黄土地，甚至到死最后也会重新回到这里，我一直以为自己对这里完全熟悉，这里的人、事、每一片自留地、每一座山峦、每一块硷畔……哪怕出去上了几年学，我还是白柳村人，但现在越来越不能理解一些人和事，你和曹老师都适应了，我却越来越看不懂了……如果你是乔桥，你会怎样？”落文尽量用平静的语气粉饰自己此刻的情绪。

“如果我是乔桥……实话说，我可能还不如她。”孙晶晶没想到落文突然这样问，愣了一下，一字一句地说道，声音响亮。“她幸运的是没有看过外面的世界，只是短暂地与某些东西相遇，除了兴趣之外再没有多余的杂质，以她的年纪还没有更多的思考，痛苦也会减轻，甚至没有痛苦。”孙晶晶继续说着，并有所指地看着落文。

“或许是这样……有时候知道了尚且无能为力，倒不如永远不要清醒。”落文点头，又喃喃道，“真羡慕你知道自己要什么，有努力的方向是多么幸福的事情啊！”

“其实，我并不认为你不知道自己要什么，我是说——我一直认为你和曹老师是一样的。”孙晶晶在落文肩上轻轻拍了拍，轻柔得就像羽毛微微掠过。说到曹老师，落文眸光闪了闪，叹了口气，转过头看着曹默的宿舍，黑漆漆的，房门紧闭，他大概是出去了。“怎么能和曹老师比呢，我顶多算个逃兵。”

“可是你们殊途同归啊！都想在这片小山村做点什么，不是吗？”孙晶晶说着再次陷入了沉思，她向来是个直来直去的人，想什么说什么，尤其是面对落文这样与自己相知甚多的伙伴，更加没有顾忌。两人又聊了许久，村里的乡土人情、班上学生的情况……直到月影西斜，落文才起身准备回家。

“曹老师还没回来啊！”

“大概又去统万城了，曹老师很喜欢那里！”孙晶晶道。落文若有所思，眼前浮现出西边统万城孤寂的轮廓。她什么也没说，离开学校往家走去，心情比来之前有所缓解，但仍然有一股沉重的焦虑压在胸前。路过小麦地的时候，她刻意摇了摇头，企图忘掉昨晚无意间看到的惊骇一幕——冲击自己三观的一幕可越是逼迫自己忘掉，情节越是深刻，小麦地里相拥的男女的身影几乎要将自己吞噬，她无比确信那两个在小麦地里深夜相拥的人是——郝小替与刘小枫！

如果说那个男人是村里任何一个小伙子，她都能理解，比如段涛这个后生，她早就看出来他对刘小枫的情意，他们两人在一起也算般配。可偏偏竟是已经结了婚，连老婆孩子都有的郝小替。她心里开始怒骂这个没有丝毫责任心的男人，姑且说刘小枫年纪轻不懂事，而他呢？一个有了家室的男人引诱涉世未深的花样少女，不管是出于什么原因，本身就是肮脏的。落文越想越气，她暗骂郝小替人模狗样，分明就是心坏，又觉得刘小枫不懂什么叫自尊自爱，这要是传出去了，以后她可怎么做人？白柳村不比外边，就这么大点地方，村前村后，谁能容得下她？一人一口唾沫都能把人淹死，更不要说以后哪家人肯要她了。记得当年落姜和冯世春两人男未婚女未嫁，尚且沸沸扬扬闹了这么多年，到现在都是某些人茶余饭后的谈资，何况是她和郝小替？再多的后果她已经不敢再想了，只希望他们能及时悬崖勒马，否则又是一场腥风血雨。

十

自从白孝川的事情过去后，村里人虽不再找他的麻烦，但也没有几个人主动和他来往，见面也只是客客气气的。只有段涛隔三岔五偷摸往白孝川家跑。白孝川一个人住，也乐得有人来陪他聊天解闷。两人就坐在炕上聊考古的事。

“叔，您再跟我说说当年你们去云南的事。”

白孝川拿起搪瓷缸抿了一口，目光在听到“云南”两个字时变得悠远，“我是野路子，早年入了行后多半时间都在外跑，西南那片地儿基本跑得差不多了，云南是印象最深的。”

“云南是啥样的地方？”段涛问。

“是和陕北完全不同的地方，气候暖，到处绿油油的。”

“除了气候暖，还有呢？”

“吃的也不一样。”

“他们吃啥？”

白孝川抿嘴笑了笑，说：“考古是个吃苦的事情，有啥吃啥，不饿着就算万幸了！前几年我们去凉山，条件非常艰苦，运气好的话还能坐上解放牌卡车，一百多公里整整走了一天，腰酸背痛，就靠一点儿干粮勉强垫巴肚子，到了地方多半都是深更半夜，再一路走过去找旅社，遇到客满的就在走廊里加塞，随便搭张床，就这么对付一夜。有时候连旅社都没有，只能挨家挨户去敲当地人家的门，好言相求，拿粮票跟人家换，好让主人家答应我们借宿一晚。有些人家心善，二话不说把我们迎进门来，甚至临睡前还能喝到碗热汤，啥好处也不收。有时候就没这么幸运了，好几十里山路，路途险峻，路窄不说，还布满向外倾斜的沙石，到了紧要处必须手脚向前爬行，眼睛闭得严严实实的，不敢往外瞅，路畔的深崖下是条江，就算摔不死也被江水冲走了，看一眼就能把人吓破胆。听说前几年有考察水利工程的人不小心坠下去再没找着……”

段涛听得瞠目结舌，他去外面念书的时候，跑了不少地方，虽没干出名堂来，好歹也算见过些“世面”，但对于白孝川口中的事情，他是闻所未闻，更别提见了。白孝川面容依旧，继续回忆道：“我们在当地人家里住的时候，夜间常有‘五鬼’作祟。”

“还有鬼？”段涛后背一凉。白孝川笑笑，说：“不是你想的那个鬼，在那里是指虱子、跳蚤、臭虫、蚊子，还有老鼠，折磨得人夜不能寐，半夜起来打老鼠，乡里人见多识广，手脚利索，把老鼠打死直接放锅里煮了。”白孝川看了眼表情怪异的段涛，继续说：“困难时期，几个月都不见油腥，老鼠肉再恶心也算肉，大家分着吃得干干净净，有时候把动物肠子内脏里的遗物掏出来，也不用水清洗，直接丢进锅里煮，不干不净，吃了没病！”

“你们不是有粮票吗？”段涛想到白孝川先前提到的粮票疑惑道。

“你不知道那时的情况，深山老林，有粮票也没地方兑粮，经常饿得要死，只能眼巴巴看着粮票作废。”

“你们研究出什么来了？”段涛眼睛里闪着光。

“算不上研究，倒是发现了一些彝族他鲁人（彝族的一个分支，主要分布在丽江市永胜县六德乡，在相邻的宁蒗县和华坪县等地也有少量分布。）的占卜方式。比如‘羊骨卜’，就是彝族巫师问卜的一种习俗。”

“和村里王阴阳他们算卦是一回事吗？”段涛问。白孝川虽不认得王阴阳，但能大概明白段涛的意思。“方法不一样，但目的都是为了测吉凶，本质是一样的。”

“灵验吗？”段涛心上一动，似有所求。

白孝川抿唇笑了笑，面容平和，说：“这种东西，信则有，不信则无，灵不灵验只有算的人自己心里有数，更不会有人大肆声张。更何况，孔老夫子还说‘敬而远之’呢！”段涛若有所思地点点头，白孝川继续道：“前段时间，我见村里办的丧事，不免想到西南地区的丧葬仪式。”

“有什么不同吗？”

白孝川发出长长的感叹：“中国民间的这些东西太玄妙了，是永远研究不完的宝藏！”说罢下炕从木匣子里拿出来一摞书本，小心地放在炕上，段涛两眼放光，忙起身凑过去，有《考古学基础》（中国考古学院考古研究所工作人员业务学习教材）《西域考古记举要》《五省出土重要文物展览图录》，一沓泛黄发旧的《考古学报》，还有一些零散的田野考古报告、考古知识等资料，三本厚厚的笔记本……

“这是？”段涛兴奋起来。白孝川把段涛的神情看在眼里，耐心地说：“这些是我带回来的部分考古资料，有些是前几年新分配来的大学生们送的，有些是自己整理的，路途遥远不便于携带，就挑挑拣拣拿回来些，你要是感兴趣就拿去看吧！”

“真的吗？叔！”段涛满脸惊喜，语气里洋溢着掩饰不住的兴奋。这些天他日日来找白孝川，就是想和他学考古，当这些自己做梦都想得到的东西轻而易举地摆在自己面前，他反而不知所措起来。白孝川叹了口气，说：“你小子盘算什么我早看出来了，只不过这是个苦差事，你要是因为一时兴起，当趣事看看倒也罢了，可你要真打算做点什么，就要做好吃苦的准备，有可能花上一辈子也没有什么进展，你能坐住这冷板凳吗？”段涛眼底的兴奋暗了下去，他清楚地知道白孝川的意思，但他此刻回答不上来这个问题。对他而言，考古犹如一座隐在黑暗里的巨大的山，而他连轮廓都看不全，一切都是未知，甚至连通往这座山的路在哪儿都不知道，更不要问他愿不愿意在这座山上用尽一生的时间这样的问题。白孝川看着段涛陷入了沉默，像是早就预料到不会得到答案似的，放缓语气，说：“你先回去看吧，你的路多着呢！”段涛松了口气，如蒙大赦，又生怕白孝川舍不得这些书本，抱起来就跑。

回到家后，段涛连饭都顾不上吃，就一头扎进房里，被书中的事物完全吸引了进去。在白孝川给的书和笔记里，段涛第一次知道了考古知识，石器时代考古、商周考古、秦汉考古，像一幅幅古老而又浓墨重彩的画卷在初冬陕北的窑洞里徐徐展开：石窟的艺术、汉唐遗址、古代瓷器、考古品的保管，陕西、江苏、安徽、山西这些神奇的土地上埋藏着的宝贝……西安半坡、周穆王墓葬、丹徒西周古墓、赤峰辽驸马墓、商周青铜器等字眼在纸上跳跃。最让他感兴趣的是白孝川笔记里用几种不同字迹描写的墓葬方式，比如“二次葬”（出自《考古人和他们的故事》中提到的特殊葬俗。），这种墓葬方式是先将死者遗骨第一次埋葬，等腐烂后再次埋葬；有的第二次埋葬时把之前的遗骨进行洗涤，再进行埋葬，叫作“洗骨葬”；在悬崖上人工挖凿出洞穴埋葬的叫“崖葬”；在崖壁上凿出孔穴，插入桩柱，把棺材放在桩柱上的叫“悬棺”；最有神秘色彩的是“凶死别葬”，这是专门针对那些非自然寿终的凶死者的墓葬方式，为了防止凶死者会祸害活人，而在埋葬地、尸体处理、丧葬仪式等多方面特殊处理的丧葬仪式，另外还有儿童的一些墓葬方式……

段涛从未想过在遥远的西南地方会有如此奇特的墓葬方式，中国如此广大，其他地方有什么样的丧葬形式？对这些事物强烈的好奇心让他心中的野马躁动起来，他恨不得马上飞奔出去，到山里去学习、研究。段涛越看越觉得自己像是着迷了，疯一般地沉浸在第一次接触的知识里，地里的活儿、家里的事也不想关心了。除了白天，他晚上也偷偷爬起来点灯看。段响亮起初骂了他几句，嫌他不务正业，不劳动，骂了几次见没什么效果，想到自己儿子干任何事情都没常性，以为他又是三分钟的热度，再没后话。只有李俊鹏经常过来寻他，告诉他将要修路的事。段涛这才把头从书本里抬起来，问："你说甚？修路？修哪儿的路？"

"村里的路。"李俊鹏坐下，拿起水壶给自己倒了杯水。他跑了一上午，此刻累得头上的汗直冒。

"村里哪条路？"段涛问。

"还能有哪条路？村口那条，镇白石前的那条大路。"李俊鹏说着瞄了一眼段涛面前的书本，眉头微微皱了一下，"听说你最近没少去找白叔，怎么，决定了？"段涛想到前几秒沉浸在考古世界中的幸福感，重重点了点头，说："我想做！"李俊鹏看着他合上书，站了起来，眼神中有从未见过的坚定，说："俊鹏，你知道我这人打小不爱读书，这几天，我头一次对书里的东西这么感兴趣，你常说我毛躁，不专注，可你知道我能抱着这书一连看上好几个小时都不走神，我甚至觉得可惜！"

"可惜？"李俊鹏看着眼前越说越激动的段涛疑惑。

"对！可惜！我可惜没有早点知道这些东西，可惜这么晚才接触到这个世界！"李俊鹏看着浑身被激情笼罩的段涛，第一次觉得此刻面前的人如此陌生，与平日里熟悉的段涛判若两人，他是如此的崭新，似乎被一种新生的力量包围着。李俊鹏也不自觉地跟着站了起来，放下手里的水杯，他突然开始佩服白孝川，这个人绝不简单，他想知道白孝川究竟用了什么手段，能在这么短的时间内让一个人发生如此巨大的变化。依他对这位从小一起长大的好友的理解，段涛这次绝不是段响亮说的三分钟热度。"你爸会同意吗？"仅仅一瞬，李俊鹏忽然从千回百转的思绪中抽脱，一句话点出了现实中最关键的所在，这正是段涛眼前最大的难关。

"我都多大了，这次我是认真的。"段涛沉默了一会儿。李俊鹏说得没错，他爹将会是眼前最大的挑战，这些年他有些疲倦，对这个家，对这个父亲，对外面满世界热情洋溢的运动，没人知道他只想静静地做一些与那些高涨的口号无关而又有意义的事情，现在，他仿佛真的找到了符合自己心意的事情——考古！有好几次，他的脑海里甚至闪现出自己蹲在千里之外的大山深处探索未知奥秘的场景，这仿佛就是自己将要迎来的人生，属于自己的归宿，胸腔里有一股即将喷涌而出的热浪，浓烈而炽热，一次又一次地冲击、灼烧着他。李俊鹏拍了拍段涛的肩膀，笑着点点头，说：“我支持你。”作为最亲密的好友，也是最了解段涛的人，他被对方的热情感染，由衷地为他感到高兴。

十一

转眼又到了陕北腌菜的季节，家家户户都开始忙碌起来。落姜和赵珍也不例外，两个人在院里忙活。一大口缸，用水洗干净，在太阳底下晾着，两大洗盆白菜泡在水里洗两到三遍，把水沥干，在缸底先撒一层盐，每个白菜掰开中间的叶片也搓上盐，放进缸里，铺一层菜，撒一层盐。腌完菜又开始收整地窖，马上入冬了，地里收回来的洋芋、南瓜都要放进窖里，冬天的陕北温度低，三九四九的时候更是天寒地冻，一些蔬菜禁不住冻，人们早早地把过冬的粮食、蔬菜屯好，一般可以吃到来年春天。

铺一层菜，撒一层盐，压实。

“落矮！”赵珍叫了一声并没有听到回应，便抱怨道：“落矮又不知跑到哪里去了。”

“孩子嘛，都贪玩。”落姜边干活儿边笑。“对了，嫂子，你知道和落文一起分回来的孙老师吗？”

“听周婶子她们说长得可俊了！”赵珍说。

“我昨天见了，俊是俊，一眼看上去就和咱村里的女人不一样！”

“哪不一样？不都是一个鼻子两个眼的吗？”赵珍听了疑惑道。

“我也说不上来哪儿不一样，也不是说穿着打扮，就是……”落姜放下手里的洋芋，仔细回忆昨天见到孙老师的情景。“她穿着蓝布衫，不是咱们那种深蓝色，而是很淡的浅蓝色，很干净的样子，挑了一桶水从坡上下来，路过的时候还冲我笑哩！”

“她们城里人会挑水哩？”赵珍的注意力显然和落姜的不同，没有关注那件浅蓝色的布衫，而是城里姑娘竟和她们一样会干活儿。

“城里人咋不会挑水？他们难道不吃饭了？”落姜道。

“那你说哪儿不一样？”赵珍又问。

落姜垂着头继续想孙老师和她们哪里不一样，想了半天说：“我还真说不上来，就是感觉，走路的感觉。”

“走路？她是咋走的？”赵珍越听越好奇了，起初她只是随口一问，落姜越是说不清楚她竟越想知道。

铺一层菜，撒一层盐，压实。

铺菜、撒盐的动作又重复了几次，最后，用一块十几斤重的压缸石压在盖子上。

落姜坐在板凳上，她此时顾不得脚边的一箩筐冬瓜，心里不断描绘着孙老师走路的样子，越描绘越觉得也没啥不一样，更加发愁了，说：“咋就说不上来哪儿不一样呢？”

落文忙慌慌地从门外进来，说：“婶子，小姑，出事了！”

赵珍忙放下手里的冬瓜，在围裙上擦了把手，问：“出什么事了？”

“守吉叔回来了！”

赵珍和落姜互相看着对方，疑惑道：“回来咋了？”

“带回个姑娘！”落文把后半句话说出来。

“啥姑娘？谁？”落姜话音刚落地，接着一个惊喜的念头闪了出来，“小莲找到了？”赵珍听了惊得说不出话。

“是小莲倒好了，问题是根本不是小莲！”落文说着，拉起两人就走，“你们赶快跟我过来看看吧，守忠叔他们已经过去了。”

“甚？不是小莲？那是谁？”落姜激动地边跑边说。

“是守吉叔去青海的半道上捡的！”落文跑得最快，压低了嗓子不敢声张。

落守祥结婚后住进老丈人生前留下的那孔窑去了。家里总共两孔窑，落守吉常年在青海跑杠，只落有财一人住，另一孔窑一直空着没人住。此时住着人的这孔窑里气氛无比凝重。落有财点了根烟，坐在炕边，看着窗外不知在想什么。灶台上放着一大包行李，一个头发凌乱，身形纤瘦的女孩低着头坐在炕栏上，旁边的落守吉神情有些悲伤。

“哥，到底咋回事？真的不是小莲？”落守祥焦急地问，却见落守吉圪蹴在炕栏跟前一句话也不言喘，他的脾气险些上来，拽着落守吉的胳膊又问：“说话啊！她究竟是谁？”

落守吉的脸上终于有了一丝波澜，接着长长叹了一口气：“唉……老天爷可怜我哩！”他站起身来深深看了一眼炕栏上的女孩，继续说：“这女娃是我在去青海路上碰见的，黑天半夜的，从山坡上滚下来，就跌在我面前，十几米高的土坡呀！我听到上面有动静，绕路上去发现两个男人推个小破车，嘴里嘟囔着要拿这姑娘卖钱，一看见我，这两人就吓得扭头就跑，我死活没追上，想不到这辈子能让我再遇上一次人贩子！”落守吉气得咬牙，整个人身子不住地颤抖。“我想起这女娃，赶忙下去看，以为是活不了了，没想到这娃福大命大，竟然还有气！我连夜把她带到跟前的万归镇上找大夫，除了一点擦伤竟然好好的，只是这娃醒来痴痴地，什么也不记得了，连自己叫甚都不知道！问她父母是谁，家住哪儿都答不上来！”

“你没在周边打问打问？”落有财说。

“找了，周围几十里问了个遍，竟没一家人丢闺女的！”落守吉道。

“那两个人贩子肯定是从远处把人绑过来的，打算在万归镇跟前把姑娘卖掉。”落文说。

“是哩，近处他不敢，可能是从外省贩卖过来的。”落守祥点头。

“天呀，这都是些杀千刀的，净干这些丧尽天良的事！”落姜骂道，又走到女娃跟前，温柔地摸了摸她的头，女娃抬起头来，落姜看到这是一个皮肤白皙的、长得十分俊俏的姑娘，眼睛比头发还要黑，十六七岁的样子，身子单薄，有些营养不良。落姜瞬间心疼起来，心头一动，拉过她的手腕，撸起袖子，看到纤细干净的小臂后眼神暗了暗，露出失望的表情。落小莲小臂上有一块很大的朱红色胎记，落家所有人都知道，看到落姜的动作，大家没有意外，在落姜、赵珍她们来之前，这里的每个人都做过相同的验证，答案都是相同的——这孩子不是小莲。他们多么希望这就是小莲，差不多的年纪，相同的遭遇，只是她并不是小莲！

“这孩子的娘老子该多心疼啊！”落有财老汉把烟掐灭在窗台上，摇着头深深叹了口气，声音低低的，带着哽咽。小莲是他一手拉扯过来的，是他最亲的孙女，谁也想不到去了一趟青海就再也没回来，他怨过老天爷，怨过儿子落守吉，更怨过自己，为什么要眼看着孩子被带出去，让坏人有机可乘？要是不去青海，要是好好和自己在家待着，哪会有这些事？这些年他心里不好受，总在梦里见到小莲，听见她叫自己爷爷，一觉醒来眼泪珠子把枕头都浸湿了。

“守吉哥，你心里是不是已经做好打算了？”落姜问。

落守吉点点头，抹了把眼泪说：“我准备先把这孩子安顿在家，带上她反而跟我吃苦，我先去青海，一边找小莲，一边帮这孩子找她父母，我身体最近也不大舒服，到了年底要是还没消息我就回来！”说着，转头对女孩说：“女娃，你和我家有缘了，要是我找不到女儿，你找不到爹娘，那就说明这是老天的安排，让咱俩做父女哩！”女孩受到惊吓，又从山上摔下来没了记忆，此时最信赖落守吉，听着落守吉的话，眼泪跟着一起掉了下来，哭着直点头。

“你要是不嫌弃，就先叫小莲吧！”落守吉指着屋里的众人说，“他们以后都是你的家人哩，你不用害怕，以后这就是你的家，有我们一口吃的就有你一口吃的，不是甚富裕家庭，但肯定让你饿不着冻不着！”说罢两人抱头哭起来。落有财听到伤心处，捂着眼也跟着哭。众人心里都不好受，他们都知道这些年落守吉过得苦，这孩子虽然不是小莲，但也算老天的垂怜，便也不再说什么，算把孩子认下了。

“今天，你们都在，出去以后村里免不了风言风语，出去不管谁问就说小莲找着了，怕有人拿这个生事，对这孩子也不好。”落有财擦干眼泪，表情凝重地说。

“三大，你放心，我们心里有数。”落守忠皱了皱眉，压下心底的担忧。

俗话说没有不透风的墙，何况是多了一个大活人这样的事。很快，落守吉带回个女孩的事在全村都传遍了，不少人跑过来看热闹，落家对外只说落小莲找回来了，村里好些老人都感叹落家命真好，闺女丢了这么多年还能找回来。也有些好事的婆姨看小莲长得俊打起了主意，都被落有财给推拒了。

日子一天天过去，小莲胆子逐渐大了起来，只是身体比较弱，三天两头生病咳嗽，好在性格开朗起来，主动与人说话了。这让落有财心里松了口气，他原本担心外地来的孩子住不惯，没想到小莲很快就适应了新的环境，还跟落姜、赵珍学会了做饭，他也放下心来。落文时不时过来陪小莲说话，聊天中无意发现小莲不仅识字，还写得一手好字，懂得远比同龄姑娘多得多，想必之前在一个很好的家庭受过很好的教育，因此落文心里更加心疼这个孩子，把自己能找来的书都送过去让她解闷。落有财看小莲每天待在家里闷着，索性让她出去走走散心。小莲来了也有好些天了，落文送来的书有些已经看完了，之前落文带她去过学校，大概的路她还记得，听着落有财的嘱咐，就拿着书迫不及待地出门了。

转眼十一月了，山上早已灰扑扑，西北风一连刮了好几天，枯叶早已看不见踪影，干干净净的稻谷场彰显着秋的远离，山路和天空连成一色，灰黄的山路冻得硬邦邦的，几只麻雀站在光秃秃的枝干上吵嘴，寒风带着冬日的冷气降临白柳村。落小莲看着路上的景色陌生又熟悉，北方的冬天大抵如此，她努力想从记忆深处找出类似的画面，可脑海空荡荡的，仿佛是一片无人问津的旷野，竟不记得之前任何生活的场景，以及相熟的任何人。她发现此刻的自己就像一张白纸，一叶孤零零的浮萍，找不到这个世界与自己相联系的任何蛛丝马迹，只剩下落家人给予的关怀和温情。她走上硷畔，视野更加开阔，远山高大静谧，巨大的匍匐在山坳上，波浪的脊线形成延绵的起伏，好看极了。

“你是？”

身后突然传来男人的声音，落小莲一愣，忙回过头，看到一个年轻的男人。李俊鹏本要去找段涛，路过硷畔，看见了一个陌生的姑娘，背影怎么看都不像村里乡亲，以为是外村来寻人的，便过来打招呼。

“我是落小莲。”

李俊鹏看着转过身来的少女，一头黑软的细发，长长的扎成两条麻花辫，随意搭在身后，瘦弱白皙的面容上镶着清澈的眸子，黑色的瞳孔竟比头发还要黑，她的鼻子线条流畅，灵巧的鼻尖微微翘起，连成好看的弧度，嘴角微微勾起，整个面色在苍黄的阴天里透着明亮的光。李俊鹏一时竟有些呆住了，直到眼前的少女开口才回过神来。落小莲？前些日子听说落守吉的女儿落小莲找回来了，就是眼前这个姑娘？

“你是？”落小莲看对面的男子愣着不说话才问道。

“我是李俊鹏，小时候见过的，还记得吗？”李俊鹏笑着说。他嘴角弯了弯，露出一排整齐洁白的牙齿。都说女大十八变，落小莲竟然完全变了模样，他开始在脑海里搜索她小时候的样子，很普通的女孩子，脑勺后面扎着一条泛黄的麻花辫。再看现在的落小莲，竟完全没有以前的半点影子。自己长她几岁，平日村里的男娃和女娃也很少耍在一处，几乎没有相处，对她的性格也不甚了解。如今，他竟有些后悔当初没怎么留意这个女娃。

“啊……”落小莲想起落守吉的话，忙点点头，没有否认，也没再开口。李俊鹏见面前的姑娘愣了半晌，紧接着“啊”了一声，没有再说话的意思，想到多年没见生疏的原因，亦没再多想。李俊鹏见她手里拿着几本书，眼前一亮，熟悉的书面让他一下认出这正是自己前不久才读过的文学史，心中对落小莲更多出几分好奇，说：“你在读这个？”落小莲闻言将手里的书忙收到身后，先是点头，紧接着摇摇头，没有直接回答李俊鹏，说：“这不是我的！”李俊鹏见她护着书的模样，以为她误会自己要看她手里的书，忽然觉得有些好笑，说：“我看过了，是很好的书。”落小莲见状明白过来，觉得有些尴尬，局促地站在原地，走也不是，不走也不是，更不知道该说什么。她是个不善言辞的人，和陌生人说话更让她觉得紧张、不安。尤其是看到眼前的男子，眉眼端正挺拔，一笑便折射出明亮的光，从未见过这么亮眼的光，似是能看穿一切藏有阴霾的角落，她不自觉想要躲闪。避开对方的视线，落小莲把目光放在自己的脚上，她今天穿的是落姜送给她的新黑布鞋，脚边轻微沾着灰土，鞋面很新，就和她这个人一样。

李俊鹏发现气氛又一次陷入寂静，他看见落小莲低着头紧盯着双脚，没有再说话的意思，一丝失落莫名涌上心头，他不会发现此刻落小莲黑布鞋里的脚趾因为不安已经紧紧抠在一起了。李俊鹏轻叹了口气，也不再追问，说：“我还有些事，先走一步。”李俊鹏清亮的声音在两人之间安静的空气里突然响起。落小莲听罢如释重负，忙点头，到嘴边的话在意识到方才那一声若有若无的叹气声后突然收了回去。李俊鹏看着她突然噤声的样子又觉得好笑，随即爽朗地向她打了个招呼告别。

男人走后，落小莲开始想李俊鹏那一声叹气是什么意思。性格敏感的她总是能轻易捕捉到别人的每一个细微的神情，并且反复思考琢磨。她开始害怕自己是不是哪里说错了，哪里说少了，是不是让别人厌烦了？在落家她也整天陷入这样的困惑中，她时刻注意自己的言行，小心翼翼地吃饭，不敢发出声响，更不敢吃得多了，生怕遭人嫌。即使她心里明白这是善良纯朴的一家人，完全把自己当作家人一样看待，可她明白，自己光溜溜的手臂上没有一丝胎记的痕迹，在血缘上自己和他们没有任何关系，好几个晚上睡不着觉的时候，她都在幻想自己真的是落小莲就好了，这样就可以自然而然地霸占眼前所有的关怀和温暖，她开始陷入美好的梦境。可是午夜梦回，她又清醒地意识到现实的一切，暗骂自己不可以这么贪婪，揉着脑袋，却怎么也想不起自己的家人在哪里。还有那个真正的落小莲，如今又在哪儿？会不会和自己一样寄住在别人家，会不会突然回来？

而现在，自己就是落小莲——她不停地告诉自己。可是只一瞬她就意识到成为另一个人并不简单，尤其是那个素未谋面却让她嫉妒的人。人有时候连自己都扮演不好，又怎么去扮演别人？有财爷爷对自己极好，什么活儿都不愿让她干，一连好几天，他都会早早起来给自己卧一个鸡蛋，水壶里还特意加了砂糖，这样金贵的待遇在村里只有快要生产的大肚婆姨才有，这让她更难以下咽了。她总要在意人们对她的好是单单对她本人，还是其他缘故，毕竟中间隔着真正的落小莲，这世上哪有无缘无故的好？更何况是没有血缘关系的人。她更愿意相信只有自己先付出了，才能换来同等的回报。她不能解释自己为什么总会陷入这样的想法当中，或者说她原本就是这样的一个人，要么生来如此，要么是之前的生活环境造就了她的性格……

落文拿来的书是她这段时间所有不安情绪和焦躁心理的唯一寄托，落小莲把自己埋在印刷粗糙的字里行间，反复啃咬着一个个字，才慢慢放松下来。几本书她反反复复看了好几遍，却怎么也看不够，即使落文从未催自己要过，但她仍要早早归还的，爱读书的人都有一种奇怪的气息，一种无法具体形容但又确实存在的东西，比如他们总是把书看得很重……这种气息她在曹老师身上也能感受到。

曹默的课是上午第一节，早早上完课的曹默便在院里扫地，远远地看见落小莲停了下来。他认得落文的这个堂妹，落文上次领着她来过学校。虽然没有打探别人隐私的习惯，但无意中听村里人说起，这个女孩走丢多年，前段时间才找回来，他不禁感叹命运这个词真的玄乎其玄，难以琢磨，往往最可能的事最难实现，而最不可能的事偏偏凑巧就能发生。

“曹老师！”落小莲站在校门口并未进来，因为现在是上课时间，她清楚地听到教室里孩子们的声音。

“你是来找落文老师的吧？”曹默扶了一下眼镜，礼貌地笑笑。

“我姐在上课吗？”落小莲小心翼翼地问，声音压得低低的，生怕打扰到上课的孩子们。曹默看了一眼教室，离校门口十几米的距离，其实正常说话的音量并不会影响到教学，出于尊重便跟着压低了声音道：“是的，落文老师正在里面上课。”

落小莲举起手里的书，说：“麻烦您把这个转交给落文姐。”

曹默微笑着接过书，说：“我听落文老师说你读过书，只是不知道学到什么程度了。”出于职业习惯，对于上过学的孩子他不免要关心几句。

落小莲挠挠头，扯了扯嘴角，说：“我忘了。”

想到落小莲的情况特殊，曹默突然觉得有些话自己或许不该问，他尴尬地笑了笑，说：“你放心，一下课我就交给落文老师。”落小莲走后曹默看着手里的书，忽然发现自己这些天的困惑或许可以跟落文交流。语文课很快结束了，学生们一哄而散，一会儿就被组织去劳动了。

“落老师！”曹默站在教室门口，向落文打招呼。

“曹老师！”落文看到曹默手里的书正是前些天她拿给落小莲的那几本，不等开口便听到曹默说明了事情的缘由。落文感谢着接过书，并没有发现曹默的视线始终聚集在《论学习语文》上。直到曹默的声音再次响起：“落老师，你怎么看待语文教学？”落文听了迟疑了片刻，因为这个问题不仅突然，而且让人一时难以回答。曹默继续道：“更确切地说，你是怎样看待在白柳村的语文教学？”曹默的补充让落文瞬间明白了对方的想法。单论语文教学，是非常抽象的命题，且具有普遍性，但是如果是白柳村的语文教学，就具体多了。这段时间每个新来的老师都会产生某种无所适从的感觉，包括孙晶晶。落文蹙了蹙眉，说："前段时间孙老师有些不安，可能我们都有这种感觉！"随即，曹默看到她的嘴角绽放出了一个明媚的笑容，清爽的短发微动，眉头舒展开，眼神突然坚定，竟让他有些失神。

"其实，前几天我和您一样，面对现在的大环境和学生状况，有些无所适从，直到我找到一篇文章。"

"文章？"曹默回过神来，疑惑道。

"对，这篇文章您说不定还有印象呢！"面对曹默的疑问，落文继续道，"是师范学校师范班的课本上的一篇文章，苏联女作家维格多罗娃写的《一个女教师的笔记》（自序），在一筹莫展的时候我无意中翻到这篇文章，重新读过后我被其中的几句话吸引了，她写道：'等我们长大，我们就越来越清楚地意识到学校给我们留下的不可磨灭的印象。''这工作异常困难，孩子难以管理，他们都心不在焉的，动来动去，而且都不做家庭作业'，这是不是和我们现在的情况很相似？还有新的政策、新的教育计划让我们必须有满满的干劲儿，可现实总会产生新的困难——让我们无能为力的困难。"

落文继续道："于是她开始写日记，把教室里发生的一切事情都记录下来，跟孩子们谈话，了解他们的个性，他们的家庭与生活，直到她发现一个好的学校和一个好的老师在人生中扮演的角色的重要性，就像一个箭头，在整个人生的道路上留下痕迹……"

曹默仔细听着，眼镜背后的瞳孔里闪出一丝赞赏，说："落老师这个年纪就能有这样的思想境界，我真的需要向你学习啊！"

落文忙惶恐地摆摆手，说："不敢当，说到教育您才是模范，我只是守着自己的一亩三分地，绞尽脑汁把它耕耘好。"

"我看了你的学习心得，写得非常好，里面吸取的毛主席《反对党八股》的内容，要是能把它通俗化，应用到作文课上就更好了！"

曹默徐徐说道。

落文会心一笑，一种快乐的情绪在心底某个角落漾开，她没想到自己随意写的东西能得到一个资深教师的认可，这让她瞬间充满了斗志。如果说《一个女教师的笔记》（自序）带给自己的是缓慢治愈，此刻曹默的认可就是一剂速效药，让心里那只在迷途里久病的困兽找到它应当归返的兽群。短暂的交谈后，教室只剩下落文一人，她重新回到座位上，在教案本上翻开崭新的一页，脑海里回想着毛主席在《反对党八股》一文里引用鲁迅先生在“北斗杂志社”讨论怎样写文章的内容，其中有几条她早已烂熟于心，背了无数遍，比如第一条：“留心各样的事情，多看看，不看到一点就写（鲁迅：《二心集·答北斗杂志社问》）。”讲的是“留心各样的事情”，不是一样半样的事情。讲的是“多看看”，不是只看一眼半眼。第二条：“写不出的时候不硬写。”不是脑子里明明没什么东西还硬写、大写、特写，不调查，不研究，提起笔来“硬写”，这是不负责任的态度。还有第四条：“写完后至少看两遍，竭力将可有可无的字、句、段删去，毫不可惜。宁可将可作小说的材料缩成Sketch，决不将Sketch材料拉成小说。”第六条：“不生造除自己之外，谁也不懂的形容词。”

这几条内容简单清晰，直接明了，现在全国各地都按这个标准写文章，中学作文也不出其右，从构思、练习到修改，这些步骤都能在鲁迅先生的写法中获得启发。就拿构思为例，鲁迅先生在写一篇稿件之前，总会花很长的时间来酝酿，这个过程就是思考的过程，马虎不得，现在，要把这些好的方法技巧用通俗的方式应用到课堂当中，须得经历一个点滴浇灌的过程。

十二

白柳村村委会。

李俊鹏兴奋地站在李志诚面前，说：“爹，那件事你准备咋做？”

李志诚依旧把头埋在报纸里，说：“哪件事？”

“修路啊！”李俊鹏找了个板凳坐下，“没想到县里会改变主意，在白柳村率先修路，这真是天大的好事呀！”

李志诚点点头，随即皱起眉头，叹了口气，说：“是好事，也难办哩！”

“什么意思，咋难办了？”李俊鹏疑惑，这修路可是百利而无一害的事情，之前不少村争着抢着和县里写申请都无济于事，现在县里愿意给白柳村修这条路，最难的一关都过了，也不用自己掏钱，他想不明白还有哪里难办。

“你知道修的是哪条路吗？”李志诚看着儿子问道。

“当然是村口那条大路嘛！”李俊鹏不假思索道。话音刚落地，他就反应过来，村口那条大路的正中间是镇白石和一颗几十年的大柳树，瞬间明白了李志诚所说的难办是什么意思。镇白石对白柳村意味着什么他再明白不过了，村民们把这块大石头当命根子，他马上预感到问题的严重性，刚才的喜悦霎时被一种无形的压力取代。

李志诚看着对面陷入沉思的儿子缓缓道：“现在你明白了吧？这事没那么简单……”

周闹闹坐在炕上拿着书本大声念道："毛主席，像太阳，他比太阳更光亮。小兄弟，小姐妹，大家一齐来歌唱：太阳太阳永远光亮，我们跟你永向上。"

周奶奶虽上了年纪，耳力却好，她最爱听孙子念课文，尤其是这篇课文——《毛主席像太阳》，写得多好啊，别的课文她听不懂，唯独这个她一听就明白，听几次也不够。她边听边把干柴火放进灶台，说："好好念，多念几遍。"周闹闹摇头晃脑，他已经数不清念了多少遍了，他不明白为什么奶奶尤其爱听这篇课文，更不明白为什么这些简单的句子像是容易被风干的露水，只片刻停留便没了痕迹，无论念多少遍都背不会。

"闹闹！"落阳的声音从门外传来，周闹闹放下手里的书应声下炕。不等出门，落阳和落矮已经从门外进来了，"你干妈出事啦！"落矮道。

"你干妈才出事了！"闹闹意识没反应过来，以为落矮在开玩笑，和自己闹嘴。

"真的，镇白石！镇白石不是你干妈吗？"落阳没好气道。闹闹一听，想起奶奶说过，自己小时候身体不好，总是生病，找王阴阳算过命，认村口那块石头做干妈，他每年雷打不动地给镇白石磕头，才能保平安。他忙看向奶奶，喊："奶奶！"

周奶奶停下手，问："落阳、落矮，你俩说甚？"

"我们刚从村口过来，听段响亮在那说咱村要修路了，就村口那条路，要把镇白石搬走哩！"落矮解释。

周奶奶看着眼前的两个孩子，眉头一拧，拉过落阳，说："阳娃，你说真的？可不要骗你周奶奶。"

"真的，闹闹说过镇白石是他干妈，这事我记得可清楚了，所以我和落矮一听到消息就赶快跑过来了，不然你去问段响亮，就是他说的。"落阳一五一十地说。

"王阴阳说，我们闹闹命格硬，打小没娘，认了镇白石做干妈才能镇住命盘，就能长命百岁，这么多年，镇白石就是我们周家的大恩人，要是没有它，闹闹还不一定能长这么大，动了镇白石，就是动我们周家的命根子哟！”周奶奶越说越激动，眼泪一闪一闪的。

“那咋办呀，奶奶？”闹闹听了急得跳了起来，这么多年了，从他记事起就和镇白石结下了深厚的情谊，每次生病去镇白石跟前磕几个头，不出几天就能好起来，几年下来，他对王阴阳和奶奶说的话深信不疑，他从小没娘，在他心里，镇白石就是他的娘。

“除非你换个娘！”落矮小声嘟囔。

听到修路消息如临大敌的还有王阴阳。他仍旧穿着那件老式花样的深灰色粗布夹大褂，玳瑁边的大眼镜后的眯缝眼一眨不眨，仔细地咂巴着一卷草烟，灰黄色的“八”字须随着“嘬嘬”的声音向外凸起。修不修路他不管，但让他操心的是只要修路就得动那镇白石，他做了一辈子“阴阳”，无论是看风水还是算命都和村里那块石头联系着，“镇白石”这个名字是他师傅的师傅给起的，也就是这个村里前前任阴阳师傅，寓意就是镇守白柳村，这么多年村里虽穷了点，却没出过啥天灾，一切平平顺顺的，到他这才第三代，要是在他手上把镇白石给动了，他这辈子就算白活了，日后还有什么脸面见师傅和始祖两位老人家。

不一会儿，镇白石跟前聚集的村民越来越多，修路的消息一传出来，整个白柳村都炸开了锅，比起修路，人们更关注的是镇白石。镇白石在大路中间，修路是好事这点毋庸置疑，但只要修路就得动镇白石，还有几十年的大柳树势必也要被砍掉，这在白柳村是天大的事，不少人已经开始产生了抵触情绪。落姜的婆婆当场就开始破口大骂：“哪个王八蛋要修路？只要我老太婆还活着，谁都不能动镇白石，谁敢动就先把我老太婆杀了！赤脚的不怕穿鞋的，我就这一条贱命，我怕甚？”原本七嘴八舌的议论声在吴老婆子的一阵吼叫后反震住了。众人知道吴老太婆自从儿子梁小冰走后，脾气就更差了，像是脱缰的野马，世间再没有令她畏惧的事了，这村里没谁比她更豁得出去了，就和性情乖张的李拐子一样，村里人都躲着他俩，没人愿意和他们计较。

修路的消息沸沸扬扬传了几天后，李志诚宣布召开白柳村修路动员会。

“乡亲们，我们和三河村较量这么多年，被他们压了这么多年，大家知道是为甚不？还不就是因为他们地理位置好，路好走嘛！要是我们跟他们一样，肯定比他们强咧！”

“大家想想，我们每回跑县城有多费劲儿，光路上耽误多少工夫，坐车不要钱还是牲口不吃草？就因为这个，哪一回有好事、好机会都给他们抢了！大家可能不清楚，我李志诚别的不行，就记性好，这么多年来都一笔一笔记着了，修牛棚、修水沟哪回不是尽着他三河村，玉皇大帝也会挪地方了，这回，这种好事终于轮到我们头上了，这是天大的好事呀！”

“志诚，你说了一大堆，意思 我们都明白，不就是说修路千好万好嘛，我们也没说修路不好，但是你修的是哪条路？不就是村口那条大路么，你肯定是要动镇白石的呀！”刘温坐在下面第一个开口。周奶奶拉着孙子急了，忙说：“对啊，志诚，不是周婶子不支持你的工作，可镇白石是我们周家的命根子，这你是知道的，我们闹闹打小身体差，亏了认镇白石当干娘才能活到这么大，你要是动了镇白石就是动我们周家的香火了，闹闹要是有个三长两短，你让我这老婆子找谁呀！”

“就是！”

“镇白石不能动！”

…………

人群中三言两语开始吵了起来。孙晶晶扯了扯落文的袖子，忍住笑说：“照这么说，那块石头是周婶子的儿媳妇？”落文听了忙拉住孙晶晶，做了个噤声的动作，说：“小点声，这话可不敢乱说，要让村里人听见了可不得了！”

“不至于吧，有这么严重？”孙晶晶不可置信地看着落文。封建迷信很正常，但不应该到这种地步！她看向一旁的曹默，问："曹老师，你说呢？"落文转过头想听曹老师有什么看法，却见曹默蹙着眉，摇了摇头，没说话。

李志诚看到下面开始骚动，拿着喇叭咳嗽了两声，维持秩序，说道："好了好了，都静一静，静一静！刘大哥，周婶子，我都知道了。"他扫了眼人群中铁青着脸的王阴阳，心想这个人才是关键，笑着说："王叔，您是咱统万城白柳村的老人了，也是这十里八乡看风水的能人，除了您，再找不出来第二个有这样本事的人了，您有甚想法就说出来，我想乡亲们都非常愿意听您的。"事实上，他昨晚已经去找过王阴阳了，起初，王阴阳的抵触情绪非常强烈，丝毫不同意，最后，他不得已答应让李俊鹏拜王阴阳为师才谈成，想到这儿他又开始头疼，不知道日后怎么跟儿子交代。

村里人听到王阴阳的名字果然静了下来，视线都集中在这位德高望重的风水先生身上。王阴阳昨晚一夜没睡，权衡利弊，最后想清楚了，就算镇白石在他这一代倒了，也好过祖师爷的香火断在他手上，这么多年他物色了接班人选，村里就李俊鹏和段涛这两个小伙子最合适，悟性强，脑瓜聪明，办事灵。他原本属意段涛，毕竟李俊鹏这小子一看就是个当官的材料，说话办事一套一套的，活脱脱第二个李志诚，甚至日后比他爹都强，让他不敢盘算。没想到突然出来这么档子事，让他觉得李俊鹏的事说不定还有希望，更何况李志诚上赶着磨他，这几天他也从对方的决心中看到了修路的势在必行，哪怕现在乡亲们都反对，但也有不少年轻人早已蠢蠢欲动了，既然县里都做了决断，这条路日后迟早要修，到时候任何人都拦不住。现在顺手卖个人情，是最有利的。王阴阳正要开口时，不远处传来一声吆喝："人都没到齐你们就开会？"李志诚隔着老远，一看到来人，脸一下就黑了，心里暗骂：又来一个火上浇油的。乡亲们都朝声音的方向张望，来人正是李志诚最讨厌的落守吉。

“咋了，你有甚意见了？”李志诚没好气地说。

“当然有啊，镇白石不能动！”他走到落小莲跟前，“我闺女能找回来全靠镇白石了，镇白石就是我家的大恩人，你动我家恩人还问我有甚意见？”

落守吉话音刚落地，刚安静下来的人群像干草遇见火星子，瞬间又烧了起来，谁不知道落守吉和李志诚两人早就不对付，落守吉这是专门拆村支书的台了，但大家都不在乎，因为在他们看来落守吉说得对！他说出了他们的想法。

李志诚听了反倒气笑了，说：“你闺女在青海丢了这么多年，你常年在青海，这会儿才找上，这也是镇白石的功劳？”

众人听了也一哄而笑，落守吉也不在乎，继续跟李志诚呛道：“可不是嘛！这么多年实在难找，谁知道回家一趟，临走时拜了拜镇白石，半道上就找回来了！”说着凑到前头王阴阳的跟前，“王叔，您说镇白石灵不灵？”王阴阳脸更黑了，一个眼色都没给落守吉。吴老太太坐不住了，瞪了落守吉一眼，说：“这有甚好问的，我看谁都别想动，谁要敢动镇白石，就从我老婆子身上踏过去！”

李俊鹏眼看现场村民情绪起来了，忙从李志诚手里拿过喇叭，说：“各位乡亲，大家看这样行不行，我们采取投票制，要是赞成修路就画对号，不赞成就打叉，每家一票，超过五口人的每家两票，给大家一个礼拜的时间，七天后，咱们再在这集合，公布投票结果，少数服从多数，这是最公平的办法，大家看怎么样？”

李俊鹏突然这么一说，下面坐的一群人也不好反驳，说：“行！我看就这么办，大家鼓掌！”段响亮站起来头一个鼓掌支持，其他人也跟着鼓掌。“都散了吧，散了吧！”

孙晶晶凑到落文旁边，指着台上的李俊鹏，问：“他是谁？以前怎么没见过？”

“他是李支书的儿子李俊鹏，你竟然没见过他？”落文觉得不可思议，李俊鹏每天村里到处跑，孙晶晶竟不认识他？

孙晶晶摇摇头，眼神一直盯着台上的李俊鹏，说：“村里还有长成这样的男人？”

“俊鹏看着确实精神，可你说的这样是哪样？”落文问。

“……就是不像村里人，”孙晶晶不知道怎么形容，想了想说，“不像乡下人……”落文看着呆愣着出神的孙晶晶，打趣道：“我看你像魔怔了，要不让王阴阳也给你算算？”

“不用不用……”孙晶晶想起王阴阳神神道道的样子，忙摆手拒绝。

人散后，李志诚气呼呼地回家了，留下李俊鹏收拾摊场。

另一边，落家人围到落守吉跟前。

“守吉哥，你甚时候回来的，咋不事先跟家里说一声？”落姜问。

“对呀，吃了没？都没提前准备饭！”赵珍说。

落守吉笑着拍拍身上的包裹口袋，说：“路上带干粮了。”随即环视了一圈，说：“咋没见爸？”落小莲低下了头，说：“爷说腿疼，在家躺着。”

“老毛病了，你又不是不知道，”落守祥叹了口气，“不过，哥，你这回是真把李志诚气上了，刚刚他一声不吭地走了！”

“哼！就算我不在，这事他也办不成！”落守吉哼了一声，又皱起眉头，担心地看着落守祥，“哥这么和他作对，不会影响你当小队长吧？”落守祥听了爽朗地笑了几声，说：“怕甚？我跟郝小替这小队长是大家伙儿选出来的，他能咋？再说了，我又没啥错处，他能拿我咋办？”落守吉闻言点点头，说：“他要是敢给你穿小鞋，你一定要跟家里说，哥找他算账！”落守祥心里一暖，随即笑笑，说：“俊鹏倒机灵，能想到用投票的方法，不然刚才都没法收场，这两天肯定要到处拉票哩。”

落小莲犹豫着说：“修路不好吗？”她实在不能理解为什么她爹要和李志诚作对，在她看来，修路是好事，对村里所有乡亲都没有坏处。

她不是土生土长的白柳村人，自然不会明白村里人的反应。落文似是明白落小莲心里所想，对小莲说：“修不修都无所谓的嘛，本来就不是咱一家说了算，修了当然好，你爸就是想噎一下你李叔。”落小莲还想问什么，落文拉过她，说：“慢慢你就明白哩！”

“守吉哥，这次回来还走吗？”落守忠问。

落守吉看着落小莲，像是下定了决心，说：“不走了，以后咱们一家人，我哪儿也不去了……”

“太好了……”落姜激动地擦了擦眼眶。

李志诚从会场到家一路憋着气，大儿子李俊伟和媳妇段小香识眼色，压根儿就没跟着回来。李志诚一个人坐在屋里，嘴里翻来覆去地骂咧着。

“气死我了，这个落守吉就是专门来砸场子的！”李俊鹏刚进门，就听见李志诚在发火。李俊鹏叹了口气，他最近发现父亲平时工作有条理，办事冷静，但是每次只要和三河村有牵扯，有竞争，就会失去理智。被三河村压了多少年，他记不清了，从他记事起，父亲就和前任三河村支书较着劲儿，现在人家都提拔到县里了，他自然心有不甘，要是这任支书再比他跑得快，他就彻底没有机会了。数数这些年进了多少年轻干部，都是根正苗红的后起之秀，李俊鹏仿佛能看到笼罩在父亲头顶上的一大块乌云，不停变换着形状，随时电闪雷鸣变成倾盆大雨，浇灭最后一丝脆弱的火苗。而落守吉正是其中一小根不确定因素，时不时刺激一下他的心神。

“爹，就算没有守吉叔，这事也不会这么容易的，你之前不是说这事不好办嘛。”李俊鹏劝道。

“哼！本来就要好办了，谁知道半路杀出个灰人落守吉，坏了我的好事！”李志诚怒火更甚。

“咋好办了？王阴阳那关才是最难的，就算没有守吉叔，王阴阳也会反对的！”

“守吉叔，守吉叔，你咋叫得这么欢了，路上随便逮个人你小子也叫叔？”

“现在说修路的事，跟这有甚关系？”李俊鹏无奈。

“咋没关系？不要以为老子不知道你最近老往落守吉的女子跟前跑，你心里那点小九九能瞒住谁了？不管甚想法，都赶紧给我打住了！谁都行，就是那落小莲不行！”李志诚把最近段响亮给他说的事情一股脑儿倒出来，本来打算观望一阵子再说，这回落守吉实在把他惹火了，偏偏这小子还上赶着把那灰人一口一个叔地叫着，瞬间让他这段时间的情绪爆发了出来。

李俊鹏不知道李志诚从哪儿听来的这些闲言碎语，但李志诚的态度强硬实在让自己不能理解，他顾不得解释他与落小莲原本清白的关系，冲着他嚷了起来：“为甚？为甚落小莲不行？”

李志诚“哐当”拍了下桌子，说：“好啊！你小子果然心里打着落小莲的主意！为甚？就凭他是落守吉的女子，就凭她是落家人，还想进我家门，想都别想！”

李俊伟和媳妇段小香刚回家就听到屋里的动静，赶忙跑过来，问：“这是咋了？”一头雾水的李俊伟拉住李俊鹏，说：“俊鹏，你干甚了，和爸吵成这样？”

李俊鹏烦躁道：“我能干甚了？”他看着李俊伟，指着炕上的李志诚，“现在没事找事的是他！”

“你小子说甚？”炕上的人气得直吹胡子瞪眼。

“俊鹏，怎么和爸说话呢？”李俊伟呵斥道。

“你问他吧，我不说了……”李俊鹏不耐烦地扭头走了。

十三

半夜，一阵急促的敲门声在静谧的黑暗中响起。李志诚近日来总是难以入睡，就算睡着也容易被轻微的响动惊醒，何况白日里被气得够呛，刚闭上眼就被门外的声音吵起来了。他趿拉着鞋，忙不迭地下炕去开门。

“叔，不好了！”李志诚听出是郝小替的声音。深更半夜来敲门，想必是出了什么不得了的要紧事。李志诚吓了一跳，问：“咋了，出甚事了？”

“三河村的人来闹了！”

李志诚一听，刚憋进去的火一下子蹿出来了，说：“三河村的人？他们闹甚了吗？”说罢转念一想，怕不是因为修路的事？他疑惑地说：“修路是县里批的，他们来闹甚了？”

“啊呀！不是……”郝小替显然是一路跑过来的，上气不接下气地说，“打人了……”

“好你个三河村，跑到我的地盘上打人，还有没有王法了！”李志诚一听差点跳起来，顾不得披件外衣就往外走，顺便在路边拾了根枯树条子，边走边问，“人在哪儿呢？”

“不是，叔……”郝小替跟着李志诚走，李志诚停下来不耐烦道：“不是甚了不是，小替呀，你能不能好好说，把话说完整了！”

“是乔万兴，那些人找过来说乔万兴偷挖他们三河村的墓，被人抓了个现行，现在在村口镇白石那打起来了！”郝小替一口气说完，终于舒了口气。李志诚听了，一把丢开刚拿在手上的枯树条子，差点一屁股坐地上，郝小替眼疾手快地扶住他，说：“叔，你没事吧？”

“完了，完了，出大乱子了！”李志诚又气又急，“在这个节骨眼儿上出这样的事，三河村还能饶过咱们？天呀，我咋这么倒霉呀！”

等李志诚和郝小替赶过去，村口跟前住的二三十个村民已经和三河村的村民僵持起来了，对面为首的人大声说道：“你们村的人敢跑到我们三河村挖我们的墓，就想这么算了？”旁边另一人紧接着指着打得鼻青脸肿的乔万兴，说：“就是这个人，他难道不是你们白柳村的人？”

“不管咋样，你们也不能动手打人！”白柳村的村民不甘示弱，“就是，动手打人就是不对！”人群里紧跟着附和，“你们说他挖坟，有证据吗，凭什么说就是他干的？”

“我们村里老王亲眼看见他和另外两个人拿铲子刨他家祖坟！”

“另外两个人呢？”

“老王呵斥了一声，那两个人就往你们村的方向跑了！”

“往我们村跑，就是我们村的人？”

“这个没跑成的乔万兴总是你们白柳村的人吧？”

“乔万兴，你说话，你到底有没有挖人三河村的坟？”

“就是呀，你说呀！到底有没有？”

乔万兴坐在地上，早就受了惊，又被打得鼻血直流，此时只感到脑子里像是有几十只蜜蜂一样，嗡嗡地叫个不停。“做了亏心事，不敢承认了吧？今天必须有个交代！你们村就没个主事的人，到底谁说了算？”李志诚在人缝里看见乔万兴的样子心里就有数了，本来理亏，又赶上三河村这么不依不饶，顿时火冒三丈，说：“我就是主事的人！”李志诚话音落地，白柳村的人自动让出路来，等李志诚解决。

“你是谁？”对面为首的男人问。

“这是我们李支书！”

“李支书，今天你们必须给我们个交代，不然我们就告到县长那里去！”李志诚白了地上的乔万兴一眼，强忍着怒火，勉强挤出笑，说：“同志，我看这件事是个误会。”

“误会？老王亲眼所见你说是误会？”说话的人拉着身边的男人，“老王，你说，是不是亲眼看见的？”被叫作老王的男人气冲冲地指着乔万兴，说：“就是他，我亲眼看见他和另外两人一起刨我娘的坟，可惜另两个年纪轻，跑得快，就逮住他一个！”为首的男人语气强硬地说，“你还有甚说的？”

李志诚蹲在乔万兴跟前，一把扯过他的脖领子，小声说：“老乔，你给我好好说！”乔万兴放下抱住头的双手，抬头对上李志诚的犀利的眼神，迷不愣登地张张口，不知道想到了什么，他突然爬到李志诚脚下，不管不顾地大声哭号起来：“我的爹呀，我可怜的爹呀！”僵持的众人都发了蒙。乔万兴继续号叫：“我是个不肖子孙，让您老人家一个人孤零零地埋在那黑土地里，又冷又孤。”鼻涕眼泪连带着刚流出的鲜血和灰土，一把抹在袖口：“我的老爹呀，儿子不孝啊！”说着突然来了精神，“蹭”的从地上爬起来，挣脱李志诚禁锢的双手，竟露出诡异的笑：“哈哈哈哈，儿子这就去给你找个伴……”李志诚站起来想捂住他的嘴，但已经晚了！在场的人都不是傻子，霎时听明白怎么回事了，谁都想不到乔万兴发了疯，突然跑去给他死了八年的老爹配冥婚。一群人拦住就要往外冲的乔万兴，说：“给我拦住他！”李志诚红着脖子粗声吼道，郝小替和几个后生死死拽住乔万兴的胳膊，“这下全完了，全都乱套了！”没人听到李志诚后面那句话。

三河村的人看呆了。“发疯了，发疯了！”场面完全失控了，愣了半晌也跟着白柳村的人一起拦乔万兴。

李志诚跌坐在地上，脸扭成一团，“天大大吆，这是造的什么孽呀……”闹腾了一阵，天快亮了，三河村的人暂时回去了，镇白石周身散发着一团清冷的白光，等待第一缕阳光穿破云层。

李俊鹏早早出了门，不去想昨晚和李志诚的不愉快，他本来还有更重要的事做，就是挨家挨户地去说修路投票的事，谁知道一觉醒来才知道昨晚村里出了那么大的岔子。昨晚他很迟才回来睡下，外面闹这么大动静，竟然也没吵醒他。而这突然发生的一切使得他措手不及，他走到镇白石跟前，果然看到一群人大清早坐在冷风里聊得火热。

“这个乔万兴，咋突然这么想不开，干出这糊涂事嘛！”

“他老爹都走了八年了，他早干吗去了，咋这会儿想起给老人配冥婚了？”

“他咋能干出这种贼娃子的事呢……”

“之前白孝川的事，我可看得清清的，他可没少起哄，给人家泼脏水，没想到他自己倒干出这种事！”

“真是丢人了，昨晚我也在场，你们是没见那三河村的人，都闹到村里来了，得理不饶人的样子，把我们骂了个够呛……”

“这回被三河村抓住把柄了，能嘲个三五年。”

“可不是嘛！”

七八个人你一言我一语地聊着，看到李俊鹏后，问：“俊鹏，你爸呢？”

李俊鹏坐在石板凳上，说：“我爸染上风寒了，今早起来就发烧，这会儿在炕上睡迷糊呢！”

“村里出了这种事，可真愁人！”

“俊鹏，要你说该咋办？”

李俊鹏蹙了蹙眉，随即耸耸肩，说：“想办法道歉，私了。”

“老乔都那样了，还咋道歉嘛！”

“老乔该不会真疯了吧？”

“俊鹏，你说老乔算不算是好心办坏事？他也是一片孝心嘛！”

从看热闹到冷嘲热讽，最后陷入同情，不过是嗑瓜子的工夫。李俊鹏无奈地笑笑，心想要是换作你家老娘的坟被刨，你能原谅乔万兴的一片孝心？他开始后悔自己不该到镇白石跟前瞎晃荡，白孝川是从事考古工作的，而乔万兴却跑到三河村挖别人祖坟给自己老爹配冥婚，还有比这个更讽刺的事情吗？他甚至有一个可怕的念头一闪而过——这路爱修不修，修这条路能带来什么，又能改变什么？现在的白柳村需要的仅仅是一条路吗？他感觉自己憋了满肚子的话，想找人倾诉。

十四

刘小枫坐在院里枣树跟前掰玉米，把黄色的外衣剥开，棕色细长的穗完全暴露。过了时节，玉米不似往常那样散发浓烈潮湿的甜腻味道，她一把将纤软扯断，烦躁地打乱了所有节奏。接连几天，她都没睡过一个好觉，根本就是彻夜不眠，脸上也失去了往日的红晕，她在地里碰见的周婶，周婶还问她是不是病了。她不是病了，而是鬼迷心窍了。

天知道她为什么在看到郝小替的身影时会跟上去，一路跟到地里，那晚月亮很亮，郝小替在她耳边说了些什么，像一阵撩人的微风，拂过她的发髻，痒痒麻麻的，她脸不自觉就红了，这让她很抵触，本能想拒绝，可越是拒绝，心里某个地方就越是躁动，就像一根还未熄灭的火苗，只风一吹，就能快速复燃，之前的罪恶感带给她的痛苦已经够折磨人了，那种绞痛的感觉她永远忘不掉，自己不明白为什么会疯狂贪恋这丝痛苦，甚至从那天开始一步步深陷其中，在万丈深渊里挣扎。想着她忽然抬手给了自己一巴掌，掌声清脆，苍白的脸上瞬间留下一片红色的印子，血液向上翻腾，酥酥麻麻的，刘桂怜错愕地抬起头尖叫道："你疯啦？"

刘小枫默不作声，猛地站起身，向门外跑了。刘父从屋里出来不明所以，问："咋啦？出甚事了？"

"谁知道！鬼丫头！"刘桂怜望着刘小枫消失的方向，并不回头看刘父。她拿起手中的玉米继续搓着，此刻更为乔万兴的事情发愁。

刘小枫头也不抬地一路狂奔，闭着眼睛心里默念着："告诉落姜，一定要告诉落姜！"她仿佛一个身患绝症的病人，而落姜就是专门医治自己的灵丹妙药，有双无形的巨手攀上白皙的脖颈，稍一用力就能让她窒息——必须说出来，说出来才能活下去。她已经用了平生最快的步伐，全身所有的力气，房屋在倒退，树木飞快地向后掠过，横着拉成长长的灰色条纹从眼角闪过，数不清走过多少遍的路从没这么长过，仿佛没有尽头，更像迷宫一般，几乎要将自己永远困在里面。就在脚步停下的一瞬，大门"吱呀"一声，落姜的身影出现在面前，斜挎着熟悉的军绿色布挎包，准备要出门的样子。她看到眼前的刘小枫，惊讶道："小枫，你咋啦？"

面前的人压低身子，弓起背剧烈地喘着气，苍白的小脸上一边发着红，额前渗出细密晶莹的汗珠，乌黑发亮的秀发此时凌乱不堪。落姜心上一紧，她从未见过这样的刘小枫，有些陌生，丝毫不像平日里打扮得干干净净、清新可人的那个刘小枫。"小枫，你到底咋啦？出什么事啦？"落姜又问了一遍，声音中明显的焦急。刘小枫一把抓住落姜的手，像一条搁浅在沙滩上的鱼重新得到海水，氧气回到肺泡。

落守忠出去和赵珍出去劳动了，落矮去上学了，家里只有落姜一人。刘小枫抱着落姜说了许久，落姜的表情从震惊到担忧，最后变成满满的心疼，最后直呼："我的傻妹子吆——"说罢和刘小枫哭作一团。

直到下午刘小枫才依依不舍地离开，出门碰上了正进来的落文，落文面上一惊，看到刘小枫发红的眼眶和鼻尖，突然噤声，匆匆打了个招呼就上屋里寻落姜去了。落姜却始终惴惴不安，与落文说话时也是有一搭没一搭的，落文敏锐地注意到落姜同样微红的眼眶，心里一动，恍惚间明白了什么，下意识道："小枫咋啦？脸红红的。"

"……不咋，不咋……"落姜有些不自然地避开落文探寻的视线，脱下外衫，连同挎包一起挂在墙上。

"对了，你不觉得小枫最近怪怪的吗？"落文注意到落姜试图转移话题，看着挂在墙边的挎包，里面似乎装着些东西，撑得鼓鼓的。

“哪儿不对啦？”落文注意到这是进屋后落姜第一次与自己对视，语气带着几分急切。

“不像以前爱出门了，刚刚脸色也不好，唉……她向来最听你的话了，你劝劝她吧！”落文皱皱眉，把到嘴边的话咽进肚子。

一直以来，落姜对这个自幼一起长大的小自己几岁的侄女有种特殊的信赖，她从小就沉稳，书也读得多，是落家女人里最出色的一个，遇事也有主意，自己虽没啥文化，此刻听到落文最后的话，心里突然一惊，随即便有了猜想。想到刘小枫刚刚哭得那么伤心，她便觉一阵悲痛，她们都是苦命的人。

“准备出去还是刚回来？”落文见她不说话，起身走到挂衣服的墙问道。

“啊！准备出去！”闻声落姜忙开口道，从一段思绪转向另一段思绪。

“小姑，我听说冯世春回来了！”

屋里霎时陷入一片死寂。

这才是落文来的真正原因，她最担心的事情终于发生了。当年落姜和村里冯世春的事闹得沸沸扬扬。冯世春是他爹从外边领回来的私生子，来到白柳村时和现在的落矮一般年纪，性格顽劣不堪，一回来就把冯婶子气得咽了气，三天两头和他爹大打出手，穿衣服总爱翻着领子，村里人都骂他“冯日能”，可就是这样的人却和落姜牵扯了这么多年，还准备私定终身，落有名知道后，恨不得去揍死这小子，这才着急忙慌地把落姜嫁给了梁小冰。而冯世春把他爹的钱败完后就离开了白柳村，一走就是七八年，他要是不回来还好，现在突然回来，村里人又免不了议论纷纷，连带着落姜也要白受这气。想到这儿，落文不免担忧，除此以外，她更担忧的是落姜的态度。

“我知道的……”落姜低头轻声道。

“谁告诉你的？”落文一听到消息就赶来了，没想到落姜竟比自己还要早些知道，好奇是谁把消息传来的。

“我见过他了。”落姜声音仍是很低。

“什么？什么时候？他来家里了？”落文快惊掉了下巴，连续发问，一声比一声响。

“一早我去自留地的时候遇到了，他刚进村。”落姜缓缓说，显得有些平静，这让一向沉稳的落文难以平静。“有多少人看到你们了？他说什么了？”

“没人看见，就我俩，没说啥……”落姜支支吾吾。

“小姑，你跟我说实话，冯世春到底和你说甚了？”落文走到落姜面前，手覆上落姜的肩膀，紧张地看着她。

“他要走，不留下来。”落姜看着落文紧张的神情，叹了口气。

“你呢？你怎么办？”落文问。

“我……要是大还在，我一定不会跟他走的，但现在不一样了，大走了……我成外人了，我不知道。”

“谁说你是外人了？守忠叔和婶子都是善人，他们也不会把你当外人，这儿就是你家，不管你嫁到哪儿去，这儿都是你家！”落文有些气恼地说道，她没有想到落姜心里竟有这种想法。

“我知道，三哥跟嫂子都是好人，万不会薄待我，不是他们的问题，是我自己的问题……我觉得我这种出嫁过的人就是个外人。落文，我的心情你是不会懂的。”落姜激动道。

良久，两人都没说话，屋内再次静得可怕。落文在炕栏边坐着，盯着灶台上的水瓢看了许久。“我懂，这么多年了，你心里一直惦记着冯世春。”不等落姜开口，落文又说，“这次你自己把握吧！有些念头是永远都断不了的，旁人说甚都不顶事，既然这样，不如去做你想做的。”落姜以为落文会阻止自己，万万没想到她会这么说，有些感动地看着面前的侄女，流出了两行清泪，道：“他一直没娶……”

这次，落文没说话，起身跳下炕栏，从里屋出去了。

第二天，村里突然传起一阵流言，关于郝小替与刘家二姑娘刘小枫，有人看到这两人经常在大晚上跑到地里私会，孤男寡女的，一个有老婆有孩子，一个是还未出嫁的黄花大闺女，竟然不知廉耻地搞到一起了；还有人说他俩早就眉来眼去了，有人看见过郝小替给刘家的自留地浇水，在落家丧事上就天天在一起黏着，指不定两人孩子都有了，郝小替要和白丹离婚，结果白丹娘家不同意……一时间说什么的都有，传得越来越难听。

刘温拾完粪往家走，路上看到乡亲们围在一起说三道四，起初他还不知道出什么事了，以为他们在说冯世春的事，结果凑近了一听，刘小枫的名字让他心上一跳，连在一起的还有郝小替的名字，接着就是一些不堪入耳的腌臜事，气得他脸都绿了，他抖了抖花白的胡子，脚底一阵发麻，活了几十年从没这么丢人过，这张老脸都搁地儿了，恨不得找个洞钻进去，有人看到是他，连忙噤声，待他走远了又对着他的背影指指点点。

刘温迈着两条发麻的老腿飞似的逃回了家，用脚把门一踹，揪起在院里干活儿的小枫，照脸上就是一巴掌。刘小枫来不及反应，捂着脸一时说不出话来，刘桂怜听到响动，忙拽住老汉的胳膊，喊道：“你疯啦！你打娃干甚？”

“干甚，你不问这畜生干出甚脏人事了，把我老刘家的脸都丢完了，你让开，我恨不得打死她！”刘温扯着粗嗓子，一把推开老婆刘桂怜，扯过刘小枫又是一巴掌。

“大，我干甚了？”刘小枫从刚才的不可置信中回过神来，耳蜗嗡嗡吼叫，半晌挤出一句话。

“你还有脸问我？你自己干那恶心事自己不知道？还有甚事，你和那郝小替的事，全村人都知道了！现在指着我和你妈的老脸，往上吐口水哩！”刘温越说越气，在原地转了几圈，从脚底拾起一根柠条柳子狠狠向小枫抽去。闻言，刘小枫呆站在原地，脑中轰隆一声，只觉得天塌了，任由粗硬的木条子抽在自己身上。刘桂怜“哇”的一声号出来，拉过刘小枫护在身后，问：“你大说的是不是真的？”

刘小枫此时像是丢了魂似的，一句话都说不出来，刘桂怜见状更是哭天抢地地号叫：“你疯啦，你还没嫁人哩，这是把自己毁得完完的吆！”说罢直愣愣地跪坐在地上啜泣。刘温不解气，把人拉到灶房圪崂，拿起掏火棍就往背上打，一边骂道：“你个不要脸的东西，供你吃供你喝，还要把你娘老子逼死的白眼狼……”刘小枫咬着牙眼泪早连成线往下掉，死活不哭出声。刘小岚火急火燎地跑回家，一进门就看到母亲跪在当院哭，灶房里传来刘温暴雷一般的打骂声，吼了一声“老天爷！”就往屋里跑去，三个人扭成一团，哭喊声、咒骂声、吵嚷声混作一块，此起彼伏。

此时，郝小替家也闹翻了天，夫妻二人在地上扭打，黑布裤子上满是尘土，郝小替鼻子上沾着猩红色的血迹，白丹头发乱成一团，脸盆倒扣在地上，碗、杯子摔成碎渣，四下溅开，两岁的孩子趴在炕上大声地号哭。地上的白丹仍是不依不饶，咒骂道：“你这杀千刀的汉子！没良心的，一早就和那小狐狸精勾搭上了吧！亏我整日起早贪黑把你一家伺候，你就这么对我，你个猪油蒙了心的！” 她伸手把男人的脸抓破几道口子，猩红的血当时就渗了出来，说罢撕心裂肺地号叫，眼泪糊了一脸，和着灰尘生出几分奇异的色彩。“你个疯婆娘，快住手！”郝小替捂着淌血的脸，一把抓住白丹的上衣领子，阻止她再往自己脸上扑。“不要脸的狗男女，还有脸叫我住手，今天我们就鱼死网破，我不好过你也不要想好过！”白丹被揪住领子仍不住手，用脚往男人身上踹。屋里嘶吼声震天，门外围了不少人凑在一块儿看热闹，两个汉子推开人群快步朝屋里跑去。看见正打成一团的两人，上前一把拉开郝小替，把白丹护在身后，一个汉子上去直接在郝小替脸上揍了一拳，“敢动我姐？让你知道我白家不是好欺负的！”

白丹见自家弟弟来了，瞬间跳在郝小替面前，骂道："今天必须说出来个一二三，你是咋和那不要脸的狐狸精勾搭上的？"挨了一拳的郝小替脸上一阵火辣，不由憋了口气，听见白丹嘴里不干不净的话，正抬手准备去打她，没等手落下就被另一个汉子抓住，又挨一拳。"好啊，你不说？不说我去问她，看她说不说！"白丹说着，作势就要冲出门去找刘小枫。

"你敢！"郝小替一听，脸上立马露出要吃人的神情，两只眼睛死死盯着白丹，似要将人盯出一个洞似的。

"你看我敢不敢！"白丹看见郝小替的反应，绝望地咬紧牙关，恨恨道。她从门里冲了出去，院外看热闹的人见白丹出来，知道这婆娘素来泼辣，不是个好惹的主，原本吵闹的人群瞬间安静下来，忙让出一条路，一个汉子追出来跟在白丹身后，众人见状纷纷跟在两人后面，准备去刘家看热闹，其中不乏有些女人和小孩，跟在后面跑，鞋跑掉了都顾不上回去捡。

刘温家。

紧闭的院门传来剧烈的撞击声，接着是女人大声的吼叫："刘小枫，你给我出来！"同样一团乱的屋子突然静了下来，此刻又传来女人更加刺耳的声音："刘小枫，你个不要脸的狐狸精，勾引别人汉子，有本事出来！"刘老汉夫妻对视一眼，知道来人是白丹，心上暗道不好，"出大事儿了，那泼辣婆娘找上门了！"刘桂怜急得直捂胸口。

"老天爷，我刘温一辈子都没做过让人戳脊梁骨的事，临老了连脸都没地方放，让人找上门来按在地上踩！"说着竟哭出声来。

刘小岚忙拉住二老，说："你们不要出来，我去和她说！"

"你出去和她说甚，你那不要脸的妹子败坏了咱家门风，在人家面前就是理亏，就低人一等，你出去白受她气哩？"刘温拉住大女儿刘小岚，痛心地说。

"那由她在咱家门口撒野？以后咱出去还咋做人了？"刘小岚拧

着眉，瞪向院门的方向。

“好岚子，事到如今，今后咱家人出去都要夹起尾巴做人，总要被人说三道四，现在出去就是拿脸往人家屁股上凑，自取其辱了！”刘温佝偻着身子，蹲在地上，用手抱住头。

“你大说得对！郝小替媳妇是个甚人你不是不知道，平日里就惯不讲理的，现在她得理了，还能饶过谁？快不要出去吃她那亏！”说罢母女二人抱着哭作一团。门外白丹知道刘温一家不敢出来见人，更理直气壮地狠狠砸门，言语间更加泼辣起来，看热闹的众人见状知道今儿这刘家人是不会出门了，更觉这郝小替媳妇是个不好惹的主，以后哪天见着刘家二姑娘肯定是一顿暴打，这刘小枫哪是对手，便生出同情来。白丹见围在一起看热闹的人絮絮囔囔议论成一片，脸上一阵红一阵白。唐飞出来把看热闹的村民劝走后，白丹咬着牙拉着兄弟离开，一场风波这才暂时止住了。

段涛听到消息，不可置信地跑来，眼看着一幕幕闹剧以荒诞的形式散场，他不相信刘小枫——自己钟情已久的那个阳光而美好的少女是破坏别人家庭的人，即使她喜欢的不是自己，哪怕是其他人也好啊。他原以为刘小枫会对李俊鹏动心，村里的年轻人里数李俊鹏的相貌和条件最好，直到他欣喜地发现李俊鹏对落小莲格外关心，他以为自己终于有机会了，没想到一桶哇凉哇凉的水突然浇在头上，让他措手不及。他怎么都不会想到刘小枫竟然和已婚已育的郝小替传出这样的绯闻，在村里，这样的绯闻就像狗皮膏药，足以毁掉她的一辈子，更何况她还没嫁人。

比起最初的背叛感，他不可思议地发现自己竟然更关心她的处境和以后的生活。是了，他和刘小枫从没有在一起过，对方也从未接受过自己，哪里谈得上背叛呢？说到底，他们是毫无关系的两个人，就算闹出这样的丑事，村里人也不会想到他，更不会看他的笑话。他自嘲地笑笑，内心不自觉地开始对比自己哪里不如郝小替，自己比他年轻，没结过婚，没有孩子……然后呢？他惊惧地发现除了这些，竟然再找不到自己比郝小替强的地方了。这让他的心情差到了极点。回到家，父母把饭端到了炕上，段响亮看着他瞬间拉下来脸来，问："整天不干正事，又跑哪儿晃去了？"段涛没心情回话，一言不发地脱了鞋上炕，段响亮看着儿子沉闷的脸，抖了抖筷子上的菜说："你以后别想那个刘小枫了，原本我还以为她是个好姑娘，跟你正合适，还准备明年去找刘温谈你俩的事呢，没想到她竟然跟有家有口的郝小替做出这么不要脸的事来，真是丢人败性，刘温老汉以后都不用见人哩！"

段涛仍是沉默。

段响亮接着道："还好这事出得早，我还没去找刘温，不然村里人该看咱家的笑话了，正好把那刘小枫的真面目暴露出来了，我看以后谁敢要她？"

"哐"一声，段涛把筷子重重放在碗上，发出清脆的声音："你说话咋这么难听？"

"难听？你出去听听，村里比这难听的话多了去了，做的事难看就不要怕人说！"段响亮放下筷子，脾气瞬间上来了，指着段涛说，"你小子不要以为我不知道你打的什么主意，趁早给老子收起来，你要再敢招惹那不要脸的刘小枫，我把你腿打断！"灶房的妇人听到前面的响动，忙跑出来，问："咋啦？吃个饭的工夫，你们父子俩又咋了？"

"咋？你养的好儿，这会儿还为那刘小枫说话哩！"段响亮阴阳怪气道。妇人一听便急了，说："涛子，你可千万不能啊，其他女子都好说，唯独刘小枫，你是万不能想呀！"段涛看着心急的母亲，原本准备爆发的情绪突然平息了下来，竟不忍心发作，丢下碗筷跑出门去。

"你去哪儿，涛子？"妇人站在门口，眼看着儿子的身影从院门口消失。

"爱去哪儿去哪儿！"段响亮重新端起碗筷，脸上抽了抽。

"饭都没吃几口呢！"妇人瞅了眼炕上的男人，不满地说道。

“这么大个人，还能饿死？我不在的时候把他看牢点，让他离刘家远远的。”

此刻段涛心里乱糟糟的，刚才父亲的话让他清晰地意识到自己内心的想法，他知道自己还抱着一丝希望——想去找小枫，想知道她的心里究竟是怎样想的，如果只是误会，那么自己还有机会，他不在乎村里人的想法，这些流言蜚语他可以不听，大不了去一个没有人认识他们的地方……如果这一切都是真的，那就让他彻底地死心。

他快速地走在通往小枫家的路上，落日暗黄，一如他此时黯然的心情。直到站在刘小枫家门口，看着门口一地凌乱和紧闭的大门，他听到自己的心怦怦直跳，知道答案就在门后。

敲门。

敲门。

敲门。

半晌，依旧紧闭的大门表示里面的人今日并不打算见客。他听到跳起来的心慢慢落回原来的位置，想要听到答案与害怕听到答案的矛盾反复撕扯。直到他看到地上多出来的影子，这种剧烈的撕扯方才停歇。

“段涛？”

是住在刘温家对门的唐飞。段涛说：“飞哥。”

唐飞看着一脸纠结的段涛，心里瞬间了然，但并未表现出来，只是问道：“你在这儿干甚了？找人？”

段涛摇摇头，说：“我路过。”

“哦，”唐飞点点头，看了看对面的刘家，叹了口气，“想不到竟有这样的事，也不知道小替咋样了，听说跟白丹闹得不可开交……”

段涛眼看不能再逗留在刘温家门口了，跟唐飞打了招呼离开后，便想到唐飞的话，心里某种东西开始躁动起来，这种升腾而起的躁动突然让他下定决心——去见郝小替。

郝小替正鼻青脸肿地坐在院外的栅栏底下，经历了一场闹剧后，屋里的女人停止了哭闹，他觉得世界一下子清静下来，终于有时间冷静地面对自己真实的内心。一切公之于众后，以近乎粗暴而丑陋的形式公之于众，让他大脑里盘旋的思绪开始变得简单、清晰。

“外面说的是真的吗？”郝小替闻声抬起头来，看到段涛站在自己面前，眼神认真而犀利。

“段涛？”

“今天的事是真的吗？”段涛又一次问。从郝小替口中得到答案比从刘小枫那里更容易，同时——也更残忍。郝小替忽然明白了什么，他猛地站起来，看着段涛，说：“你也……”话并未说完就被面前的人打断，“回答我，”段涛皱起眉头，“你和刘小枫是真的吗？”他换了个方式，一种更加具体、直白的表达方式。

沉默半晌，郝小替眼神里闪过一丝复杂，说：“是真的。”

“她对你也一样吗？”段涛低下头，耳边并未传来郝小替的声音，他抬起头，正好看到郝小替抿抿嘴，然后点头。

答案——是的。

不等郝小替再说什么，段涛头也不回地离开。冷风灌在他的衣服里，原来并没有自己想象中的心痛，或者难以承受，他突然后悔没有早点来问个清楚，如果早些时候知道，或许就可以不用忍受这一下午的煎熬，他忽然笑出声来——白遭这回罪。看着阴暗的天色，他忽然明白了什么——为什么自己一直想离家去外面看看？不仅仅是因为外面的世界多么绚丽多彩，更多是因为对这里没有期待了。

十五

晚上，落守忠一家人围坐在炕上吃饭。赵珍听说了今天发生的事，仍不敢相信，细想之前家里办丧事，郝小替和刘小枫几乎天天来家帮忙，两人说几句话不为过，自己当时也没多想，现在想来可能那时候就开始了。一想到刘小枫这么年轻漂亮的姑娘，还没嫁人就传出这种绯闻，郝小替大她那么多岁不说，连孩子都有了，好端端的姑娘就这么白白毁了，造孽啊！落姜更是魂不守舍，每吃一口饭都要发呆上好一会儿。赵珍看了，心道她与刘小枫向来要好，知她担心刘小枫，便说："落姜，你要是担心小枫，吃过饭去看看她，好好劝劝这姑娘，真真可惜了！"

落姜点点头，说："我吃罢就去！"

"姑，小枫姐真和郝小替好了？"落矮放下饭碗问，这是今天村里最大的事了，走到哪儿都有人在拉闲话，"我们学校都在传，都说小枫姐怀了郝小替的孩子，她爹娘死活要逼她打了！"落矮把听到的一股脑儿说出来。

"瞎说！一帮捣蛋鬼不好好上学，净听人胡嚼舌根！"赵珍听了拿起筷子就朝落矮头上一个狠敲，疼得落矮嗷嗷直叫。

"你娘说得对，你们这帮小鬼净胡说，什么孩子不孩子，根本没有的事！"落姜揉揉落矮捂着手的头顶道。

"那郝小替是不是要离婚娶小枫姐？"落矮不死心地问。

"吃你的饭，碎娃娃瞎打听甚了？管好你自己就行了，大人的事不用你操心！”落守忠怒道。

吃过饭，落姜急匆匆去刘小枫家了，赵珍边洗锅边小声问落守忠：“那个冯世春的事你听说了吗？”

“知道，守祥跟我说了。”落守忠拿布子擦水壶的手一顿。

“守祥兄弟咋说？”赵珍忙问。

“不太好。”落守忠摇摇头。“得尽快给落姜找个忠厚老实的好人家了，免得夜长梦多。”

“落姜这么好的姑娘，咋就碰上这么个冤家，躲都躲不过，周婶子都跟我说了，这个冯世春真不是甚正经人，就是个五迷三道的二流子，十里八乡没有一家人愿意把姑娘嫁给他！你说他走都走了，又回来干甚？存心不让我们好过！”

“他回不回来我们没法管，也管不住，现在只能把落姜照看好了，当心不要让人骗走了！守祥说落姜是个长情的，担心她八成还对冯世春存着念头，你这几天不要出去劳动了，跟落姜在家守上几天，等外面风头传过去再做打算。”落守忠把擦好的壶小心放在桌子上。

“落姜也是我妹子，你不说我也晓得了！这几天我哪儿都不去，寸步不离守着她，而且小枫的事都闹出这么大动静了，咱家可不敢再有个甚事，你看看老刘家都翻了天了，这村里一人一口唾沫星子都能把人淹死了！”赵珍想到刘小枫的事就心有余悸，她第一次见识到这村里乡亲们的厉害。落矮趴在隔间小方几的煤油灯下写字，隐约听到里屋两人的对话，心里一阵困惑，好奇姑姑到底有什么事，那个冯世春又是谁？大人们永远有秘密。

第二天一早，落矮睡起来没有看到落姜。往日他走的时候，她已经在对着镜子梳头发了，她好像特别爱梳头，一遍两遍，从头梳到尾，然后凑近端详好久，再重新梳，一直捣鼓好久才满意。在落矮看来最后一遍和第一遍没甚不一样，他不能理解就那么一点头发为甚能梳这么久……今天，落姜没像往常那样站在镜子跟前梳头，落矮以为她还没起，昨天自己睡时落姜还没回来，这会儿大概还在睡呢，于是没多想就背个挎包去学校了。班里昨天疯传的刘小枫与郝小替的故事，在今天仍是课后的热点，大家把从家里人那听来的闲话，你一言、他一语，东拼西凑，编了个大概，他们不能完全不理解，只是单纯凑热闹，图好玩罢了，相比感情纠纷，大家更关注谁和谁打架了、吵架了，结果谁赢了之类，新鲜劲儿一过就没人在意了。

中午一放学，落矮就往家跑，回去发现家里只有赵珍一个，饭才开始做，往常这阵子菜早就上桌了。

“妈，我爸和我姑呢？”落矮扫动视线又搜寻了一遍问道。

赵珍拿菜刀的手顿了一下，扭头严声道：“我问你，昨晚你姑到底回来没？”

落矮怔了怔，说：“我不知道，我睡的时候她还没回来！”

“你俩屋紧挨着，你半夜就没听见甚响动？”

落矮努力回忆了一会儿，最后摇摇头，赵珍见状叹了口气，眉头拧得更紧了。“妈，到底咋了？我姑昨晚没回来？她去哪儿了？”赵珍愈加烦躁，切刀闷声敲在厚厚的案板上，说：“我要是知道还用问你？”随即又压低声音，表情严肃地说：“大人的事少打听，出去甚话也别往外头说，听到没有？”落矮点了点头，他不由得担心起来。

吃过饭，落文过来了，匆匆跑进来拉着赵珍说了些什么，又匆匆走了。晚上，落守忠回来了，身后还跟着落有财、落守昌、落守吉、落守祥还有落文。一进院门，落文忙把门上了闩。赵珍忙跑出来问：“咋样？”几个男人都不说话，坐下掏出烟点上，白雾瞬间笼罩在头顶上方。赵珍又看向落文，落文摇头，空气里死一般的沉寂。

“八成是和那个瘟神跑了！”半晌，落有财掷地有声地道。

“嫂子，昨晚落姜当真没回来过？”落守祥问。

赵珍瞬间红了眼眶，说：“昨晚我盘算落姜和那刘小枫关系好，回来晚些也是有的，就把门给留下睡了，谁承想第二天起来一看门还原原留着都没上闩，八成是没回来。”落文点了点头，说：“刘婶子说小姑昨晚很早就回去了，要回来肯定会锁了院门再睡，十有八九是从刘家出来没回家直接就走了。”

“她的东西几乎都在，就拿了件外套，看来是怕惊动我们。”赵珍道。落文忽然想起那天看到落姜的挎包，一个惊人的念头跳了出来，说：“难道那个时候？”众人闻声迅速看向落文。

“咋啦？你想到甚了？”落守昌看落文一惊一乍，不免有些担忧。落文面色忽然缓和道：“没咋。”

“不管咋说，事情都出了，到底还是没照住这丫头。”落有财往地上磕了磕烟灰，沉声道。

“叔，都怪我，是我这个当哥的不好，没照住落姜。”落守忠抬手就抽了自己一个嘴巴。落守祥忙拉住他，恼火地说：“哥，不能怪你，谁也想不到她竟然这么急，一声不响就跑了，弄得咱措手不及。”

“是了，守忠兄弟，这事不怪你，不要都往自己身上揽。”落守昌道。

“唉，守忠，快不要自责了，腿在她身上长着了，这么大个人，总不能拴在家里吧，她要真存了这种心思，天王老子来了都拦不住。”落有财道。

“那咋办？今天到县城里把能托的熟人托了个遍，什么进展都没有，就这么干等着，不出两天全村人都知道了。”落守祥急道。

“中国这么大，谁能知道这两个人跑哪儿去了，瞒是瞒不住了，梁家的都不傻，要说就让他们说去吧！”落有财沧桑的脸上此刻已满是疲惫，叹了口气。油灯噼啪响了两声，映出几个苍黄的影子，打在窗户纸上，连成起伏的轮廓。

白孝川家。

段涛把之前拿走的书如数送了回来，看着正拿着笤帚扫地的白孝川，说：“白叔，你之前问我的那个问题，我好像现在能回答了。”白孝川愣了一下，问：“什么叫好像？”段涛摇摇头，重新说：“不对，是你之前问我的问题，我现在能回答了。”

“我之前问你什么问题了？”白孝川脑海里开始思索，“倒是你问我的问题多了去了。”段涛一听急了，说：“就是考古啊！”段涛没想到白孝川这么健忘，这才多久就忘得一干二净。他被这个问题困扰这么久，而问问题的人竟然说忘就忘了。白孝川看着段涛认真的表情，突然觉得有些好笑，“啊……我想起来了。”他又补充道，“上了年纪了，记性不好，所以回家种田来了嘛！”

“叔，我这回是认真的。不管你怎么说，我都不会改变主意了。”段涛表情严肃地说。

“你爹娘呢，他们也同意？”白孝川放下手里的笤帚问。

“不管同不同意，我豁出去了，我准备出去重新考大学，学考古专业。”段涛坐在窑洞门口的台阶上，以前破旧熟悉的院子已经被白孝川修整得别有一番风味，院墙重新砌补过，甚至上了一层胶泥，看起来十分坚固。

“想好就去吧！”白孝川坐在段涛旁边的台阶上，擦了把汗，“只是听说最近在搞政治斗争，又是座谈又是揭发，乱七八糟的……”

“咋回事？”段涛问，他难以想象考古还能涉及政治斗争。

白孝川叹了口气，说：“谁晓得，复杂得很，说不清楚……”他转而拍拍段涛的肩膀，说：“不过等你学成毕业，情况兴许能好很多，还是不要被客观环境影响自己的步伐。”段涛非常同意白孝川的观点，客观环境是自己无法左右的，自己能做的就是选择心里认为对的方向，一步一步走下去。“叔，有一个问题我一直想问你，但不知道合不合适，我就要走了，下次见面不知道猴年马月了。”

“什么问题？”白孝川似乎预感到会是什么样的问题。

“你为什么不继续做考古研究了？”通过这些天反复阅读那些考古学资料，他发现考古这门学问是需要长期的知识储备与经验积累的，越是年长的考古工作者越像一本内容充实的书，甚至是珍贵的宝藏，而白孝川正是能发光发热、创造出成果的年纪，既有知识又有经验，在他看来完全不应该早早回乡种地。

“我不是跟你说了吗，年纪大了，折腾不动了。”

“叔，这话我不信，”段涛并不相信这个理由，“我真的很想知道为甚，你偏偏要回来种地，你可能不知道，在我心里你就像一面镜子，你放弃走了大半辈子的路回来种地，而我呢，现在要放弃种地，去走你放弃的那条路……”段涛说着说着，开始控制不住激动的情绪，他的眼神灼灼，说：“叔，你能明白我的意思吗？”

“……”白孝川当然明白，他从口袋摸出了一卷烟，用洋火点上，从底端冒出几缕灰白色的烟雾，“你记得我之前跟你说过去野外考古的事吗？”段涛忙答：“记得！”

“那里山路不好走，有些路必须手脚并用往前爬，有个水利工程师坠江了，”白孝川的声音有些喑哑，一到冬天喉咙就不舒服，他咳嗽了几声，清了清嗓子，继续说，“其实，当时还有一个人也坠江了——我的队友，和我一起工作了几十年的伙伴……他为了救我自己掉下去了……”

段涛目瞪口呆，他没想到会有这样的事情发生，不禁说：“叔……”

白孝川扶了扶鼻梁上的眼镜框，看向远处的天空，那里干干净净的，没有一只飞鸟的影子，时间仿佛不再流动，映照着悲伤的情绪。他缓缓说：“换了我也会这样做，保护那个身上装着研究成果和笔记的人……我找不到他的尸骨，当地村民告诉我不可能找到的，从两百多米高地方掉下去，就算大难不死，也早被江水冲走了，我们都是旱鸭子，不会水……后来，我一直在想，他在那一瞬到底在想什么，如果那些笔记在他身上，他还会这么做吗？”段涛指了指自己还回来笔记，问：“叔，是那些吗？”

白孝川摇摇头，说：“如果是你和李俊鹏遇到这样的情况，你会救他吗？”

“会！”段涛几乎没有一丝犹豫。

“即使那些宝贵的研究成果在你身上，你也愿意牺牲自己？”

“嗯。”段涛仍是点头。

“我想也是，所以他是为了救我牺牲了自己，他当时根本来不及思考什么狗屁成果，是我欠他一条命，”白孝川大大吐出一口烟雾。

段涛陷入震撼，他不知道自己所好奇的真相竟如此残酷，突然，他为自私的好奇心而感到羞愧，他刚刚分明用自己的无知揭开了别人血淋淋的伤疤。空气中没有猛烈的冷风，白孝川沙哑的声音异常清晰……

“再到后来，我去了他家，他的家人非常热情地欢迎我的到来，因为他的妻子并不知道我给她带来的是丈夫的死信，她的眼神里满是好奇与探究，从我进门的一刹那，就看出她一直踌躇着想问自己丈夫去哪儿了？为什么我会突然过来……该怎么把真相说出来？那几分钟是我这辈子经历过的最漫长、最痛苦的几分钟，我甚至不能把尸骨带给她……”白孝川终于有些哽咽，“从那以后，我很难再去野外进行考古研究了，我睡不了觉，只要一闭上眼睛，眼前全是我们在一起的画面……所以我打报告，写申请，回来了。”他继续说，“在有些人眼里，研究比命重要，但是，在我和他眼里，命最重要，或许，从一开始，我就不是一个合格的考古工作者。”

“可是叔，在他眼里，你一定是最合格的朋友……”段涛拍了拍身边这个中年男人宽阔的后背。一瞬间，他惊讶地看到了院里有一朵淡黄色的花，是一种叫不上名字的野花，纤细的枝叶神奇般的在冬日里舒展……

段响亮在得知段涛要出去重新考学时，并没有强烈反对，因为段涛并没有提到考古的事，在他看来段涛虽然醒悟得晚些，好歹读书算得上“正经事”，至少和前几次出去瞎闯以及在家游手好闲比起来好多了，这样也能远离刘小枫，防止哪天他冲动起来干出什么傻事。同时，他又担心自己这个三分钟热度的儿子这回又半途而废，就像前段时间他老往白孝川那儿跑，心心念念什么考古，让他担心他哪天往坟堆堆里钻，幸好他只是一时兴起。考学好，考个好大学回来也算是光宗耀祖了，要知道，他老段家还从没出过大学生呢！他想着想着，嘴角不自觉地朝上咧，仿佛自家儿子已经考上大学似的。

白柳村的风浪上一波还未平息，下一波又起。

落姜和冯世春私奔的消息很快就传遍了全村，却没有掀起轩然大波。兴许是冯世春往日在白柳村的名声太臭，这让村里不少女人都觉得落姜是个苦命的人，受了这么多年的罪，还是跟那个冯世春走到一块儿了，男人们倒是嫉妒起来，暗骂这个“冯日能”也算好福气，能遇上落姜这种甘愿等他这么多年的痴情女人。一时间大家倒忘了郝小替和刘小枫的那桩丑事。

只有落姜的婆婆吴老太整天逢人就骂，说落姜这个灾星把他儿子克死，就是为了跟这冯世春私奔，还说世上就没有落姜这么歹毒的女人，当初嫁给他儿子的时候就跟别的男人不清不楚的，指不定就是和奸夫合伙把他儿子害死了。她的这些话村里人听多了也觉得厌烦，偶尔会有人说几句公道话“你儿子都走了多少年了，冯世春才回来，要真是落姜合伙害的，也不用在梁小冰走了还伺候你这么多年，最后不也是你把人赶回娘家的……”吴老太听了就破口大骂，连着一起骂劝的人，村里人看她上了年纪不愿和她计较，只是一众闲聊时没人爱接她的话茬。

白柳村冬天的田野空旷而辽阔，西北风毫无阻挡地吹，干枯的柳条张牙舞爪，在剧烈的摇晃中与冷风吵嚷、打闹，枯黄的叶子深埋在泥土里，西凉河结了一层密密的冰，在太阳下倒映出晃眼的光，三两只老鸦抖着黑色的毛，把头埋进翅膀下啃啄。

“爷，这几天你老了许多，你看后颈上的头发全白了。”落小莲看着炕上的落有财，神色担忧，她觉得爷的身体一天不如一天。

“傻孩子，人总会老的，总有老到被人嫌弃的一天，成为一个累赘、包袱，甩都甩不掉。”

“我才是包袱，是累赘，是白吃饭的。”落小莲丧着脸。

“瞎说，你怎么会是白吃饭的，以后我和你爹都要靠你哩，靠你养老送终……”

她知道爷在骗她，他们并不是真的要她养老送终才把她带回来的。

“小姑的命真不好。” 她想到落姜，也想到自己。

“老话儿说，女娃都是菜籽命，撒到哪里，就是哪儿，看你撒到肥处还是瘦处，撒到肥处就不说了，撒到瘦处苦一生。”

“如果一开始就知道撒在瘦处呢，明明知道要苦一辈子，活着还有什么意义？”她怎么也想不明白这个道理。

“愣娃，这世上没几个人不苦，女娃更要努力地活着，活着才有盼头，你活得好了，别人自然高看你一眼。”

“我又不是活给他们看，凭甚要让他们高看？”

“你不懂，人活一口气，人这一辈子就是活给别人看的……”

落小莲自然不会懂落有财话中的意思，看着身体每况愈下的落有财，想着接连发生在刘小枫和落姜身上的事，她感到一阵悲伤，这些都与自己之前在话本上看到的故事殊途同归。她不禁感叹人们常从别人的故事里读到生活的残酷，却忘了自己本身就生活在残酷当中。

十六

李志诚染上风寒，在家躺了几天，他头痛地发着愁——村里没有一天太平的。自打修路的事开始，短短几天，村里就像乱了套，接二连三地闹腾，一桩桩一件件，都不是好事，好在三河村的人没闹到县里，不然白柳村的脸面就全没了，修路的事保不齐都得黄。段响亮过来的时候，李志诚正坐在炕栏边上发愁，“你咋来了？”看到段响亮，李志诚蹙了一下眉，他此刻就想一个人静静。

“亲家，我来看你，听俊鹏说你身体不太好。”

“着凉了，没甚要紧的。”李志诚说。

段响亮左右看看，发现家里没人，凑到李志诚跟前，说：“亲家，你说咱村这两天咋这么怪呢？”

“怪甚？”

“自从说要修路，准备动镇白石，就闹出一堆事，这还不怪？你说，会不会是真不能动镇白石？”

李志诚嗤笑一声，说：“这种封建迷信你也当真？”

“我觉得这事邪乎，有必要去问问王阴阳，让他说镇白石能不能动。”

李志诚摆摆手，说：“不用问了，王阴阳同意修路。”

段响亮看李志诚脸色缓和下来，一副胸有成竹的样子，心里猛地反应过来，说：“这么说那天动员会上原本……”

说到这儿，李志诚气不打一处来：“要不是落守吉这灰人突然来瞎胡闹，还有俊鹏半路杀出来要搞投票，这事十有八九就成了。”

“俊鹏也是好心，我看他这方法好，一来争取了时间，二来让大家冷静冷静。”李志诚闻言，盯住段响亮看了半晌，说：“老段，行啊，这几天吃了甚草药，长进这么大，说话都学会一套一套的了！”

段响亮听了脸上瞬间堆笑，说：“我天天跟在村支书后面混，要是没长进，不是丢你的人哩？”说着从怀里掏出一根烟要递给李志诚，“我家涛子准备出去考学啦！”李志诚摆手，没有接，问：“考大学？”

段响亮笑着点头，说：“这小子荒唐了这么多年，突然开窍了，我原本打算早早给他娶个媳妇把家安顿下来，计划年后找刘温商量这事，谁知道那个刘小枫，看着是个好姑娘，咋能惹出这种事了？幸亏我没去，不然老段家的脸面都要丢尽了！”

李志诚叹了口气，说：“不要说刘小枫这娃了，落姜都多大的人了，好端端地跟着那‘冯日能’跑了，落家人满世界找，一个个都不是省油的灯，非要在这个节骨眼儿上添乱。”说着咳嗽了一声，想到了什么，突然说：“快把涛子送出去，不要再跟刘小枫牵扯了，年轻人爱冲动，头脑一热指不定犯甚混了，你看郝小替那愣灰……平时做事挺稳重的，结果在女人的问题上翻了车，他那老婆不是个善茬，这么闹下去，迟早要出事！”

段响亮越听越觉得李志诚说得对，自家儿子的性子他了解，容易受人影响，爱冲动，说风就是雨，保不齐哪天就惹出什么乱子。他心里暗自盘算：一会儿回家就给他收拾出门的东西，让他赶快走……

“还有，老段你帮我办个事儿！”李志诚接着说，“你去帮我找一趟贺校长，让他帮忙给俊鹏和那个孙老师拉拉线。”段响亮一听竖起来耳朵，眼睛滴溜溜转了两圈，马上知道了他的用意。“你是打算让那个新来的孙老师……”李志诚头疼道：“他最近和落守吉家的女子走得太近了，让我跟落守吉结亲家，这辈子想都别想！”段响亮点头，说："那确实不能，到时候你俩还不天天起来掐架，都说家和万事兴，都不和了还怎么兴？"

"所以一定要快，这个苗头一定得早早掐死在摇篮里。"

"后天就是投票的日子，俊鹏还在挨家挨户地跑，不知到底有没有把握？"段响亮问。

"我给王阴阳打过招呼了，有他出面，这些人多少给卖点面子！"李志诚说。

"亲家呀，你快给我说说，你是咋把王阴阳说动的？按说修路这事，他应该是头一个反对的人呀！"段响亮仍是不解。李志诚心虚地叹了口气，说："天底下哪有免费的午餐，还不是换的？"

"换？你拿甚跟他换，给钱了？"

"能拿钱换我早就换了，"李志诚嗓门儿突然一高，"王阴阳让俊鹏给他当徒弟哩！"

"甚？"段响亮大吃一惊，"俊鹏能愿意干？这小子从小就主意大，涛子都没他脾气硬！"说罢忙闭了嘴，又瞅了瞅李志诚的眼色。李志诚头疼道："我能有甚办法嘛！这个路是肯定要修的，这事我还没给他说。"

"甚？你还瞒着他！"段响亮又是一惊，看样子李家父子迟早得闹起来，不知为甚，他心里突然找到了某种平衡感，原先总是自己家鸡毛满天飞，想不到还有看李志诚家热闹的一天。想到这儿，段响亮的心里头悄悄蹿起一阵难以抑制的兴奋。李志诚端起瓷缸子喝了口茶，说："管他呢，到时候跟着学个几天应付过去就行，也没让他当甚阴阳，大不了王阴阳那惹就惹了，我不信他还能翻天？"

当天晚上，段响亮就开始给段涛收拾行囊，李俊鹏来的时候正赶上段家人忙活。"俊鹏！"段涛看到李俊鹏，这些天憋闷的心情得到一丝释放。两个人坐在里间，"投票的事咋样了？"段涛知道李俊鹏为这个事已经满村跑了好几天了。"先不说这个，"李俊鹏顾不得修路的事，自从刘小枫和郝小替的事被人闹出来，他最担心的就是自己这个朋友，“涛子，你告诉我，是不是因为刘小枫和郝小替？”段涛摇了摇头：“我之前不是跟你说过，我就是喜欢考古，跟刘小枫没有关系。”

“那也不用走得这么急吧！”李俊鹏指指外间忙碌的段响亮，“你看看，你爹现在比你都积极！要没刘小枫那事，他能这样？”段涛拿过水壶，给李俊鹏倒了杯水：“我和她本来就不可能，就算不出那事，我也是要走的，我要重新考学，学习考古！”李俊鹏看段涛在说到考古时眼神坚定，松了口气，说：“你能这么想我就放心了，天涯何处无芳草，你迟早会遇上的。”

段涛笑了笑，起身从柜子里翻出一摞小本子，递给李俊鹏，说：“这些你拿去。”李俊鹏一看，都是些话本小书，想到段涛以前不爱上学，偏爱看一些稀奇古怪的话本故事，说：“这不是你以前最爱看的吗，给我干吗？”

“不是给你的，我听说落小莲爱看，你拿去给她。”李俊鹏脸色有些不自然，说：“要给你自己给，关我甚事？”段涛难得见到李俊鹏心口不一的样子，突然心情大好，重新把书递到手里，说：“成，你不去我去，正好我记得小时候捉弄过她，顺道去给她赔个不是，追忆一下往昔……”李俊鹏听了一把从段涛手上把书夺过来，说：“你跟她能有什么往昔，她那会儿多大？再说，没准她现在根本不认识你。”

段涛见李俊鹏的反应，哈哈笑了几声，“真的，俊鹏，我前几天见过落小莲，感觉她和村里很多姑娘都不一样，就像……”段涛在脑海里搜寻着，努力描述自己的感觉，“就像……你和村里其他小伙子都不一样，你们给人的感觉很像，不是说外表也不是说性格，你明白我的意思吗？”李俊鹏蹙起眉，他在很认真地听，虽然对方断断续续的表达模糊又朦胧，但这并不影响他细细回想起自己和落小莲的共性。

看李俊鹏晃神，段涛忽然走到他面前，拍了拍他的肩膀，就像他以前总是这样拍段涛似的，这回他们俩第一次交换了位置。“俊鹏，其他人咋想无所谓，重要的是你俩咋想，人生不能有遗憾……”李俊鹏看着段涛如水的黑眸里蕴藏着波涛起伏般的情绪，感觉无形中好像有什么变了，又好像什么都没变，他从这种情绪里看到了段涛内心的挣扎与无奈，还有成熟，也看到了一些讯号，他在万分清晰地告诉自己，这个朋友真的要走了……可这又有什么办法呢？天下无不散的筵席，每个人都有自己的人生，也会有自己该走的路，就算是父母兄弟子女，都注定有分别的时候，他很庆幸这些年能有这样亲密的朋友陪伴，也很惊喜能听到段涛说出这样的话，他唯一能肯定的是这正是自己心中所想，这样的默契、这样的不谋而合是多么宝贵啊！“你一定能成为一位考古学家，到那天，我来找你……”

…………

自从大闹过一场后，刘小枫再也没出过门，一个人躺在炕上掉眼泪，好像把这辈子的力气都用光了，这辈子的泪都流尽了。她看着天亮天黑，大脑迷迷糊糊的，算不清过了多久。日子为什么这么长，这么煎熬，她不敢想郝小替，想把他从自己的记忆里彻底清除，可是每当窗外的太阳落下去时，郝小替的笑就突然放大，他站在麦子地里笑得很明亮，皮肤黝黑，露出一排白皙的牙齿，额头渗着劳动后温热的汗水，朝她招手。半夜，她听到后窗轻微的响动，起初以为是风声，接着又是一下、两下、三下有规律的响声，她忙爬起来打开窗户，还未看清来人的脸就听到熟悉的声音，正是自己日思夜想的人——郝小替！

“你……”她惊得说不出话。怎么是他，他怎么来了，他怎么敢？一系列问题通通挤到牙关处，让她难以选择先问哪个：“你怎么……”

黑暗中的男人看不清屋里人的样子，月光勾勒出他的轮廓，显得生冷。“我放心不下你，想来看看……我知道不应该，可就是忍不住，想见你，”即使他的声音压得很低，在寒风里飘忽不定，仍是一字不落地掉进刘小枫的耳朵里，“想知道……你还好吗？”

想到这几天的痛苦，她不知道该说什么，张开口却控制不住波澜起伏的情绪，只一瞬，便满面是泪，她用手捂着嘴，强烈地克制自己不要发出声音，近在咫尺的郝小替还是听到她低沉的呜咽声，心猛烈地刺痛："我错了，都是我的错，你不要哭……我走，我现在就走……"他断断续续地说着，身影消失在黑夜里。

郝小替怎么也不会想到与自己同样陷入挣扎的还有唐飞。通过这件事，唐飞彻底地意识到自己对白丹的感情，这些年丝毫没有改变，甚至更加深厚。虽然他在更早的时候就察觉到郝小替对刘小枫的关注，不似正常关心，这种若即若离、想要默默靠近的感觉自己是最熟悉的。心里的怒火不断攀升，他恼怒郝小替得到了却不知道珍惜，白白辜负了白丹这么好的女人，同时，他心里冷笑，因为现在铁一般的事实证明白丹当初的选择是错误的，即使一开始他就认为白丹总有一天会后悔，他没想到这一天来得这么快。此刻，她的心里一定在后悔，如果选择了自己，绝不会是这样的局面……唐飞突然产生了一种近乎疯狂的想法，如果……现在还不算晚，他甚至可以不用感到心虚，光明正大地去见她。

投票大会如期举行，村里绝大多数人都去了，落家对此却漠不关心，只派了落矮和落明把票拿过去。去的路上，两个人偷偷打开票，四张票每一张竟然都出乎意料地打着大大的对勾。

"咦？"

"是不是弄错了？"落明一脸的不可置信。落矮忽然明白过来，摇摇头，说："大人的世界真复杂。"

投票、唱票过后，宣布投票结果：同意票竟然比反对票多两票……

李俊鹏看着投票结果陷入了沉思，他发现这几天挨家挨户去拉票的时候，王阴阳要么前脚刚走，要么正赶上来，他怎么也想不明白最应该反对的这个人葫芦里卖的什么药。刚刚投完票，王阴阳竟然问自己什么时候来跟他学习，至此才知道原来自己早被李志诚给卖了，自己还在帮着他数钱。他强忍着怒气跟王阴阳敷衍了几句，收拾了摊子，怒气冲冲地往家赶。他并不知道此时的家里，段响亮不仅送来了投票的好消息，还领着孙晶晶一块儿来了。李志诚高兴地差点从炕上跳下来。他就知道，就算这些人放开了闹，也变不出什么花样，一切都在自己的掌握之中。再看孙晶晶，有文化，城里人，大方得体，还知礼数，怎么看怎么满意，比落守吉家那个落小莲强多了。

孙晶晶想不到刚在动员会上见了李俊鹏后没几天，贺校长就把李俊鹏介绍给自己，还说是李书记的意思。说实话，自己对李俊鹏确实有些心动，从他的样貌和处事方式来看，她觉得李俊鹏是个年轻有为的人，尤其是他身上的气质，一点儿也不像乡下人，虽然知道自己不应该、也不能有这种想法，但读过很多西方文学的她就是从内心抵触乡里人的气质。即使她说不清楚这种气质究竟是什么，莫名的情绪与自身的喜好让她心里产生一种近乎执拗的想法。一开始，她只打算在这里待两三年，时间到了就走，从未考虑过感情的事，可李俊鹏出现了……当贺校长第一次提出让她与李俊鹏见面时，她并没有急着拒绝，一方面是因为不好驳李支书和校长的面子，另一方面便是心里隐约地动摇。

段响亮看着李志诚从进门到现在都乐得合不拢嘴，心道自己任务完成了，对孙晶晶说："俊鹏应该快回来了，孙老师，你稍等会儿！"又转头望向李志诚说："亲家，我家里还有点事，你们先聊……"

段响亮走后，屋里就剩李志诚和孙晶晶两人。"孙老师，俊鹏一会儿就回来。" 李志诚给孙晶晶的水杯里加了块冰糖，笑着递过去，孙晶晶鲜少面对的这样尴尬的场面，道着谢礼貌地起身接过茶杯。

"孙老师，我就叫你小孙吧！咋样，来白柳村还适应吧？"

孙晶晶笑着点点头："还好，现在挺适应的……"

"那就好，村里人朴实，好打交道，以后要有甚困难，尽管跟我和贺校长开口，人民教师可是光荣的事业，造福子孙后代呀！"李志诚热情地说，“对了，小孙，你家里还有些什么人，现在都住哪儿呀？”孙晶晶捧着茶杯的手紧了紧，糖水的热量传递到掌心，她暗自思忖自己的家庭情况，正要张口回答时，门外传来响动。“俊鹏回来了！”李志诚站起朝门外看了一眼。

孙晶晶忙放下手中温热的水杯，也跟着站起来，没来由的紧张让她有些慌了神儿，李志诚转过头招呼道：“没事儿，小孙，你不用起来，坐着就行。”

李俊鹏面无表情地回家，看见李志诚刚要开口问他王阴阳的事，却见一旁坐着的女子，脑海里有了印象，好像是和落文一同教书的老师。正欲说什么，李志诚一把拉过他，说：“俊鹏，这位是咱们村里新分来的老师孙晶晶！”说罢，他对孙晶晶说：“小孙啊，这是我儿子李俊鹏，你俩差不了几岁，都是同龄人！”

“孙老师，你好。”李俊鹏客气地打了声招呼。

“你好！”孙晶晶看了眼李俊鹏，觉得脸上愈发热，她穿了一件平时舍不得穿的黄色布衫，外面套了件深褐色大袄，蓝色的布裤子没有一点儿褶皱，两捆麻花辫油光水滑，一大早起来梳了将近一个小时，还用了发油，即使到这会儿仍然看不到一丝碎发。

李俊鹏不满地看着李志诚对着自己不停地使眼色，再看孙晶晶羞红的脸，霎时明白了李志诚的用意，前面的事还没来不及问个明白，转眼又给自己下了个套，李俊鹏原本面无表情的脸瞬间冷了下来，他拉过李志诚小声说：“你又盘算上甚了？你还有完没完？”

李志诚看了眼孙晶晶，满意地小声说：“孙老师和你一般大，样貌好，有学问，你俩正合适……”孙晶晶注意到李俊鹏突然冷下来的脸，咬了咬下唇，指甲盖更是深深陷进肉里，在指腹留下猩红的印记。

“够了！”李俊鹏听到一半，愤怒地打断李志诚的话，声音不自觉地突然放大，“我还有点事，先走了！”说罢径直拉开门，一阵风一样头也不回地走了。李志诚大病刚愈，拉住李俊鹏胳膊的手轻易就被挣脱，看着李俊鹏扬长而去，气得在原地直跺脚，喊道：“你去哪儿？你小子给我回来……”

出了门的李俊鹏心里一团糟，他发现不知从何时起他和李志诚出现了分歧，大概是更早的时候，从创亩产的时候，他眼前浮现出生产队从早到晚热情高涨，拿着铁锨要为社会主义添砖加瓦的场景……他看着此时灰扑扑的天，土黄色的山腰越来越暗，站在硷畔上远远能望见队里出工铲土，日子一天比一天冷，一铁锨下去手被震得又酸又麻，铲不了多少土，反被西风扬得漫天飞舞，社员们都灰头土脸的。李俊鹏叹了口气，快速往前走着，满腹的心事突然找不到宣泄口。如果段涛在的话，他一定会认真地听自己的每一句话，一定能理解自己，有时甚至不用开口，他们之间只需要一个眼神就能了解彼此。他忽然发现以后就剩自己一个人了，从今往后自己要去面对的不只是挑战，还有孤独——长久的孤独。以前的自己有满腔热血和一股子冲劲儿，是因为背后有李志诚，有段涛无条件的支持……而现在，他在孤军奋战。李俊鹏忽然发现友情是这个世界上最宝贵的东西。他不停地思忖着，不知道他的这个朋友此时在哪儿，有没有找到地方安顿，甚至第一次对他口中的考古的世界产生了好奇。

走着走着，便不自觉走到某处，李俊鹏看着近在咫尺的大门愣了愣。随即，敲了敲门。很快门便开了，开门的人有些惊讶，因为他看到李俊鹏的眼里有一片阴鸷，暗沉幽深。

“白叔。”李俊鹏扯出一抹苦笑。

屋里光线很暗，大抵是天阴的缘故，李俊鹏以前常来这间屋子，自然感到很熟悉，即使老旧了不少，但墙上的两幅年画《公社的红枣》和《辞旧岁不忘阶级苦，迎新春永做革命人》瞬间拉回他的思绪，看到一旁的裂缝有用泥重新糊过的痕迹，问：“这面墙修补过吗？”

“是呀，原本有些破碎，所以才要修修补补。”白孝川点点头。

“就像文物修复？”李俊鹏顿了顿，解释道，“段涛提起过。”

“没错，就像文物修复一样，”他说着缓了缓，又继续说，“也像生活……”

“生活？”李俊鹏不明所以。

“生活本就破碎不堪，自然也要修修补补。”白孝川缓缓地说，看到李俊鹏皱起眉头深思的样子时，终于问道：“俊鹏，你怎么了？”

“白叔，我一直想问你为甚要回来？”

和段涛一样的问题。白孝川无奈地笑笑，说：“你和段涛真是好默契，他也问过我这个问题。如果我说人生哪有那么多一路到底，无非是走走停停，走了那么远，现在也该停了……你能明白吗？”

屋里更黑了，适时燃起一丝温热的烛火。

半晌，传来清澈的声音：“我大概懂了……”

下午，唐飞找到白丹时，她正坐在院子里，整个人懒懒地靠着窑洞的土坯墙，眼神空洞洞的，嘴角的瘀青还未褪去，上唇微微发肿，嘴上浮出一层干痂，他不敢相信短短几天就让这个昔日神采飞扬的女人憔悴得像一下子老了十几岁，眼下挂着两个大大的黑眼圈，眼角泛红，显然不久前刚哭过。他的心猛然一抽。如果郝小替此刻在家，他一定会冲上去狠狠揍他一顿，这是自己这么多年来一直放在心尖的女人，却被郝小替糟蹋成这副模样，同时，他又为自己这几日的纠结和犹豫感到羞愧。他心底发问：她不是你最爱的女人吗？这么多天你竟只顾自己，没有为她做任何事，没有站出来替她说话，更没有帮她惩治那个该死的负心汉……唐飞紧紧握住拳头，嘴上却柔声说：“丹，外面冷，起来吧！”他蹲在白丹面前，要扶起她。

白丹感受到胳膊上男人的力量，回过神来看了眼唐飞，说：“你来了？”她的语气淡淡的，听不到一丝起伏，缓慢地站起身，由唐飞搀扶着回屋。“为那么个杀千刀的负心汉不值当，你要振作起来！”白丹又一次控制不住崩溃的情绪，冲进唐飞的怀里大声地哭了起来。

自从郝小替来过后，刘小枫每到晚上都仔细留意后屋窗户的动静。

这几日天寒地冻，西北风更是用力地嘶吼。晚上，刘小枫刚睡下就听见窗上有规律的拍打声，她忙起身，黑暗中果然是郝小替。

“小替哥……”刘小枫惊讶中带着一丝欣喜。

“小枫……”男人欲言又止，“段涛来找过你吗？”

“段涛？”刘小枫疑惑，“他来找我干吗？”

郝小替摇摇头，说：“段涛走了，出去考学去了，”又接着说，“没事，我就是告诉你一声。”

“考学好啊……”刘小枫愣了一下，半晌喃喃道，她不是不知道段涛对自己的心思，但她从来不觉得自己与段涛是一类人，她在他身上从未产生过悸动与情愫，也不曾有所回应，并且段涛从没有捅破他们两人之间的那层关系，因此他们仍是普通的同乡关系、邻里关系。她不明白郝小替专门深夜跑来提起段涛是何缘故，或者说郝小替听到了什么。她猛地心惊，几天闭门不出，她更害怕外面是不是又有了关于自己与段涛的流言，她紧咬下唇，问：“小替哥，是不是外面又有什么流言蜚语了？”郝小替察觉到她的不安，忙安抚道：“没有，只是段涛来找我了，我才知道。”

“他跟你说甚了？”刘小枫紧接着问。

“没说甚……就走了。”

“哦。”刘小枫看着黑暗中男人的轮廓，“你来找我，就是为了说这个？”郝小替踌躇了一会儿，接着，像是下定了什么决心，问：“小枫，你愿意跟我吗？”刘小枫心中一痛，她当然是愿意的，不然也不会为了他赔上全家所有人的脸面，落到如今这般田地。

“愿意又能咋样，我们……还可能吗？”

“这些天，我想清楚了，我爱的是你，只要你还愿意，我……可以离婚！”郝小替满怀深情的话像是一颗炸弹，“轰隆”一声在夜里炸开，刘小枫从来没有怀疑过郝小替对自己的感情，但是她做梦也没有想到小替哥竟然愿意为了自己与白丹离婚。离婚？是啊！只有离婚，她与小替哥才能在一起，从一开始，她不会想到有一天自己要去抢另一个女人的丈夫，甚至因为对郝小替产生不该有的感情，感到深深的自责与羞耻——她觉得自己是罪恶的，是该遭到报应的。没想到这一天这么快就来了。她痛苦地想：现在的自己就如同死死陷进丑恶的地狱里的囚犯，成为全村人的笑柄，以后村里更没有人愿意要她了，这是赤裸裸的现实，她仿佛能一眼看到自己的结局。可是白丹呢？以前的自己或许会对那个女人抱有满满愧疚感，可是前几天，她带着人堵到自家门口来闹，像个泼妇一样破口大骂，甚至辱骂自己的爹娘……这些天，爹娘看着她不吃不喝的样子一下子老了许多，可她除了躲起来，什么都不能做，从那时起，她就恨死这个女人了——恨她可以光明正大、理直气壮地在所有人面前当一个受害者，恨她不管她怎么撒泼都是对的一方，而自己就像一只过街老鼠。

时间静止了许久，终于开始流动。

"好！"女人轻飘飘的声音传过来，落在郝小替的心里，却价值千金，有着沉甸甸的重量。一种前所未有的快乐瞬间在郝小替心里漾开，如果说前几天是自己这辈子最痛苦的日子，那么，此刻——刘小枫答应的瞬间，就是他这辈子最快乐的时候！之前的所有痛苦都是值得的，是段涛——让他突然产生了某种危机感，从对方的眼睛里，他看到了熟悉的东西——和自己一样可以为了刘小枫不顾一切地豁出去的决心！同时，他比自己更有优势——未婚！他没想到段涛会放弃，突然走了，所以他这一天都没有回家，一个人在外面想了一整天。最后来到刘家背后——刘小枫的窗下。他迫不及待地来了，甚至在来的路上，带着满满的激动与忐忑，他害怕被拒绝，害怕小枫被流言蜚语击倒，害怕摆在他们前面的重重阻力。但是她说好！她同意了！她愿意和自己在一起，那么他就必须和白丹马上离婚！

郝小替在回去的路上任由呼啸的寒风从四面八方拍打在身体上，冬天的晚上，天空高得看不到边，隐约有大片的乌云遮挡着，让他只能看到远处一点昏黄的月影，模模糊糊，涣散成一摊流动的、轻柔的薄纱。他的脚步前所未有地轻快，一颗心也飘浮起来，要是有大朵大朵的云团，仿佛能即刻飞上云端。他觉得自己像是做了一场梦，突然得到了某种渴望已久的东西，虽然付出了很大的代价。那可是刘小枫！白柳村最美的刘小枫！为了她，付出什么样的代价都是值得的。现在，只要马上回家，说服白丹与自己离婚就好了，想到那个女人张牙舞爪的嘴脸，他就感到一阵恶寒。是的，那个女人恨透了自己，况且她不是经常把离婚挂在嘴边吗？那好，这次就离给她看……他飞一般地回到家，心情瞬间跌入了万丈深渊，他看到眼前令人窒息的一幕，才知道一切都完了——血泊里躺着一个男人——唐飞！墙角里已经崩溃，抱头痛哭的白丹，还有满地凌乱……

十七

郝小替不记得自己是怎样狂奔着逃离那个家的，猎风发狂似的拍打在他身上，耳膜将欲撕裂，风声里仿佛还夹杂着白丹的嘶吼。他终于停了下来，站在硷畔上，月亮挂在树丫的左边。月亮还是那个月亮，夜晚还是回家之前的夜晚——还是刚刚他站在刘小枫家后墙窗下的夜晚。他捂住耳朵，想要挡住所有让他头痛欲裂的声音。他不想听——可是白丹说她可以解释，这件事只是个意外（就像一切事物都有原因一样），包括唐飞为什么会出现在家里，他来了多久了？他来找谁？他们之间发生了什么？那块石头——地上那块本该出现在菜缸里的石头为什么会在地上，为什么沾满了血迹？而白丹一开始就像这块石头——在沾染血迹之前，因为她呆滞的样子和石头无异，她像死了一样，整个人木然地蹲在墙角什么都不愿意说，不管他怎么问都不愿意说……可是她突然又愿意说了——在他准备跨出家门的一刹那，就在他要走的时候，她突然像发了疯似的拦住他，用她沾了血迹的手拽住他的裤筒。好吧！他痛苦地闭上眼睛，不去在意那被红的发黑的血迹污染的裤筒，他只想知道不久前，在自己的家里，到底发生了什么骇人听闻的事情。那个毫无生气的男人——那个再也不会醒的唐飞究竟做了什么？他们不是青梅竹马吗？突然，他恍然大悟，可以肯定的是，唐飞一直在觊觎自己的老婆！他甚至不知道这两人之间见不得人的情愫由谁招惹而来，究竟持续了多长时间。在他们结婚前还是结婚后，在他与刘小枫之前还是在他与刘小枫之后，或者说白丹早已背叛自己了！她远比自己罪恶，还有什么资格指责他，指责刘小枫？想到这里，他气得狠狠踢了一脚跟前的老槐树，脚上瞬间传来一阵剧烈的疼痛。他简直要恨死这个女人了，亏她还有脸趾高气扬地在自己面前撒泼！她竟然还敢狡辩说他们之间什么都没有发生！一个个昔日的画面如同碎片一般串联在一起——唐飞总是在恰当的时间凑巧地出现在自己跟前，对自家的事情永远那么关心——原来一切都有迹可循……“哐当”又是一脚，老槐树纹丝不动，他脚尖一阵酥麻，血液像是已经放弃了那里，转而从其他地方流转。他就是个蠢蛋！被他们耍得团团转！要不是发生这样的事情，自己大概还被他们蒙在鼓里！这件事让他们彻底地暴露——村里人很快会知道他们的丑事，到时候，他们更会笑自己戴了绿帽子！等天亮，天怎么还不亮？他坐到地上烦躁地抖起了双腿。她不要指望自己能救她，因为他早已受够她了，早已厌烦她了。从一开始他们就是个错误。几年前，那个时候自己到底是怎么想的？他的头脑开始模糊……他和白丹第一次见面的时候天气很好，他的印象很深，天空飘着许多片洁白的云，他从没见过那么多云，一片挨着一片。有人说有个姑娘各方面都不错，跟他各个方面都很般配。他无父无母多年，因此觉得不管哪个姑娘，只要愿意跟自己都行。他不记得她当时的样子，不记得她的头发、眉毛、眼睛、鼻梁、嘴唇是怎样的，她穿的衣服还有鞋子……这些他都不记得了，但印象最深的是她当时很羞怯，就像一只娇羞的小鹿。可是现在呢？她哪里还有半点以前的样子，明明就是一个随时都能跳起来的母夜叉——随时都能把自己撕咬上几口！他无奈地想以前那个女人到底去哪里了？那个女人不见了——再也不会回来了——那个女人已经死了！

抬起头，此刻月亮已经移动到树丫的最中间，散发着令人颤抖的恶寒，裤筒上的血迹早已经干涸，在深邃的夜色里看不出它的具体所在。她说这一切都是他造成的，因为自己她才变成那样的，他不由地嗤笑——难道说是他叫她从一只娇怯的小鹿变成母夜叉的吗？她嘶吼着说是他毁了她，难道他让她去杀唐飞吗？她说都是因为他，否则唐飞不会死！这一切都怪他——都是他的错——要不是他的背叛，她也不会这样！郝小替冷笑，这个极大可能给自己戴了绿帽子的男人是被自己害死的？这个可恶的女人竟然把全部罪责推到自己身上……照她的话：以前的白丹是被自己杀死的！还有唐飞也是被自己杀死的！不是她疯了就是自己疯了，他们两个人之间总有一个疯子，再或者说，他们两个人都是疯子！

老槐树长出了五彩斑斓的叶子：红色、橘色、紫色、蓝色、黑色、白色……唯独没有绿色。怎么会没有绿色？这像话吗？树叶怎能不是绿色？除了绿色难道还应该有别的颜色吗？他猛地从地上站起来，顾不得身上某些地方的酸痛，咬着牙，在漆黑的夜里绕着光秃秃的树干转了好几圈，紧紧盯着神奇的满树的叶子，眼神凌厉地搜寻着，对啦！还有黄色，树叶除了绿色还应该有黄色！他回过神来，想起自己回家之前激动愉悦的心情，那是他最快乐的时刻了，所以他记得清清楚楚，他就快要得到心爱的刘小枫啦！他想起回家的目的是找白丹摊牌——他要跟她离婚！空气里弥漫着一股难以言喻的香气，不知是从哪个方向飘来的，一切太黑——黑到他猜不清气味飘来的方向。他感觉到这些带着浓烈香味的气体一定是红色的，就如同涌动的血液一样，猩红刺激。因为它的味道是如此的辛辣……他还没有将离婚的事情说出口——白丹根本没有给他任何开口的机会。她的眼泪比血还红，沾染在手上的东西凌乱地抹在脸上，这个女人太狼狈了，他觉得她已经在崩溃的边缘了，甚至已经崩溃了。她再次说一切都是他的错，是他杀了她！他喉咙干涸，懒得开口辩驳，既然她说一切都是自己害的，那就算自己害的吧！

月亮移动到树丫的右边，那股辛辣的气味开始变淡，被突如其来的冷风吹得四散开来，顺着山墁的方向，一路攀爬，最后消失得无影无踪。他忽然想到，还好他的孩子被送到丈母娘那里去了，还好那个小家伙没有看到所发生的这一切，否则后果不堪设想。他开始庆幸事情还没有到最糟糕的地步。只一瞬，他又开始害怕，如果看到了怎么办，是不是又有一个人要被毁掉了。不！他的儿子不能被毁掉！这是他唯一的儿子！他把头深深埋在臂弯里，浸着寒气的衣服硬得像铁，挡住了部分冷风。接着，他猛地摇摇头，不可以！这些罪责所带来的痛苦不该由一个孩子承担……可是要由谁承担呢？他痛苦地闭上双眼，他看到了刘小枫：她白净的脸上是明媚的笑容，露出两个清晰的酒窝，阳光随意照在她脸上，两根乌黑发亮的发辫静静地垂在胸前——这是他见过最美的画面。对了，她还在苦苦等自己来娶她！他在自己脸上狠狠地抽了个巴掌，清脆的声音回荡在寂静的山坳里，他恨自己为什么要跑去给她希望，给她承诺——又不知怎么兑现这个承诺。他的头皮一阵发麻，有一张巨大的无形的网正将自己束缚，他们都是网中人，被编制这张网的手随意地操控着。现在，这张网正在一点一点收紧，缝隙越来越狭窄，他将要窒息，因为这张网不断地攀爬到他的脖颈……月亮完全离开了树丫，它变换着方向，恍惚着，缓慢地移动，直到脱离原来的轨迹。他再也闻不到那股浓烈辛辣的气味，空气里没有一点残迹盈余。他的意识逐渐抽离，脚步变得轻飘飘的，且不受控制地朝着死气沉沉的家的方向挪动，每一步都压得他滴血……心里有个声音不断在提醒他一切都要结束了……

一个令人心醉的夜终于要过去了。

落姜拖着沉重的双腿回到白柳村，她数不清自己走了多远的路，从白天到日暮，再到一整个漫无边际的长夜。好远好远——远到没有尽头。而她正要找的就是尽头，这个念头如一道短暂又急促的光，一闪即逝……整个白柳村笼罩在一片黑暗的雾里，不知什么时候开始飘起银白的雪花，落在她的鬓发上。天大概要亮了，因为她第一次如此清晰地感受到夜的尽头。到尽头了！她呢喃着缓缓地走上西凉山，双脚冻得发麻，大脑涣散成一片。即使花了整整两天说服自己，但她始终不敢相信冯世春竟然又一次辜负了她这一事实。干裂的嘴角横着扯了扯，她想笑，因为觉得自己可笑。回想起来，这个众人口中的“冯日能”其实并没有多好，甚至浑身缺点：他是一个张扬、浮夸又贪婪的不忠不孝的浑蛋！她开始憎恨自己，看吧！就是这样一个臭名昭著的混球，到底哪里值得她耗这么多年，甚至被全村人当作一个笑话？比起他来，丈夫梁小冰强太多了——起码堂堂正正。可究竟是为什么，她用僵直的手臂紧紧裹着自己，瞬间的温暖让她又一次（数不清到底是第多少次）想到年少时冯世春柔和的笑——在她的印象里他只对自己有过那样明朗的笑。就是因为这样！她才会愚蠢地以为自己于他而言是不同的，一定是因为这样！她因此而被蒙蔽，竟然认为那段回忆是她整个人生当中最美好、最宝贵的东西。山顶上黑黢黢一片，再没有坡可以继续攀爬了。于是她蹲了下来，感受着越来越大的风雪带着所向披靡的气势呼号着残暴地拍打在她的身上，穿过单薄的外衣，刺入骨髓。她的心剧烈地抽搐，连同生硬的厉风灌在鼻腔，痛得喘不过气，眼泪习惯性地从眼角滑落，来不及擦便在冰凉干枯的脸上瞬间凝固。她把手伸进裤兜，触摸到了汗巾柔软的质地，手指使劲地摩挲着，搅着。她想起了自己小的时候，那时的天那么高那么远，云朵气鼓鼓的，白得发亮，山野上到处飘洒着草绿色的汗水，她跟在一群孩子后面奔跑着，大量的热量蒸腾而出，暖风扑哧扑哧地灌进涔涔的后背，带走热气的同时也风干了白色的背心，脸上、胳膊上、脚腕上都被晒得黝黑，额头上的发丝凝在一起紧紧贴在脑门儿上……要是能再回到那个时候该多好啊！记不清从什么时候开始她慢慢失去这些欢乐的，在她毫无警觉的时候，更像是一边长大一边失去。

一直以来，她就像一个浑身布满伤痕的困兽，踉踉跄跄地苟且偷生，她原以为会好的，生活会好的，已经这么差了还能坏到什么地步——她已经一无所有了！可生活的裂缝却愈来愈大，现在俯身望去犹如万丈深渊。山顶上已经没有路了，她也没有路了！脚边的雪铺在黑漆漆的地上，看不到它原来到底通向哪里。她闭上被风雪吹打的眼睛，心里默念着：是了，一座山没有上坡路还会有下坡路，可是她的人生连下坡路都没有！她无法想象自己该以什么模样回到村里，面对剩下的人生，她不想再苟且偷生，她受够苟且地活着了。剩下的日子不会好了，剩下的一定都是苦日子了，甚至比之前还要苦上百倍千倍。她向前走了几步，脚边的土块被踢得滚落下去，翻滚着、瓦解着，只一瞬便消失得无影无踪。她发现原来痛苦不会像土块一样，痛苦从不会变小，也不会消散，更不会瓦解——只是自己心里的空间越来越大了，那空间的外壳也越来越硬，可是，再硬的外壳，也有碎掉的一天……北风沉闷地呜咽着，她无声地呜咽，一阵盖过一阵，陷入漫无边际的循环。她的喉头动了动，用舌头舔了舔嘴唇上了雪花，一触即化，冰冷潮湿。接着，她睁开眼睛，在越来越浓的白雾里，脚步轻轻抬起，仿佛在云端，感受着劲风加快了速度，时间在丧失，热量在丧失，一切都在丧失——在无边无际的漫长的夜里永无止境地延伸……头盖骨与冰面发出沉闷的摩擦，汩汩的液体带着巨大的热量涌进鼻腔……

雪依旧在下，将夜下白，纷纷扬扬，想要埋掉所有的不堪与污秽。

十八

人们都说瑞雪兆丰年，今年冬天的雪大，明年的小麦一定收成好，天公作美是一件值得庆幸的事，但不是所有人都沉浸这样的喜悦之中。落姜的灵棚搭在与父亲落有名同样的位置，棚顶被厚厚的雪花覆盖，勾勒出平缓的弧度，前来吊唁的人们纷纷离去后，窸窸窣窣的人群里传来低语声——刘家的二女儿疯癫了！还有三河村又有一个女人因为生孩子没保住命……

是夜。

三九天再加上接连几天的暴雪，地上早已冻得像石头般硬。临睡前，落守忠拿出厚厚的棉毯，重重地压在棚底的缝隙处，不给冷气留一点空子，他把一切都打点好，看着一脸沉闷的落守祥欲言又止，他从今天才知道，三河村死的那个女人十几年前差点和落守祥结了婚，于是自然而然地明白了什么。只是——喝了那么多酒还咋守夜？可谁也拗不过他——硬要一个人守夜。今晚，整个落家人都太过脆弱……落守忠把香火续上，又对落守祥嘱咐了几句，把一切安顿好才走。

“我也要和你一起守夜。”落明拽了拽落阳的胳膊，耷拉着脸。

“你去找落矮，他有李拐子的最新故事。”说着，俯身到落明耳边低声说，“其实，李拐子是个大英雄！”

“真的？”落明激动地说，“那我今晚和落矮一起睡！”

夜越来越深，雪依旧不停，冷气里逐渐只剩落阳一个人，所有人都沉浸在悲痛里——无一例外。落阳久久地站在灵棚外面不敢靠近。今天落守祥守夜，此刻灵棚里只有他一个人，蜡烛缓缓燃烧着，不停地闪烁。一阵阵刺鼻的酒气顺着冷风吹进落阳的鼻腔，他想起几年前，落守祥第一次对他发狂的场景，不禁摇了摇头，想要跳过那个皮开肉绽的夜晚，回到一切问题的根源——一张小像。问题的根源就是他无意中在落守祥贴身携带的汗巾里发现了一样东西——那是一张女人的小像！他不知道自己当时想的是什么，整个人一下子蒙住了——因为那是一个完全陌生的女人，最重要的是那个人并不是自己过世的母亲，直到被落守祥发现，他挨打的时候头脑依然一片空白，他第一次看到落守祥的眼里猩红色的光，这光满是邪恶，让人感到恐惧。从那天起，他们之间的关系彻彻底底地变了，变得不堪。而他无意中的发现就像一双手，彻底揭开了隐藏了多年的谜底。他听说三河村有个女人死了。雪花洒满了他的肩膀，前胸有些地方已经完全湿透了。他闻到了一股比前面辛辣的酒气更浓烈的烟火味，里面的人又在烧纸了。落阳突然想到了自己的母亲，他甚至连一张母亲的照片都没有，家里任何一个角落都没有，确切地说世上压根儿就不存在那样的东西，就连她的脸也渐渐在他的脑海里淡却，越是想努力看清越是模糊，唯一可以肯定的是，她一定是个美丽的女人。他突然担心母亲究竟知不知道落守祥的秘密？一方面，他希望她知道，那样就不至于被蒙在鼓里了；另一方面，他又害怕她发现这个残忍的事实。因为他从心底里希望她只是一无所知地难产死了，否则她该多么伤心呀！想到这里，他发现自己的怒火被瞬间点燃，他气鼓鼓地攥住拳头，恨不得一下子冲到落守祥跟前，向他发泄自己的怒火与恨意，他可不怕他！大不了就是又挨顿打，他认为除了会动拳头这点本事外，落守祥再没别的本事了，他打心眼儿里看不起他。落阳又靠近了灵棚一步，他再也不想忍气吞声下去了，如果落守祥再动手，自己一定会反抗，把同样的痛苦全部返还到他的身上——连同母亲的那一份，自己一定要让他尝尝拳头的滋味……不知过了多久，他感到双腿发麻，心一横，把帘子一揭，眼前并不是他想象的那样，落守祥已经在地上睡着了。落阳没有察觉到自己紧握住帘子的手垂在身侧，若有若无地松了口气……

世界上再也没有什么东西比夜晚更适合让人崩溃的了——夜里的火，悄无声息地绽放在纷纷扬扬的大雪里，放肆地燃烧，把整个黑白相间的雪夜照得绯红，天地间从未如此静谧，一切都被埋葬得干干净净，帐篷在倒塌前，迷迷糊糊的落阳感到自己被一双有力的大手狠狠地推了出来，摔倒在雪地里，他瞳孔不断放大，愣愣地看着顶上的白色早已化作一片看不见踪影的水汽……

数日后，人群在山上聚集，又散了。

落守忠最后一个从坟地上下来，抖了抖身上厚厚的雪花，黑布棉鞋早被雪水浸湿，此刻已经冻得很硬，他大口喘着粗气，拖着早已精疲力竭的沉重身体，顺着长长的斜坡从山脊上慢慢往下走，脚步越来越慢，在雪白的山路上留下深深浅浅的印记。他开始麻木地思索着这个家还剩下些什么，肩膀上还扛着哪些人的人生，赵珍和落矮还在家里等他，这让他回忆起他们一家三口刚来白柳村的时候。统万城的这场大雪，让白柳村沉沉地睡去，天地白茫茫的一片，好像什么都变了，又好像什么都没变，他想起出门前落有财对他说，人这一辈子，活的是一口气，要活给别人看。他默默点头，痛苦地发现眼前的日子越过越苦，可还要费力地活，除了活给别人看，更是在为别人活着。

十九

马上就要农历新年了，白柳村洋溢在一片过节的氛围里，打谷场上跑着一群小萝卜头，头上戴着厚厚的帏帽，两坨红脸蛋儿上有着细细的裂纹，陕北冬天的风劲头强，不放过裸露在外的每一寸细嫩的皮肤。小孩过年总要穿新衣，一年攒下的布票要是还有剩余定要去供销社买几尺新布，平日总是蓝布黑布，过年时红布最为畅销，要是没有条件，遇上手巧的婆姨，就把以前的旧布衫、旧棉袄、毛裤拆开，变个花样重新缝一缝，也算作新衣了。

落守吉从供销社出来，手上多了三尺红布，出门的时候落有财嘱咐他给小莲扯点布，做件新衣裳。就算落有财不说，他也早有打算，毕竟这是他们一家人在一起过的第一个新年，他扭头看了看身后供销社来来往往的人，想到去年同样在这里给落姜扯了块红布，又想到弟弟落守祥，他的鼻头酸了酸，加快了脚步往回赶，街上来往的人都提着大包小包的东西，与他擦肩而过，他注意到人们脸上闪着喜悦的光，那光有些耀眼，仿佛在说：再困难，也要过年。

白柳村村委会，一群人围着写春联。

桌上堆满了红纸，裁剪好，用墨水写道：

“爆竹声中百花竞艳，红旗飘处万象更新。”

“总路线是灯塔，共产党像太阳。”

“公社巩固千家福，祖国富强万年春。”

“社会主义根深蒂固，人民公社叶茂枝荣。”

“发展城乡互助，巩固工农联盟。”

“繁殖牲畜猪为首，发展农业粮是纲。”

…………

厚厚的大雪慢慢化开了，山坳上露出大块棕褐色的土地，冷风里夹杂着泥土湿润的气息。这场雪连下了四五天，把山脊上不少枯树枝都压断了，年长的老树岿然不动，即使是枝条也完好无损。生命越是强韧，越能禁得住风吹雨打，它的根早已向下延伸，牢牢抓住所接触的每个土块，与扎根的土地融为一体。饿了几天的麻雀叽叽喳喳跳出来觅食，在田地里一圈一圈地逡巡，丝毫没有注意到隐藏的危机。

一块干净的土地上撒着几粒谷子，上方箩筐倒扣，用木棍支起一边，木棍底端束着一根长长的线，足有十几米，一直延伸到落矮手里。万事俱备，只等贪吃的鸟儿自投罗网。

“行不行啊，咋还没动静？”落明耐不住性子，开始在耳边催促，“再等等，别急！”落矮说。

“已经一上午了！还不如拿个弹弓直接打算了。”落明怀疑地看着落矮，说着从兜里掏出一个木质弹弓，“Y”字形的树丫打磨光滑，做工简单，开叉的中间绑着半截薄薄的皮子，正要摸索石子时却见一只通身灰白色的鸟停在箩筐前，缓慢地移动着，脖颈处抖了抖，两个小黑点儿般的眼睛警惕地朝四处张望，一点一点地靠近箩筐里的谷子。落明紧张极了，他屏住呼吸，整个人僵直着，保持原有的姿势一动不动。旁边的落矮更紧张，他能感觉到自己的心脏开始剧烈跳动，眼睛一眨不眨，死死盯着不远处的猎物，握着线的手一点点收紧，指甲向里抠着，再近一点，就可以拉线了，他这样想着。

“落明！落矮！”落小莲停在二人身后，“扑腾”一声，灰鸟受了惊动，扑闪着膀子箭似的飞上天空，一溜烟不见了。“姐，都怪你！”落明、落矮两张脸立马垮了下来，落小莲才发现不远处的陷阱，原来自己无意中坏了他们的好事，两双黑溜溜的眼睛不满地瞪着她，竟有一丝好笑。“我的错，我的错！”她笑着道歉，拉起两人往回走，“说明这鸟命不该绝。”落小莲补充道。

“我们又不杀它！”落矮反驳道，“玩两天就放了。”落明紧接着解释。对于捉鸟，完全是图好玩，重要的是捕捉的过程，除了看谁技术好外，运气也是很大的成分。

“落阳呢？”落小莲发现三兄弟少了一个。“没见人影。”落矮皱着眉摇头。三人陷入沉默。落小莲知道自从落守祥意外去世后，落阳就变了很多，像是一夜之间长大了，满腹心事，却不与任何人说。她暗暗思忖着，心里满是沉重，她知道无论自己怎么做都无法缓解爷爷和父亲的悲伤。一路上落小莲看着三人走上硷畔的脚步逐渐一致，轻轻叹了口气，忽然明白了什么是命运，那些无能为力的事大概就是命运吧！

不少人家门口已经贴上了对联，土黄的窑洞映衬着大红的对联，节日的氛围愈加浓厚。学校放假了，孙晶晶收拾了东西准备回家探亲。时间过得飞快，转眼已经要过年了，回想起来统万城的这些日子，有过迷茫和不知所措，她记得在与曹默的一次交谈中曾说两年时间很长，足足有四个学期，如今已过了四分之一。短短几个月，她对这里的孩子已经产生了感情，他们天真、无邪。说到感情，她回忆起那次尴尬、甚至是羞耻的经历，她眼前浮现出李俊鹏冰冷的表情，以及毫不犹豫扭头离开的背影，她把自己的指甲掐得生疼，面颊红得滴血，近几年来没有比这更难堪的了。上次这样的经历是上学时被人瞧不起她的出身，祖父成分不好，被打倒了，她不敢回忆那段黑暗的日子，那时一家人低眉顺眼，不敢抬头做人，现在她如愿当了老师，却也因为这个背井离乡。关于李俊鹏，她承认自己被他吸引，俊朗的外表，挺拔的身姿、大方得体的谈吐……以及他的家世，他们从未推心置腹地交谈过，所以自己并不了解李俊鹏究竟是一个什么样的人，她承认自己只是被他的外在条件吸引，那是自己所需要的——她一直清醒地知道自己需要什么。如果有另一个人也满足自己的条件，符合自己的需要，那么她也不一定非李俊鹏不可。想到这儿她的心情好了许多，庆幸自己对他并没有投入过多的感情，也因此不用承受过多的苦楚。

孙晶晶看着简单的校舍，现在除了自己大概只有曹默一人，想到他的遭遇，她默默叹了口气。是了，曹默没有家了，也不用探亲，想想老天爷对自己也没有那么刻薄，或许自己其实是幸福的。她简单和曹默打了个招呼告别，拿起行李就走出了校门。没走多远，看到迎面而来的落文。

落文老远便看到了孙晶晶，她知道了孙晶晶对李俊鹏的心思，也知道李俊鹏与妹妹小莲之间朦胧的情愫，一个是自己的家人，一个是自己的同事兼好友，况且孙晶晶现在一定也知晓李俊鹏与小莲的事了，这让自己再面对她时多少有些尴尬。

“落文！”孙晶晶率先伸手朝落文打招呼，她对于落家接二连三的悲惨遭遇表示十分同情，但她不知怎么安慰落文，因为她从不是个会安慰别人的人。她在上学的时候就不合群，更鲜少朋友，好不容易和落文相交，所以觉得总得说点什么宽慰她才不显得冷漠无情，但又害怕一提起来反而勾起对方伤心的回忆，毕竟人死不能复生，既然已经这样了……除了接受别无他法，她心里默默地想人际交往就是这么复杂、磨人吧。

“要回去吗？”落文看着孙晶晶另一只手里的东西，知道她是要回家了。“是啊，太久没回去了，家里还有好多活儿要干呢！”孙晶晶笑笑。冷风把她的辫子吹到胸前。“我送送你！”落文说着拉起孙晶晶的胳膊，一边说：“还好雪化了，不然路上可不好走。”太阳明晃晃地挂在清澈的天空上，点缀着几丝薄云，村里的路原本是土路，雪化后开始变得泥泞，两人的黑布鞋上满是泥污。她们走得很慢，心里却小心翼翼，一路上谁也没有再说话。直到村口镇白石跟前，落文看着两个人同样泥泞的布鞋，笑了笑，说：“看来还是得修路。”说罢想到了李俊鹏忙闭上嘴。孙晶晶笑着点头表示同意，“原本我们就是支持修路的，肯定不是坏事。”脸上并没有神情的波动。“啪”不知何处传来一声鞭炮响。落文循声看了看，只听见周围的几户人家院里传来忙碌声、小孩打闹声。年味越来越浓了。

“就送到这儿吧！”孙晶晶看着愣神的落文，觉得她更加成熟了，经历和挫折能让一个人迅速地发生变化，与亲人的离别是一种苦难，苦难让人成长。孙晶晶捋了捋前额被风吹乱的头发，把他们重新放回耳后，笑笑说：“家里肯定有的忙，赶快回去吧！”

落文点点头，一时有些惆怅，她无比厌恶送别，所以无奈地抿了抿唇，扯出一抹笑，说：“好！路上保重！”太阳此刻在她的头顶，将微弱的暖气汇聚，在头皮上涣散开，看着孙晶晶的背影，落文哽了哽喉咙，忽然张口说：“明年见！”

走出几步远的人听到熟悉的声音，回头看见风把落文齐肩的短发吹起，她挥挥手，说：“明年见！”

现下队里没多少活儿，一群闲散的老汉把家里的活儿丢给婆姨，自己围坐在镇白石跟前，石墩子上散落一堆长条形的纸牌，吃、碰、刷、胡的声音不时响起，旱烟袋子被抽得啧啧响，辛辣浓烈的气味混合着，嘴里哈出来的热气和烟雾在头顶上方交织、扭打。落文走过去停留了一会儿，听得主家放胡，引来一阵唏嘘，吵嚷声更大了，唾沫星子飞溅到纸牌上、另一个人的脸上，她怔了怔，看着眼前的世界与自己并不相通，与炕上嗑着瓜子的婆姨们的世界也不相通。自己是个无趣的人，她心里这样想。逢年过节，每到人多热闹的时候她就觉得孤独，甚至是无所适从，相聚并不是什么好事，只要相聚就会有离别，想起孙晶晶离去的背影，她再次加深了这样的看法，即使孙晶晶只是暂时归家，可她的亲人们，却永远不会回来了。落文发觉自己再次陷入了某种杂乱的思绪——对于死生的意义的理解，明明她不止一次地宽慰过别人，显然是自以为是，她觉得自己比任何人都明白这些大道理，却做不到让自己相信。她喘着气走上西凉山，脚上的泥泞越拖越远。雪化后的山野像是被重新洗刷了一遍，处处透着清净潮湿的冷气，与镇白石跟前的混沌完全不同，西凉河的冰面上仍旧泛着寒冷的银光，视线再一凝聚，猩红的血迹早已凝固，变深，随着化开的血水在冰面上绽开，风干后像一朵艳红的大丽菊。她麻木地想象落姜最后是以一种怎样的心情站在这里，她不过是一个三十岁的平凡女人，此刻本应在炕上给子女缝衣纳鞋，围着灶台为一家老小烧水做饭，享受平凡人家的快乐。可这些似乎永远与她无关，这个可怜的女人终究被最后一丝绝望压倒，永远起不来了！落文开始后悔，并陷入深深的自责，如果当时她极力阻拦，不让落姜去见那个"冯日能"，也许就不会发生这样的悲剧；如果当时她把落姜见过"冯日能"的消息告诉家里，家里定然不会放她出去……可是没有如果，一切都太晚了。她颤抖着，就像一个罪人，犯下不可饶恕的罪行，任由山顶的冷风砸在身上。她咬着牙，恨恨地想这个"冯日能"就是个祸害，如果不是因为他，落姜的人生绝不会沦落到这个地步，最后惨淡收场。她恨不得他死了才好，为甚这种人还好好地活着，老天真是不长眼，死的咋不是他？这个让人恶心的男人就像那臭水沟里的老鼠，走到哪儿祸害到哪儿，祸害完了，一溜烟儿跑得不见了踪影，她愤怒地诅咒着，诅咒这个男人不得好死！

不知过了多久，落文才走下山，羊肠小路上碰见几个男人，是丧事上的几个吹手，他们和落文打了个招呼，落文没有回应，径直朝前走，她一边平复情绪一边回想着自己出来的目的。几个男人也不恼，待走远了，小声嘀咕："要感谢落家，让咱们今年能过上个像样的年……"接二连三的丧事让他们的腰包不至于那么干瘪。

落小莲和落矮、落明到家时，落有财和落守忠正忙着磨豆腐，白色的乳汁伴随着轰隆隆的响声流出来，"落阳呢？"落有财看进来的三人问道。"没看到，不知上哪儿去啦！"落小莲说。

落有财叹了口气，神情憔悴，完全没有之前的精气神。落守忠停下来喘了口气，出声安慰：“不怕，男子汉了，吃饭的时候自己会回来的，”说罢转身对落矮说：“你要多操心落阳了，不要整天光顾自己瞎跑，谁也不管。”

落矮不耐烦地点头，他这话都听了八百遍了，耳朵早就磨出茧子了，再者，不用他说自己也知道，出事以来，落阳、落明两兄弟受的打击很大，所以他一直小心翼翼和他们相处。落明小些，性格也开朗，哭了几天就缓过来了，可是落阳就不一样了，他脾气犟，又好强，心里总是藏着事，跟谁也不说，这让人很难靠近，自从守祥叔走了以后，他就更加沉默寡言了，甚至一整天看不见他的人影，指不定躲在那个山圪崂抹眼泪。

今年一家人都在落有财这里过年，天不亮赵珍就开始忙碌。她早早把面和好，留着包饺子，还在灶台上摞几棵大白菜。地窖里温度低，好储存，色泽新鲜。白菜吃法多，能变成各种各样的式样，腌白菜、炒酸菜、炖酸菜、菜心拌凉菜等，做起来也不费事。她把平日舍不得用的油拿出来，炸萝卜丝丸子、白薯丸子，各种各样的面果子炸满一锅，齐刷刷地摆放在桌子上。等豆腐出来，切成片，用醋、辣椒、盐调好酱料蘸着吃，留出来一些用剩下的油接着炸。

落守忠把豆腐分成一块块，用纱布盖住，递给赵珍，说：“你得了空给吴老太送过去。”赵珍一看，脸立马拉了下来，说：“你疯啦，你忘了那个吴老太怎么对你妹子的了？”她一边继续手里的活儿，一边没好气道：“就算给李拐子都不会给她！”

落守忠叹了口气，说：“落姜是个孝顺的，都闹成那样了也没见哪顿亏待过她那个婆婆，现在她早早地走了，留下一个孤寡老太太，日子想必也不好过，咱就当替落姜尽孝了……”

赵珍看着用纱布包裹住的豆腐块，眼眶湿润起来。

二十

自从郝小替顶替杀人后，刘小枫就发了疯，每天都要刘桂怜寸步不离地守着。

“小枫，吃饭了。”刘桂怜把饭盛在碗里，摆放在炕桌上，饭冒出热腾腾的气。炕角坐着的女人梳着两根长长的辫子，即使穿着臃肿的壮袄仍能看出衣下瘦骨嶙峋的身形，她的面色苍白，颧骨更突出了，长长的睫毛下是一双灰暗无神的眼睛，淡色的唇紧抿着，时不时嘟囔一两个字，再不说话了，她手里拿着一张灰色的手帕，手指头紧紧搅弄着，手中的帕子扭成各种形状。

“过来吃饭！”刘桂怜又催促了一声，跟前的人依旧没有反应，只管搅弄着手里那方帕子。刘桂怜看着原本如花似玉的女儿变成这副样子，心痛地直捶胸口，她不知哪辈子造了什么孽，让老天爷这么糟蹋，好好的一个家现在变成这样子了。她抹了把眼泪，想想接二连三的事，仍觉得心惊肉跳，那个郝小替竟然杀了唐飞！落姜跳河自尽了！落守祥守灵被火烧死了！最要命的是自己好端端的女儿竟然疯癫了，这真真要了她的命，自己活了大半辈子，临老了一天福都享不了，还要操心女儿以后的日子怎么活，她总有死的一天，到时候她的小枫该怎么办？谁会给她穿衣服、吃饭，她这个样子要怎么活？岚子毕竟是个女子，自顾不暇，还要靠女婿养活了，要是没有了她们老两口儿，谁会关心小枫冷了还是饿了……桌上了饭不知什么时候已经停止冒气了，大抵是凉了，她揉了揉红肿的眼眶，听见外头时不时响起来的鞭炮声，脑仁嗡嗡地疼。

突然，外头传来敲门声，是落文。这会儿还愿意来她家的也只有落家人了，她感激地看着这个好心肠的女子，又想到了自己的小枫，一时忍不住，眼眶又湿润了起来。

“婶子，我来看看小枫。”落文刚从西凉山上下来，径直到了刘温家。看着面前憔悴不堪的妇人，此时满面沧桑。“快进来吧，外头冷。”落文带了一身寒气进了屋，搓了搓手，在外头溜了一天，手指头都冻僵了。

刘桂怜笑笑，说：“这天就是看着日头大，实际还是冷哩！”一边倒水一边说，“快到炕上坐，小枫在炕上。”

落文看见刘小枫仍是老样子，捏着手帕沉浸在自己的世界，丝毫不管来人是谁，不管她们说甚。炕桌上的饭放在边上，一口没动。“小枫还不吃饭吗？”刘桂怜把水缸子递给落文，叹着气，说：“一天就吃两顿，死活得追着喂才肯吃——我一天啥都不敢干，死活照应她一个人……你说这可咋办呀！愁死我了！”刘桂怜说着抹了把眼泪，满脸哀戚。

落文不知该说什么，她知道在几家人心里蒙上的厚厚的阴影是不会如同雪花般轻易消散的，更不会像这个寒冬一样随着春日的到来而褪去，这种厚重的心绪如泥沙碾压直下，把人压倒，把人折腾得灰头土脸……

“我刘叔不在家？”没有看到刘温的身影，落文问道。

刘桂怜苦笑着说：“去三河村了。”落文点点头，刘桂怜的声音又响了起来。“前些天三河村来人了，过来询问小枫的事。”

“询问小枫？难道是——”

刘桂怜无奈地说：“三河村的张有贵，给他那个傻小子找媳妇，整个三河村没人愿意把姑娘嫁给他家，他消息灵通，听说了小枫的事，就动了念头。”

“你和我叔同意了？”

“那个傻小子我听说过，那家人前面生了好几个女子，还送出去一个，就为了捞这么个金贵小子，结果这小子打娘胎里出来就是个傻的，年纪比小枫大不了几岁……这几天我跟她爸翻来覆去想这个事情，最后一合计，小枫现在的情况还指着有人照应呢，再找个傻子，你说等我们做父母的走了可咋办呀？”

落文听罢松了口气，小枫以前可是全村条件最好的姑娘，多少人上赶着求。即便发生了这样的事，她也不忍心看着小枫最后嫁给一个傻子。“你跟我叔想得对，万万不能把小枫嫁给他家，实在太可惜了。”

刘桂伶叹了口气，摇摇头，无奈地说：“也说不上可惜，你看小枫现在的样子——造孽啊！”

炕上的人依旧沉浸在自己的世界，捏着手里的帕子，指腹来回反复摩挲，可她的眼神此刻在炕围的墙壁上，土壁并不完全光滑，丝丝裂缝从凸起的地方生长出来，一路延伸，最后陷入与炕台相连的凹陷处。她不嘟囔了，突然很安静，只给旁边的人露个侧脸。

刘桂伶说着抹了把眼泪，说：“她爸一早去找张有贵说这个事去了，也不知道咋样了，按道理也该回来了。”

“你们没给张有贵应承吧？”落文想到了什么，心上突然“咯噔”一下。

“这么大的事，哪敢啊，就连他拿的东西都没敢收，全退回去了。”刘桂伶忙摇头。落文又松了口气，安慰道：“那就好，应该没甚事，一会儿肯定回来了。”

“前些天，找了王阴阳过来给小枫撩破了一回。”

“王叔咋说？”

“还能咋说，该洒扫的都洒扫了，乔万兴也给撩破了，还没起色，只能听天由命了。”刘桂伶说着长长叹了口气。

屋外又传来几下鞭炮声，出了门响声更大了，外面的鞭炮大多是一挂一百响，有些调皮的小孩会跑来偷偷揣几个拿去玩。落文一边往家走一边想着刘小枫的事情，迎面碰见一群小孩嘴里齐声念叨着“有个疯子刘小枫……没脸没皮不知羞……”她怒气冲冲上去呵斥了几声，把一群小鬼吓跑了，不知是谁编排的顺口溜，也不知道在村里流传多久了。她又想起刘桂怜所说的听天由命，心上满是哀戚，好像这些天所有的事情都逃不过“命运”二字，她看了看远处的山坳，静得吓人，于是无力地发现——人常在绝望的时候想到命运，在无能为力的时候想到命运，却很少在春风得意的时候跪拜命运。

落小莲回来后一直跟在赵珍身后忙活着，烧水做饭这些活儿她干了几回就上手了，连续好几天她总是第一个起来，把干柴用斧头劈成均匀的小段，动作不算快，但一天比一天熟练，在其他人起来前已经能烧好一锅热水。落有财的身体一天不如一天，躺在炕上的时间越来越长，落守吉出去劳动的时候，家里的事情都由她来打理，一旦动起手来，忙碌起来，脑子里就不会胡思乱想了，这些天她的心渐渐平静下来，不再捧着书本多愁善感，枕头底下泛黄的书页显得格外久远，那本《鲁迅作品集》翻了又翻，竟不想再翻了，因为某个下午——记不清具体是哪个下午，当她坐在灶台前给落有财熬药的时候，突然想到了“祥林嫂”，那个可怜的女人浑身泛着一股阴森的寒气，嘴巴一张一合，细细端详，那口型分明在叫“阿毛”，并且那个“毛”字拖得老长，像是要把一口气用尽才罢休，她的嘴因此形成一个巨大的0形。久违地，她对这个女人产生了深深的恐惧。那个女人是只活在过去的女人，而自己与她恰恰相反——没有过去！多么像一个真实的梦境，落小莲感觉到自己的胳膊上满是鸡皮疙瘩，不能再想了，她心里默念，炉子边冒起了热气，喷在她的脸上，一刹那，她仿佛突然活了过来。她揪住自己的领口，大口地喘着粗气，接着，她听到炕上落有财微弱、痛苦的呻吟声……屋子里开始变得阴暗，为了省油，她没有点灯，屋外的天空是很暗沉的蓝色，月亮不知还要多久才能爬上山，她的脑海里突然涌现出一些美好的句子：

月亮爬上山的时候
就向后退两步
不要靠得太近
天亮后
把一切都归于太阳

落小莲不知道这些句子从哪里来，更不知道它们为什么、怎么样、以什么样的方式或形态出现在自己脑海里，她一开门并没有看到月亮，远处的大山尽头是巨大、暗沉的蓝色幕布，所有的一切都静悄悄的，她只是觉得此刻该有月亮，一轮圆月抑或只是一个浅色的月牙，也足够了，如果有月亮，那么月亮下的所有事情都美好了许多。于是她站在门口开始等待，不知过了多久，直到饥饿感明显从腹部传来，她望着远方依然暗沉的天空——没有一丝月亮的影子。她暗暗想，还是粮食最重要，没有什么比粮食更重要的了，一个玉米饼比月亮重要百倍。她回到屋里，把锅里黑色的药糊一勺一勺舀出来，盛进碗里。屋外传来一阵声响，是落守吉回来了……那个午后的回忆戛然而止。

落小莲把锅铲递给赵珍，几铲子把锅里的菜铲出来。两个人忙活着把剩下黑乎乎的粗粮面一半擀成面条，下在灶火上的大锅里咕咕地煮着，余下一半做成黑面馍，放在笼屉里坐在面条上蒸。落小莲挪了一下灶头的碗盆，里面有几个昨天吃剩的窝窝头，用粗纱布盖着，有些发硬。好在年底公社分了些粮，不然家里接连办事，已经没有一点儿肉星子了，他们一家人一连好几个礼拜只靠窝窝头、黑面馍、土豆、大头菜强撑着。

太阳一点一点落下山，北山背阴处荒草丛生，落阳一路磕磕绊绊地攀爬到山的最高处，后脑勺对着太阳，冷风灌进裤腿，让落阳打了个寒战。他已经出来一天了，右脚在翻越山坳下的矮墙堆时抽了一下，起初的酸痛到现在已经没有知觉了，中午的时候他从怀里掏出一个黑面窝窝，就着冷风生硬地啃咽了下去，不小心洒落在地上的渣滓吸引来一群让人厌恶的乌鸦，它们甩着乌黑发亮的翅膀绕着他盘旋了好几圈才走，这些烦人的家伙让他本就愁闷的心情变得更加阴郁。温度迅速降低，山上尤甚，背阴处的未化开的雪迹和霜块牢牢冰冻在一起，大块且零散地覆盖在土层之上，偶尔咔咔作响。落阳感受到腹部传来一阵痉挛，喉咙深处泛上来一股苦水，一行温热的液体从鼻孔缓缓流下，他抬起袖子在鼻孔处抹了一把，又对着坡底擤了把鼻涕，甩了几次才将那团黏稠的物体甩走，并把脚边的石块拿起蹭了蹭，又重新蹲了下来。

落阳想起自己与落守祥极不和谐的父子关系，以及这么多年来自己在这个家所受到的暴力对待，这些他都记着，每一次都清楚地记着——即使做梦都想忘掉的回忆。他抓了把黄土，让沙砾从冻僵的指缝间滑下，他的嘴角艰难地扯了扯，除自己以外的所有人，他们都不了解落守祥，甚至落明，也不完全了解，这个世界上只有自己知道，只有自己直面过真实的落守祥，因为那个人罪恶的一面只在自己身上体现。最重要的是，在自己心里落守祥永远是个罪人——更是个对不起母亲的罪人。这让他永远都无法原谅！这些年，他一直迫不及待地想要长大，然后逃离这个家，随便去到哪个地方，自谋生路，他不停地告诉自己要变得强大，变得顶天立地，然后无所畏惧地站在落守祥面前，要让他看到，向他宣告——他的罪行，以及他再也不能那样残酷地对待自己，这个世界上没有人可以那样对待自己，他迫不及待地想告诉他：他是错的！他罪无可赦！可是——现在——落守祥死了！自己的父亲死了，什么都来不及了……他望着辽阔的山脊，悠远地起伏着，所有的不解、愤恨、仇怨都变得轻飘飘的，以半透明的形状飘浮在空中，找不到任何一个可以落脚的点，他再也没有一个可以去恨的人了——那个人走了，这个家垮了。他悲伤地意识到那个人再怎么不堪，原来也为这个家顶天立地过，而自己必须承认，过去十几年他和落明都无法选择，也不可避免地在落守祥扛起的天地里，在他的脊背下生存。甚至在最后，自己仍然在他的庇佑下拣回一条命。

那天晚上是落守祥喝得最多的一次。当他第一次醒来的时候发现落守祥在地上蜷缩着长长的身体僵硬地靠在棺材旁，他的一条腿以一种近乎怪异的姿势盘坐，折叠，另一条腿则像断了似的，毫无灵魂地装在松垮垮的裤腿里，他从未见过落守祥如此颓废，确切地说，是绝望，那张沧桑的脸上布满灰紫色的光晕，胡子拉碴疯狂一般地爬满了他消瘦的下巴，眼眶跟颧骨下方的肉一齐陷入低凹的地方，整个人死气沉沉的，任由烛火从供桌上滚下来……而他的眼睛瞪得老大，木然的，没有一丝生气。可是落阳还是从那双眼睛里读出了某些东西——让他痛苦的东西。那些早已深藏了多年的蛛丝马迹，就在那夜彻彻底底地暴露，再也没有一丝疑惑，就如同帐篷外纷纷扬扬的大雪一般肆虐，将刚刚明确的，所有血淋淋并且见不得天日的真相悄然淹没。当他第二次迷迷糊糊地醒来时，火已经很大了——眼前全是火光……

现在他自由了，彻底地自由了。落阳久违地绽出一个微笑，他不知道自己的唇形很好看，一笑就显得格外温暖，但越是看起来温暖的东西，一定有着不为人知的危险——就比如此刻快要落下去的太阳，那个巨大的火球到底是什么样的存在，太阳在成为太阳之前，究竟是什么，以什么样的形式存在？太阳之后一定是月亮吗，再没有别的东西吗？人生呢，人生的尽头除了死亡还有什么别的选择吗？落阳顺着一侧坡面大步跨越下去，也不管山坡是否陡峭，因为此刻他的双脚已经完全麻木，不知是蹲久了的缘故还是冻僵的缘故，抑或二者兼有。他很快冲下坡去，几乎是憋着一口气冲下去，耳边灌满了扑朔迷离的猎风，巨大的压力重重地冲击着整个耳蜗，空气中飘浮的沙粒被迫移位，迎面扑在他的前胸，他感觉自己的身体一会儿沉重，一会儿又轻飘飘的，此刻的他像个尽力甩开某种极端危险的求生者，在半明半暗的虚影中恍惚。

不知走了多久，落阳才听到有人在身后叫着自己的名字，这个声音一遍遍地重复，不断加重，一度让他以为是陷入了某种幻觉，毕竟这些天自己每天晚上都会在半梦半醒间产生奇异的幻觉，让他难以分清真假。

“落阳！”声音又在加重，音量比先前还要高出几个分贝。他停了下来，转过身，看见面前的人——乔桥？

“你终于听见了……”乔桥一边喘着气，一边走近他，“叫你这么多声，你是不是聋啦？”

落阳怔了怔，然后疑惑地看着面前的女孩，问：“咋了？”

乔桥随即摇摇头，“远远看见像你，又怕认错人……”她说着看向落阳，见他依旧是淡漠的表情，分明不是很想聊天的样子，于是小心翼翼地询问：“你还好吧？”

“很好啊！”落阳闻言耸耸肩，虽然明白对方的意思，但并不想多做解释，随即想到了什么，问：“你爸咋样了？”他指的是乔桥的父亲乔万兴，村里所有人都知道自从他偷挖三河村的墓给自己老爹配冥婚的丑事发生后，就隔三岔五神志不清，迷不愣登的。

乔桥闻言，面色沉了沉，自从那件事后，她就觉得很羞耻，那样的行为无异于告诉世人他们家出了个贼，还是挖人家祖坟的贼，即使俊鹏哥说是一场误会，她爹不是贼，可她懂的，贼就是贼，不管偷的是什么，出于什么样的理由，这个事实永远不会改变，最起码在外人眼里他已经是贼了，结果已经注定，并不会有任何改变。起初她完全不能理解爹的做法，即使娘告诉她那是孝道，是个人都该讲孝道，这是人和牲口的区别。

“还就那样，”她的神色忽然从黯然中抽离，“你知道遗传吗？”

落阳听得莫名其妙，一头雾水地看着话题猛然跳转，他没说话，用沉默表示对方继续。

“……”乔桥也跟着停顿了刹那，不过很快便继续道：“你知道小枫姐的情况，现在我爸也这样了，虽说是受到了刺激，但我听人说这个可能会遗传，就像父母有某些病，子女也可能会有，有血缘关系的亲属也可能会有。”

“我明白了，你是担心自己有一天也会变成那样？”

“……”

落阳没想到就在自己终于准备回家的时候会遇到乔桥，更想不到他们会聊到这种话题，这让他不知如何开口安慰对方，两人之间的气氛逐渐冰冻。“他们是受到刺激才变成那样的，”落阳想了想继续说，“只要不受刺激不就好了吗？”

“那咋样才能不受刺激？”

“不和人来往，就行了吧！”

落阳陷入了思考，既然乔万兴和刘小枫是被人刺激成那样的，所以只要远离人，就能远离冲突和麻烦，因为在他看来所有烦恼几乎都是人制造出来的。乔桥不可置信地摇摇头，她开始觉得落阳在瞎说，“不和人来往，咋可能吗？你看见有谁不和人来往的？就算是李拐子那样的人也要跟旁人打交道哩！”落阳被乔桥噎了一下，有些恼道：“李拐子变成那样是谁害的？”

“谁害的？只能怪他自己呗！”乔桥脱口而出，李拐子始终在她心中占据着恐怖的地位。

落阳表情有些不自然，想到某个奇怪的女人，欲言又止。

“咋又提到李拐子了，你准备说甚？”乔桥敏锐地察觉到了什么，不停地追问。

乔桥看着落阳已经走出几步远的背影，并没有听到任何回声。

天黑了下来，村口已经没什么人了，镇白石早褪去白日里热烈的氛围，刘温缓慢地走在回家的路上，羊肠小道上化过的雪水混合着泥土形成的泥泞，印刻着所有过往的痕迹，各种大小的脚印深深浅浅，随着温度的下降变得梆硬，路上所有的印记都已风干，凝固，变成带有形状的冻土。他仍是慢慢走着，一步一步，踩在那些凝固的脚印上，显得格外沉重，隔着鞋底的脚掌冻得麻木，不过，他并不关心，白色的气体从嘴鼻处喷涌而出。月亮高高挂在天上，照在他两鬓上不知从什么时候开始变得花白的头发，折射出银色透明的光，鬓发变白这个过程不一定是日积月累，更有可能是一夕之间。深深浅浅的皱纹在眉心绽开，他的嘴角紧紧抿着，路上没有一个人与他相遇，这让他松了口气，隔着院墙照见屋里微弱的光，这橘色的光透过白色的窗纸，显得异常温柔，他加快了脚下的步伐走进院里，一把推开房门，温暖的气息瞬间把他紧紧包裹。

刘桂怜披着袄子，从炕上下来，说："你咋才回来？"

刘温把外衣壮袄脱下，挂在墙上，看了眼已经睡着的女儿，才开口，"唉，"他叹了口气，"有点事耽搁了。"

刘桂怜看着刘温丧着的一张老脸，心下一紧，忙问："张有贵咋说，还顺利吧？"

刘温倒了一碗热水，脱了鞋在炕桌前坐下，端起冒着热气的碗，放在嘴边大大吹了一口气，又"嗞嗞"地吸了进去，滚烫的热水顺着喉咙翻滚下去。"我把情况跟张有贵说了，他倒还算好说话，把话说开也就完了。"

刘桂怜在炕头的灶火上热饭，听罢放下手里的碗筷，不解地问："那咋能耽搁到这会儿才回来？"

"你猜我从张有贵家出来碰见谁了？"

"谁？"

"王养盛！"

"谁是王养盛？"

刘温放下碗，撇了撇嘴，说："你们这些婆姨女子一天不知道忙甚着了，村里的事一点也不知道！”

刘桂怜更是一头雾水，说：“三河村的事，三河村的人我哪能知道？”

“万兴那个事嘛！你让我咋说你了，睁眼瞎也就算了，耳朵也聋了？”

“甚？万兴那回得罪的那个姓王的？”刘桂怜倒吸一口气。乔万兴是刘温老舅的儿子，也是他们的姑舅，上回配冥婚那个事情闹得难看，村里说甚的也有，最可气的是把三河村的人惹下了，那些得理不饶人的家伙把他们骂了个够呛，这么多年白柳村就没这么丢人过。乔万兴也因为这个事病倒了，隔三岔五地犯迷糊。想到他们与乔万兴的关系，刘桂怜随即担忧起来，说：“他没找你麻烦吧？”

刘温摇摇头，复又叹了口气，说：“王养盛把我引到他家，跟我说了小枫的事。”

刘桂怜一听呆住了，说：“小枫甚事？”

“还能是甚事？和张有贵一样的嘛……”

“他也有儿？”刘桂怜忙竖起耳朵，要是有合适的小伙儿愿意要小枫，就让她去死也值了。

“他有个球的儿……”刘温点起一棒烟，眯着眼睛骂道：“他那是给自己打听了。”

“呸！”刘桂怜听罢火蹭地冒了上来，说：“他真够不要脸的，他多大了，这会子跑来打小枫的主意！”

“虚岁三十六了。”刘温说着从嘴里突出一串长长的烟雾。

“这可比小枫大了快二十岁了！”刘桂怜冷笑，又看了看刘温，“你咋想的？”她想到这个王养盛是个正常人，一不疯，二不傻，她之前也考虑过要是找不到年龄相仿的，给找个年纪稍大的也无所谓，可这二十岁的差距确实是大了些，比那个郝小替还大。

见刘温没有明确的表态，刘桂怜知道他心里发愁，又问：“三十六岁的人了，这个王养盛就没娶老婆？”

“娶了，前几年死了……”

“咋死的？”

“病死的。”

刘桂怜又问：“养了几个孩子？”

“就一个女子，十二岁。”

“……比小枫小不了几岁……”

屋里再次陷入沉寂，灶火时不时“吧嗒”响两声，烟雾布满整个窑洞。

落阳终于回来了，天已经完全黑了，一家人围坐在一起吃晚饭。吃罢，落守忠趁几个孩子出去玩，提出供养落阳、落明的事。落有财靠在炕栏上，摇摇头，说：“落阳、落明是我孙子，而且还有守吉呢，两个娃都听话，不费事。”

“守忠，哥知道你的一番好意，就像爹说的，这个家还有我在呢，小莲这孩子也能顶上事了，你们两口子这些年攒下的，这段时间差不多都掏空了吧，况且你们还有落矮要操心了。”落守吉说。

“我和赵珍两个劳动力，总能顶住，三叔身体大不如前了，现在就你一个人劳动，负担实在太重了，所以我俩合计了一下，一个娃两个娃都一样的，而且他们几个在一起互相也有个伴。”

“守忠，这件事不能让你一个人负担，我和落文也是两个劳动力，落文还没成家，这里数我光景最宽松，让孩子们跟我吧，而且这两个小子小时候最爱缠着落文，所以你们都不要争了，守祥那边的房子留着，让两个娃过来跟我住。”落守昌把烟捻灭，眉头紧锁，落守祥的死，谁也想不到，虽说是不小心意外起火，但归根到底，他们都有责任，但凡换个没喝酒的人去守夜也不会发生这样的事。所以他明白落守忠提出供养两个孩子是出于什么样的心情，因为他自己也有着同样的心情。自从那场大火以后，这种感觉如同一股越燃越烈的巨火，灼烧着他的心，就算今天落守忠没有提起这件事，他也会私下去找落守吉。

落有财咳嗽了几声，继续说:“你们都是好心，但这件事还是听我的，这两兄弟暂时跟我住，等日后实在困难，养活不起了，你们能帮则帮一把。”落有财在这一年发现自己真的老了，以前他并不觉得，他是一个骨子里好强的人，年轻时脾气大，穷够了也不服软，走南闯北这么多年，该见的世面也见了，该受的苦也受了个遍。他用干枯的手一下一下地摩挲着扫炕笤帚，缓慢地回想这些年的经历，硬硬的木刺卡在老茧上，并不穿透，与指甲盖旁的倒刺相互交锋。

落阳一个人在门口站了很久，隔着窗户纸，揣在裤兜里的拳头早已紧紧攥住……

二十一

春节后，公社陆续恢复劳动，白柳村大队支部委员会迅速召开了关于修路事宜的会议，会议由支部书记李志诚主持召开，各生产小队队长、副队长、队员代表参加会议。李志诚把大体情况做了简单阐述，他看了看满屋子的人，决定让在场这些参会的人共同讨论修路方案，于是清了清嗓子，说：“这个事很简单，就像我刚才说的，至于具体的方案，大家伙儿商量商量，看咋分工，咋修。”

屋里瞬间炸了锅，你一言我一语。

“三米宽的路，一点五里长，那总要先测量了吧！”

“那肯定得测量。”

“从大路往上，不远就有个岔路口，那咋办？”

“肯定向南那条路修，还能咋办？”

“凭甚？咋就不能朝北修？

“南面路又宽又平，多好修！”

“就是，放下顺顺的路不修，北边那梁子上面走的人不多，有甚好修的了！”

“路不好才要修的。”

李志诚看着一群人叽叽喳喳半天，说不出个所以然，不禁说：“一个一个说，站起来说，就说咋修，不要说些没用的！”他显然有些不耐烦了，每回开会都是这样，最后什么结果也说不出来。

李俊鹏坐在最后面的凳子上听了半晌，他们所提到的问题自己之前都考虑过了，问题和矛盾不管怎样看，依然是那么几个，绕来绕去，无非就是这条路怎么修，修到哪儿，能不能从自家门口过……虽说是集体的劳动，但到个人头上，就是利益大与小的问题，多与少的问题，站出来嚷几句，吵几嘴，能借到社会主义的东风更好，借不到也谈不上吃亏。李俊鹏不出意外地看到李志诚皱起的眉头，阳光照在他的左脸上，“川”字形的眉头投射出长短不一的黑色阴影。

“队长，你有好办法没？”右手边坐着的段波问。

自从落守祥意外去世后，李俊鹏就被选为第二生产小队队长，接替落守祥原来的位置，修路的事一直以来都是自己跑在最前面推动的，这些天自己也想了很多，好办法说不上，但想法早就有了。

李俊鹏没有回答段波，而是站起来说：“我代表我们二队说几句，第一，测量施工路线，制定施工计划。至于分岔路口那往南修还是往北修，不是看哪儿人住得多，修路是为了咱们拉车方便，我们的驴车、粪车、草料车不管到社里还是到耕地，每次都要从南边的那条路走，基本上不走北边的路，所以新路只能朝南通，等测量结果出来了，迅速制定施工计划，按照施工计划给每个生产小队布置任务。

“第二，既然上面的规定是这条马路宽三米，长一点五里，咱们生产队总共是三个生产小队，那就以生产小队为单位，每队半里，一个劳动力每天按十分算，多劳多得，少劳少得，统一出工，统一完工。

“第三，修路肯定先要平整土地，到时候是要用铁锹挖土，用笼子箩筐装土，用扁担挑土，用小平车倒土，然后再挑石头，填路，不管是人抬肩膀扛，还是骡马驮运，工具最好社里统一安排。”

李俊鹏一口气说完，现场突然安静了下来，大家好像在思考刚刚提到的几个问题，所以没有人立即提出反驳。李志诚面色如常，像早就知道李俊鹏会有这样的发言，他看着参会的人各怀心思，端起杯子慢悠悠地喝了口水，说：“其他人呢？还有没有要说的？”总不能只听一个人的意见，更何况还是他儿子。即使其他人早习惯这父子二人唱双簧。除了主张在北边修路的人，其他人并无不满。

“那北边的路就不修了？我们那圪梁上的路本来就不好走，当时投赞成票也是为了这档子事，要不然，谁会愿意动镇白石？”北面梁的赵三有些不满，投票前啥都好说，这一投完票就不把他们当回事了，同时，心里后悔老早没提要求，否则现在也不会这么被动。李俊鹏说的几条建议轻易就把全村人带着走，他们北面梁住户本就少，这事争取起来就更难了。

“俊鹏，当初你来拉票的时候我们北面梁的乡亲们可是最支持你的，从没说过一个‘不’字，也没叫你为难，现在，你也要考虑考虑我们的难处了。”赵三老爹说话比赵三委婉，也更通人情，说得反倒让人不好反驳。

李俊鹏有些头疼，他发现村里搞工作，很难有一件事是所有人都同意、都支持的，一百个人里，即使九十九个人同意，也会产生一个反对的意见，不管怎么处理总不能让所有人都满意。“赵叔，我明白您的意思，但修路毕竟是全村的大事，最起码先要测量完长度才能具体讨论，如果到时候有盈余，那自然会考虑北面梁那条路，但要是有短缺，肯定要以集体利益为先，您也是咱公社老同志了，思想觉悟比我们这些年轻人要高，到时候不用我说，您自己心里也有主意！”李俊鹏把赵老汉噎了一下，北面梁剩下的几人也不好再开口，只能等测量结束再做打算。

散会后，李俊鹏惊喜地收到段涛来信，他不知道段涛是否给家里也写了信，毕竟没有听到段响亮和段波提起。于是他迫不及待地拆开黄棕色的信封，细细地读了起来。段涛信里说过年之所以不回家是因为他在研究所附近找了间房子，和三个做工的人一起住，白天那三个人出去做工，自己就一个人复习，准备明年的考试。做工的一个工人告诉他附近研究所里闹斗争，整天鸡飞狗跳的，这些文化人吵起来也会脸红脖子粗，拍桌子骂娘哩！虽当笑话听，但这件事还是让他很担心，他没有说具体担心什么，但从字里行间，李俊鹏还是能读出写信人隐隐的不安。形势的问题谁也说不准，这里面复杂得很，根本不是他们所能掌控的，相反的，它却能轻易地掌控、摆弄所有处在其中人的命运，如同风吹起一粒尘埃般轻而易举，他们只能接受所有变化。李俊鹏颓然地放下信，他清楚地明白这里的“他们”自然包含自己，也包含所有人。站在顺风处的人会乘着这股东风扶摇而上，而不幸站在逆风处的人则要学会接受、承受这种事与愿违，并在其中磨炼出坚韧不拔的毅力，来面对疾风，抵御暴风骤雨……

第二天，社里负责测量的人便准备就位，所有人都很关心这件事，拥挤的人群便是最好的证明，有点经验的人更是坐不住，挤在最前面滔滔不绝地指点江山。也有意见相左的，因为有经验的人不止一个。同样的，但凡一件事情有了超过两个富有经验或是超过两个自认为他们具有指导这件事的能力的人时，就开始变得复杂起来，就会有不同的声音，顺便产生或大或小的争议。于是，人群里变得开始吵吵嚷嚷。

北面梁的几家人紧跟着不甘示弱，据理力争，奈何抵不过南坡人多势众，测量的尺子如愿从分岔路口向南延伸，观望与指点江山的人群跟着向南移动，他们头顶的灰尘也跟着向南移动，并在奔涌而来的潮流里新生出更多的尘晕。这时，北面梁安静下来，尘土缓慢地重新落回不久前才被冷落的地面，继续以一种原始的野蛮姿态匍匐在巨大的山峦上，跨越崎岖，攀爬而上，与无比辽阔的天际坦诚相对。

镇白石在白柳村很久了，久到没人知道它是什么时候被谁搬到这里来的，抑或它原本就在这里，甚至比白柳村存在的时间更久。这些都无法考证。这块大石头高有三米，宽约四米，卧在大路最中间，让所有进村的推车都得从两侧绕行，要修路就必须先将它挪开。原定的方案是在石身绑几根粗绳，由十来个汉子一齐朝一个方向拉。王阴阳守在一边，一句话也不说，任谁问，都只是摆手。搬镇白石是村里的大场面，几乎满村的人都赶来围观。烈日下，汉子们嘿咻嘿咻地拉着，人群里的小孩们也跟着喊。折腾了一上午，石头却纹丝不动，甚至增加到二十人，将绳索齐齐绑在腰间，也没有效果。于是人群里有开始喝倒彩的，有说风凉话的，觉得无趣的婆姨们便散了，三三两两结伴回家做饭去了。只有王阴阳仍呆坐在原地，面色依旧铁青。晌午，所有人都回家吃饭，只有他还坐在那儿，不吃不喝。李志诚劝了几回仍不为所动。

下午，村里的大事仍是搬运这块石头。有人说，这石头在此地年头太长了，恐怕早已经长在地里了，要先让它的底部松动了才好移动。于是，一群人用铁锹在石头四周挖出一个巨大的坑来，再用长长的木椽进行撬动，随着撬动木椽的人齐喊“一、二”开始使力的时候，腰绑绳子的汉子再喊“三、四”开始拉动，连续二十几个来回，镇白石才勉强松动。中途交替换了好几拨人，直到傍晚，才将镇白石挪开。王阴阳守在一旁一整天都没有吃饭，不管谁叫都不理，李俊鹏拿来饭他也毫无反应，整个人呆愣着，像在跟自己置气，直至镇白石完全被挪走后，他才径直起身离开。镇白石被挪开，意味着修路的工程紧锣密鼓地开始了。

二十二

学校还没开始上课，村里每天有很多孩子到处野跑，落矮拿着自制的弹弓到处找鸟，准备和落明一较高下。“你哥又去哪儿了？”最近总是不见落明的人影，这让落矮觉得很奇怪。

“去找王阿青了。”落明把目光瞄准最近的一棵老槐树上的鸟。

“找他做甚？”落矮想到那个比他们高出一个头的小子，不理解落阳为什么总爱跟比他们大上许多的人待着。况且王阿青快十九岁了，整天游手好闲，自己之前听过村里好些人说他的坏话，所以认为落阳跟那样的人凑在一起不是件好事。

“谁知道呢？我哥甚都不说。”落明随口抱怨着，下一秒就被什么东西吸引去了，“你看！”落明忙用手指着远处。

“咋了？”落矮疑惑地问，并顺着落明手指的方向看过去，随即瞳孔一缩，“李拐子！”他惊得出了声。不过距离很远，李拐子并没有注意到他们，仍是一瘸一拐地走着，手里还抱着一个包裹，他走得很快，要不是那左右摇摆的幅度过大，那速度都要让人忽略他腿瘸的事实了。

“他要去哪儿？”落明问。

“这不是回他家的方向……”落矮一边思索着一边说。

正当两个人在思考李拐子有可能去的地方时，一个声音幽幽地从身后传来，“统万城！”

两人吓得差点跳了起来，转身一看那人正是乔桥。“吓死我了！”落明激动地说。

“我说他去统万城！”乔桥指着远处的李拐子重复道。

“你咋知道？”落矮疑惑地问，他不知道乔桥怎么会出现在这里，还能说出李拐子的行踪。

乔桥神色突然紧张，声音也没有刚才松弛，说：“我跟了他好几天了，他每天都去。”

“去那儿干甚？那有人吗？”落明问。

乔桥摇摇头，表示自己也不知道李拐子为什么会有这样的举动，正因为疑惑，所以她才每天都跟过来。

三个人互相交换了个眼神，心照不宣地悄悄跟在后面。他们顺着李拐子出来的地方一路往前走，统万城赫然出现在眼前。落矮看着远处那座土白色的建筑，并没有其他感觉，在来到白柳村不久他就去过一次，并没觉得多有趣，这里的一切都与自己之前所梦所思的不同，甚至是完全不相干。落明和乔桥自幼在这里长大，因此对统万城完全没有好奇，唯一能激起他们好奇心的只有李拐子。三个人藏在远处的老槐树后面，不可思议地看着李拐子一手抱着怀里的包袱一边往上攀爬，他手脚并用，竟然快速且灵活地爬到了统万城最高的平台上，然后一闪身，不见了。三人等了好一会儿，不见李拐子出来，便慢慢靠近统万城。落明沉不住气，准备像李拐子那样往上爬，结果刚爬到一半，就听到了上面的动静，吓得他直直跌了下去，跌倒在地上，几乎是一瞬，闪身躲到土墙后面，顾不得腿上剧烈的疼痛。

三人皆屏住呼吸，直到李拐子从高台上下来并走远后，才敢探出脑袋。落矮察觉到落明不自然的脸颊，才注意到他的裤子在膝盖处蹭破了个洞。“你没事吧？”他问。

落明摇摇头，显然还没有从刚才紧张的情绪中缓和过来，脸色有些发白，额头渗出一层细密的汗。

“要不要上去看看？”一直盯着上面的乔桥突然提议。她已经盯了这个地方好几天，一直想上去，结果每次到了跟前都没有勇气爬上去。今天不一样，她不是一个人。看了看面前的落矮和落明，她终于鼓起了勇气，准备解开萦绕在心底的谜团。

落矮的眼神重新回到落明身上，“你行吗？”对于乔桥的提议，他毫无异议，唯一不确定的就是刚刚撞到腿的落明。

落明感受到另外两人的视线集中到自己身上，他当然知道他们是什么意思，感受到腿部传来的剧痛，但仍是咬了咬牙说：“当然行！”

于是三个人开始顺着李拐子下来的地方往上爬，三人身量都轻，很快就爬了上去，所谓的高台其实是一块不大的土黄色平地，一旁有一个幽黑的洞穴，当他们开始从洞口往里探时，突然感觉到前面有个人影，等他们看清面前的人，皆吓了一跳，眼前的人是个女人，从她的外形来说确实是一个女人，她长了一头乌鸦羽毛般稠密发亮的头发，发丝并不细软，反而如同马鬃一样粗，垂到腰间，看上去二十几岁的样子，穿着一条红色长裙。乔桥盯着裙裾看了许久，她从未见过这样的衣服，细看还有一些绚丽的花纹，再往上是一个黑布壮袄，把上半身裹得严严实实。只是她的脸非常怪异，半张脸端庄秀美，另一半脸布满青绿色蛇纹，但这蛇纹并不光滑，那些晶莹的凸起更像是某种鱼的鳞片，从饱满的额头，狭长的丹凤眼，一直到绛红色外突的嘴唇，每一处本该细密的皮肤都被深深浅浅的可怖鳞片包裹着，它们皆朝下方排布，鼻尖透光，蜥蜴般冰凉，从鼻梁的正中间阴阳分割。在那个土白色的土窟口，迎面站着，从她的脸上看不清任何表情，或许她本就没有做出任何表情。她到底是谁？怎么会长成这样子？

“啊——”不知是谁的尖叫声突然响起，三人一齐朝后退，直直退到洞外。女人的嘴角艰难地扯出一抹笑，不知是不是面部僵硬的缘故，嘴角向上勾起的这个过程极为缓慢，而正因为缓慢，显得一切更加诡异了。女人向前挪了一步，短暂的对视，让人无意识地挪不开眼。

她的出现，似乎让原本荒凉的统万城瞬间变成了一片荒野。

“我叫多萝。”她的声音幽幽地传来，没有一丝厉色，反而极其温柔，和普通的女性并无差别，却与她骇人的半张脸极不相符。

“你的脸，怎么……”落矮把落明护在身后问，他没有注意到自己的声音有些颤抖，落明与乔桥也没有发觉，因为他们此时同落矮一样紧张。这个向后拉扯的动作碰到了落明膝盖上的伤口，他发出“嘶”的声音。“疼？”落矮回过头，看到落明痛苦的表情，脸上扭曲成难看的形状。多萝看了一眼落明，说：“你们等我一下！”说罢转身朝她出来的那个发白的土窟走去。

“她是谁？没听说统万城里还住着人！”乔桥仍是不可置信，女人轻柔的声音让她逐渐放下最初的恐惧与防备，在这个叫多萝的奇怪女人身上并未感受到危险的气息。“她咋认识李拐子的？我们要走吗？”乔桥发现自己的担忧仍是落在李拐子身上。

…………

三人谁也没拿主意，因为那个女人让他们等会儿，出于好奇，他们仍在原地。不一会儿，女人拿一块纱布出来，上面涂有黑色的液体，中间的部分浓密黏稠，边缘处的水渍渗透到下层，颜色逐渐因为稀释而变淡。“让他坐下，上药。”她看着落矮说道。这个叫多萝的奇怪女人竟然进去拿了药，落矮与落明盯着那半边布满蛇纹鳞片的脸，对视了一眼，随后在土窟口的空地上坐了下来。落明拉起宽大的裤腿，又伴随着“嘶”的声音，才看清刚刚摔伤的地方已经变成猩红色，伤口处不可避免地被泥土所污染，血迹黏糊糊的，不少已经沾到划破的裤子上，看起来很严重。多萝动作十分娴熟地把涂了药的纱布捂在伤口处，落明此刻已经紧紧咬着牙关，在冰冷的触感猛地传来时还是忍不住打了个战。“有点疼，忍一下。”她说着把纱布多余的部分在膝盖上绕了几匝，并打了个简单的结作为结束。

“谢谢！”落明龇着牙说。

短暂的接触，让他对于这个住在统万城里的奇怪女人有着出人意料的好印象，她的身上有一种莫名的气质，他说不清楚那是什么，家人身上没有，村里其他人身上也没有，或者说，在他所接触过的任何一个人身上都没有见到过。多萝闻言笑了笑，很缓慢，长着蛇纹的半张脸也在笑，和正常的脸不同的是，带有鳞片的嘴角在横向拉伸，与旁边的鳞片发生挤压碰撞，没有变形，反而折叠成另一种形状，高高的隆起，在突起的顶点变得单薄、透明，青蓝的色系显得那里的温度也低了不少，即使穿着火红的裙子，整个人看起来依旧带着清冷的气息。三人出奇地看着多萝脸上的变化，恐惧不禁变为惊叹。

多萝看了看远处，再没有看到别的什么人后放下心来，说：“进来坐吧！”她的声音依旧柔和，具有女性独有的温情，给人以无尽的遐想。

这是在邀请他们，或者说她不想待在外面。不管是出于哪种原因，都足以让他们感到兴奋。落矮扶着落明站起来，乔桥已经走在最前面，跟着多萝进了洞窟。与普通窑洞不同，从高高的入口处进去，经过一条极为幽深的狭窄走廊，一路蜿蜒，光线极暗，映射出空气中游移着的细小尘埃，它们不停地变换着空间，在方寸之间。多萝走得极为轻松，甚至听不到她的脚步声，红色的裙裾将她的整个脚部遮盖，且不沾染一丝灰尘，整个人犹如脱离了地面一般隔空飘浮，而身后的三人则需要扶着粗糙的土壁缓慢地顺着一个低矮的坡道朝下，待到光线逐渐明亮，才能姑且看到眼前的场景——一个极为精简的内室。室内有张与土壁连为一体的矮炕，上面铺着一块薄薄的浅蓝色长毯，矮炕仅仅是矮炕，因为它的另一头并没有一个类似灶火一样可以用来燃烧柴火的空心体，所以并不能通过烧火来达到取暖的目的。墙上有光线漏出来的部分——一个个大小不一且毫无排布规律的孔隙中并没有任何遮挡，冷风依旧可以肆虐着长驱直入，侵袭着冲进室内，同时带来寒气，这里的温度比外面还要低。这是三人的第一反应。陕北的冬天总给人极为漫长的感觉，寒冬数九，要数过九个九，气温才能回升，常言道：一九二九，不算九；三九四九，罅门叫狗；五九六九，水到浮头；七九八九，开门大走；九九又一九，耕牛遍地走。所以冬季与春季都是灰蒙蒙的一片，不论是草木还是气温，很难看出其二者的差别。这样的气候让人疑惑她是如何在这里度过这么多年的。室内西侧摆放着一个并不高的木桌，桌上摆着一排整整齐齐的瓷瓶，兴许装的是些药水，一个茶壶和几只碗，靠墙的角落里堆着一些深棕色的瓦罐，有高有低，有的是敞口，有的则用木板盖住，桌旁只有一个圆形小板凳，上面刻着深深浅浅的岁月的痕迹。除此之外，屋内再没有别的物品，更没有煤油灯，以及任何做饭用的工具。

“要喝水吗？”多萝拿起墙角中的一个瓦罐，揭开上面的木板，要给三个孩子倒水。闻言，面前的三人同时摇头，干涸的唇瓣显然能够证明他们不是不渴，而是出于别的什么原因。多萝也不勉强，让他们坐在矮炕上休息，等落明的腿稍好一点再走。于是在接下来的聊天里，他们得知多萝的脸似乎天生就是那样，按照她的叙述，她从记事起就这样了。同样，从记事起她就一直住在这里（统万城最高处的土窟里）——并且是一个人！至于住了多久，为何常年不为人知，这也是个谜。在一个不大的山沟沟里，村民们世代居住在这里，凭空多出来一个人本就不太现实，而且还是多萝这样样貌“特殊”的人，落矮始终不敢相信这一切是真的。他不禁回想起到这里之前他关于统万城的种种幻想，关于庙宇，关于溪流，甚至是神秘的僧侣，那些奇异的事物与眼前的土窟、神秘女子、蛇纹鱼鳞脸好像存在着某种千丝万缕的关系，他（它）们之间那么大相径庭又那么相似。这种不可调和的矛盾让人惊骇，他感到头皮一阵发麻，而后，他的脑海中突然升腾起一张脸——李拐子，多萝说他叫李乡，并不是什么李拐子，或者是出于李拐子为她送了长达两年的饭的缘故，她对李拐子一直心怀感激。正所谓“吃人嘴短，拿人手软”，落矮暗自腹诽。就连与世隔绝的多萝也不例外，可见这不全是人情社会的产物，是人的天性。

现在，多萝让他们完全颠覆了之前对李拐子的印象，他无条件地保守着多萝的秘密，甚至默默地照顾了她两年。落矮想起了去世的干五爷曾说看人不能看表面，原来竟是这个意思。三个人都从彼此交互的眼神中看到了羞愧。太阳又要落山了，正如它每天都要从另一边爬起来一样，那团橘红色的圆盘是朝阳也是旭日，如同复杂的人生一般，同样陷入矛盾，并在这个每天都要来一遭的矛盾中，反复地照射着不尽相同的光，这光又一次降临在这座苍凉而又孤独且布满数不清土窟的白色墙体上，厚厚的马面墩台上的杂草坚韧，在余光中投射下细长的影子。

往回走的路上，影子拉得越来越长，虚恍恍地被扭曲成各种形状，三人很默契地放慢了步子，也很默契地不提起刚刚发生的事。那个女人仿佛有种魔力，以至于他们对于她的印象始终聚焦于那甜美的轻声细语，而不是那半张可怖的蛇纹鱼鳞脸。落矮脑海里再次回想起多萝的声音，以及那些完全无法理解的话语，尤其是在说到简陋的内室时，多萝的观点让人觉得不可思议，她说这个世界上没有哪样东西是真正属于她的，每个人都一样，更确切地说，她的意思是人类只是在某个时间，或是某段时间短暂地拥有了某些物品的支配权，等到人死后，这种权利便不存在了。虽然不能完全弄明白她是基于怎样的经历得出这样的结论，但落矮仍抱有怀疑，在物质如此珍贵的当今，哪怕片刻的拥有都极为珍贵，人们必须付出时间、付出劳动来换取，只要与计算公分的社员聊一聊，或是去供销社转一圈就能发现这些无需解释的社会规则如何以一种看似公正的方式支配着每个人的一生。这种权利非常重要，哪怕只是片刻属于人们。落矮想到家中灶盆里放的黑面馍，他可以肯定黑面馍被自己吃掉就真正属于自己了，它能缓解饥饿，对于一个饥寒交迫的流浪汉来说它能救命，基于此，人死后能否拥有已经并不重要了。于是，他从心底否定多萝的这种观点，他短暂地松了口气，就如同他短暂地觉得自己钻了某种空子，但是迟早有一天要重新思考这个问题。他为什么会思考这样的问题，这本就不可思议。

“喂——”远处传来少年的声音，三人停了下来，这个声音正是他们所熟悉的声音，于是他们眯起眼向前张望。“是我哥！”落明有些欣喜地说。远处的人影挥动手臂，正朝他们招手，待走近了落阳才注意到落明别扭的走路姿势，问：“你腿咋了？”

“不小心摔了一下。”落明看了眼落矮和乔桥，有些心虚地说。

察觉到几个人的眼神交流，再看向远处统万城迷糊的影子，落阳的心突地揪了一下，他不知那是一种怎样的情绪，一下子焦虑起来，伸手就开始摸索弟弟的裤子，问：“伤哪儿了？”

落明显然对哥哥突如其来的举动表示震惊，来不及推脱，膝盖上的纱布已经暴露在眼前，受伤的部位渗出黑色的印记，结尾处打了一个简单的结。三人不难发现落阳此刻阴沉的表情，他的嘴角紧紧抿着，陷入了短暂的沉默，对面的三个人并不知道沉默的落阳此刻的内心犹如波涛汹涌的大海，剧烈起伏着，他在思索，在犹豫，最后缓慢地说：“你们都知道了。”不是问句，更像是在陈述某种既定的事实。

这次轮到三人沉默，毕竟他们刚刚才建立的默契与共识在短暂的时间间隔后就要暴露在眼前。“知道甚？”乔桥装作什么事也没有发生，抬起头，黑宝石般的眼睛盯向落阳。落阳不看她，更像是有意避开她过分闪亮的眸光，停顿了片刻，才说：“多萝！”

“……”

“哥，你也知道？”落明惊讶地说，随即，他想起在那个极不平凡的夜里哥哥落阳曾骗自己去找落矮问李拐子的事，还说李拐子其实是个好人。而落矮满脸疑惑的表情让他认为这只是个简单的恶作剧。他突然反应过来，原来早在那个时候哥哥就知道李拐子的事，甚至已经见过住在统万城里的多萝了！

落阳没有说话，但从他的眼神里，其他三人很快明白了——他知道！

落阳再次看向远处那座孤独的土白色建筑，仿佛近在咫尺，某一天，那难忘的一天注定不同寻常，但在那之前他被某个诡异的身影折磨了许久，分明是肉眼看到的景象——红裙女人！竟像是会飘移一般，在山脊上只是一晃，便不见踪影，她的背影不是缓慢地变远再消失，而是“唰”的一下，只一眨眼工夫就无影无踪，他下意识地想到了鬼或幽灵！他记起小时候听村里老人吓唬小孩子的说法，可任谁也不会相信，即便是村里的三岁小孩也不会相信——统万城真的有鬼！可他无法欺骗自己的眼睛，在离统万城最近的一座山塬上，他无比清晰地看到了那个红裙女人的背影，如果只是一次，他或许能安慰自己那是错觉，但同样的错觉不会接连出现好几次，如此频繁的，在同一个地方，甚至每次的细节都如出一辙。只是每次都来不及看清女人的长相。

那段时间，他都像失了神一般，连对落守祥阴晴不定的情绪都无法在意，他或许遇到了比落守祥更加可怕的存在，他说不清那到底是不是一个人，即使，从心底希望那是个有血有肉的人，而不是别的什么。他陷入了某种令人惊恐的循环，以至于每晚都会从千回百转的梦中惊醒。那个女人再次出现在他的梦境中，仍是那个背影，梦里的他不再是个胆小的家伙，他不断地鼓起勇气，试图在她出现时立刻向她靠近，必须弄明白那到底是个什么东西！他默念着，以此来暗示自己。一定要看到她的脸，等她转过身的时候，就算她不转身，也要想个什么办法从正面接近她，于是他陷入了某种深邃的执着，可每一次，当他要走近她的时候总会遇到某些羁绊，就在脚下，他发现自己不能像往常一样自如地移动自己的双脚，但是当他低下头，入目的是赤条条的两条腿——自己最熟悉不过的腿，以及那双脚，同样没有任何牵绊与阻碍，可任凭自己怎么用尽全力都不能移动半分，于是他只能眼睁睁地看着那女人一点点消失，梦中的她以一种极为缓慢的方式飘远，她离去的方向正是那座再熟悉不过的土白色建筑，即使周遭黑黢黢的，可他就是知道，那里的所在——那个女人消失在那座名为统万城的建筑物了！他感到意识逐渐地回归于自己的躯壳，没有一丝痛感。这个过程究竟持续了多长时间，难以计算，接着身体开始慢慢积蓄力量，并全部汇聚到双脚，一刹那，冰凉的触感和剧烈的疼痛刺激着他的神经——撞到墙上了。这让他瞬间清醒过来，隔了好一会儿，他才反应过来自己在炕上，而入眼的是昏暗的光线透过窗户纸，并在上面映出窗棂的形状，天还没亮。弟弟落明的身体近在咫尺，落阳费了许久终于看清他的轮廓，周围一片死寂，他甚至听不到落明的呼吸声，心里一动，他凑过去，在感受到对方温热的鼻息才收回手，四周笼罩着压抑而惊悚的气氛，他感到自己紧绷的神经并没有得到缓解，反而开始变得木然。

接连好几天，落阳都到那个地方——女人出现的地方，他感到非常痛苦，必须要做个了断了，他咬着牙，瞒着所有人，又一次站在那个诡异的地方。第一次，他的意识非常清醒，并且没有之前梦里的恐惧，反而涌起了一股强烈的前所未有的勇气。他在等，等那位不速之客，在给她足够的时间，让她在他面前现身，只要她再次出现。就连他自己也没有意识到，自己竟开始期盼，期盼那个女人在四下无人之时，出现在空空的山冈。落阳找了个适宜的位置坐了下来，他站得足够高了，从这里望下去，山底的景色一览无遗，周围没有高大的树木，也没有别的巨大的植物——她无处可藏！只要她出现，他就可以以极好的视野彻底地看清她的真面目。这个过程一直在继续，他感到亢奋，不知过了多久，落阳的心开始煎熬，时间每数过一秒，他的勇气就丢失一点，察觉到这一心理变化的他开始感到烦躁，站起来又坐下，不知重复了多少遍，温度在下降，他决定无视这一事实并开始祈求，祈求那个女人快点出现，不管以何种形式，只要重新站在他面前就好了——像梦里她经常出现那样。好像感应到他的祈求，倏的一下，风开始颤抖，透过山峦，夕阳渐渐褪去，黑暗将要吞噬掉一切生机勃勃的东西，山峦陷入无处不在的沉寂之中，裹挟着周遭的肃杀之气，落阳突然睁大了双眼，瞳孔定格在某处，全身的血液瞬间凝固，他的身体已经完全僵硬……

二十三

正月十五过后，修路这项工程在解决了镇白石这个难题后按照预定计划有条不紊地进行着。落守吉每天早早便出去劳动。落阳、落明两个孩子去上课了，没课的时候也跟出去拾粪。落小莲炉子上的药熬出来，放在落有财的炕头，把午饭用的米下到锅里，和落有财打了声招呼便提着箩筐出门了。这个季节，山上光秃秃的，能干的活儿无非就是挑粪、挑石头，落小莲抬头看着明媚的阳光，此刻正发出巨大的透亮的光，把山野清晰地呈现，空气里说不出的澄澈，虽然带着冰冷的寒风。她一路朝着挑石头的地方走去，心里祈祷着不要碰见李俊鹏。几天前，也就是正月十五那天，她在西凉河边遇到李俊鹏，她想不起来他来河边是为了什么，她没问，他也没说。他们之间的相处每次都氤氲着奇异的绵密的氛围，每次对话都像新装上弦还来不及调整的胡琴那样紧绷，她不敢与他对视，总是在说话的时候看向别的地方，但她心里知道那些景色并没有真正进入她的内心，所有的感官和注意力都汇聚在双耳，他说的每一句话，每一个停顿，每个字眼，包括重音停留的位置，气息的长短……所有的这些都牢牢地印在脑海，然后等到夜深人静的时候不断地在脑海里一遍遍回放。她无法梳理自己这种情绪，落小莲不明白这意味着什么，唯一能肯定的是她知道她在觊觎那个人。这让她觉得羞耻，对于一个见了没几面的人心生这样的念想，她觉得自己从刚刚结束的一种折磨陷入另一种折磨，犹如从一个坑里爬起，却又掉入另一个坑，在这些过程中，唯一不变的是长久以来的漫长的孤独。这些话她从未向任何人吐露，也许，正因为没有吐露心声她才会觉得孤独。可是每次等她回过神来想要说些什么的时候，目之所及都是硬邦邦的生活。她无奈地想到生活，想到爷爷告诉过她关于命运的那些话，这让她忽然觉得近在咫尺的李俊鹏真的近在咫尺，他并不遥远——如她一般，是个有血有肉的人。

那天，他就站在冰封未化的西凉河前，站在自己面前，双臂自然下垂着，侧脸清晰，河面巨大的冰折射着过分强烈的太阳光，将原本白色的微光更加明亮地投射到他的脸颊上。他的嘴角微动，发出邀请：“晚上一同出来走走？”那时她迟疑了，虽然她一字不漏地将他的每句话都刻在脑海里，但她的思绪婉转，飘忽到很久远的地方，就像一个苦行的僧侣，而且因为距离太过遥远，她来不及向他回应什么，所以只能眼睁睁地看着他们之间的空气开始凝固，温度骤降。她只记得等自己回过神的时候，已经走下了西凉山，李俊鹏在自己身后的不远处，顺着她的脚印，慢慢地走着。他们之间始终保持着不远不近的距离。她不敢回过头看他，却也并没有因此加快脚步，这个缓慢的过程始终呈现出某种混沌的状态，且有一种迷离的香气萦绕在他们周围，任凭剧烈的冷风狂野地吹袭也不曾消散……一直走到岔路口，走到家门口，落小莲才敢回头，看着空无一人的小路蜿蜒着消失在视线尽头。

接下来的几天，落小莲开始感到后悔，后悔自己无缘无故跑到那么远的地方，后悔遇见李俊鹏，更后悔自己的所作所为，唯恐自己的态度轻慢了对方，她无比抗拒地回忆起当时的情形，但总是事与愿违地回忆起当时的情形——无比深刻。他会怎么想？她犹豫着，沉默就是拒绝！在她还未彻底想清楚之前，就已经用沉默拒绝了一切开始的可能，在可能开始之前就没有可能了。她呆愣着，对落守吉的呼唤充耳不闻。她麻木着，对落有财复杂的视线默然不见。落小莲把饭端上桌，看着同她一般呆愣着的落阳与落明两兄弟逐渐变得模糊，像隔了层纱。

人群三三两两地聚集，拿筐和铁锹来回铲着，落小莲无声地投入劳动，只和一同干活儿的人应答几句。她听到有人叫“李俊鹏”的名字，惊得她瞬间把头压得低低的——他在这儿！她向前挪动，以缓慢的速度和毫不起眼的姿势，逐渐远离声音的来源。在装了不到半筐石头后，额头上渗出细密的汗珠，她顾不得擦，只想快点逃离这里，就在下定决心抬起头准备离开时，一双眼睛对上了她的视线，是他。四目相对间，谁也没说话，落小莲忙低下头装作什么也没发生，抬脚离开。只剩李俊鹏仍站在原地，看着她的背影越来越远。

“俊鹏哥，你看啥呢？”

段涛的弟弟段波自从在县城念完书回来后，就一直跟着李俊鹏，虽说是父亲段响亮的意思，但主要因为他从小跟在哥哥段涛和李俊鹏的屁股后头，早已经习惯了追着二人的脚步，李俊鹏早把他当作自己弟弟。此时，段波看着李俊鹏突然发呆的样子，于是顺着他的视线看过去，落小莲已经走远，身影早变得模糊，段波疑惑地张望了一会儿，并没注意到哪里不对。李俊鹏摇了摇头，示意段波继续劳动。

落小莲直到跑出了很远的距离，双腿依旧没有停下，她的脸汗涔涔的，冰凉的空气吹拂过时带走大量温度，她逐渐冷静了下来，想到方才尴尬的场面，她觉得自己以后都没办法与李俊鹏见面了。

回到家，她像往常那样在进门时先叫几声“爷”，但没有得到回应，她一边放下手里的东西一边又叫了几声，还是没有听到回应。她的心猛然抽搐了一下，落有财躺在她出门时躺的老位置，姿势没有任何变化，只是他不发出声音，眼睛也紧紧地闭着。落小莲感到自己的手臂长满了鸡皮疙瘩，心在跟着猛烈地颤抖，“爷——”她轻轻地叫着，仿佛在唤醒一个刚刚沉睡的婴孩，伸手抚上核桃皮般干枯的奔颅，触感温热。落小莲来不及思考，翻身下炕，趿拉着布鞋一路狂奔，周身满是尘土，在脚下形成小小的风暴。她从未有过这种感觉，绝望又无能为力的感觉，心里有一种声音仿佛在告诉她将要失去一些什么了，这种感觉让她恐惧，眼前的路在不断被拉长，仿佛陷入一个没有出口的无限循环，时间变得漫长，耳边清晰地传来凸嘴乌鸦的哀号，悠长又凄切，它们不知从哪个方向飞来，扑棱着乌黑发亮的翅膀，引起一阵骚动，又悄然消失。四下空无一人，狂奔的脚步突然停下，乌鸦离去后短暂的安静让她忽然想起落守吉似乎不在前方，想到众人修路的地方，她瞬间回过头，来不及喘气，从相反的方向折回，面颊上的液体控制不住流了下来，分不清是眼泪还是汗水，瞬间冰冻。她觉得头脑发昏，迎面好像碰到了某个人，对方焦急地询问她发生了什么事，恍惚中她觉得这个人有些熟悉，似乎刚见罢不久，似乎是她害怕见到的人。然后她拉着这个人的手臂一路跑回家，看着他背起炕上的人，她能清楚地听到他的喘息声……

“等等！”面前忽然闪出的人拦住了他们，“俊鹏，咋了？”李拐子放下背上的竹筐，神色凝重地看着李俊鹏背上的落有财。“昏迷了，我去找车！”李俊鹏依然背着落有财，保持着前一秒的姿势。

“放下来，我瞧瞧！”李拐子面色严肃地说。“李叔？”李俊鹏疑惑，他第一次见到这样的李拐子，面容冷峻，气势逼人，完全不是商量的语气，更像是在命令。李俊鹏看着他坚定的眼神，一时竟说不出话。他看了看身旁思绪游离的落小莲，缓缓蹲下身，把背上的人平放在地上，焦急地看着李拐子，“李叔？”

李拐子没有解释，他伸出手触了触落有财的鼻息，半跪在地上以趴伏的姿势在他的胸腔前仔细地听着，接着挽起厚厚的粗布袖子从袖里掏出了一个小小的椭圆形药瓶，揭开塞子，倒出一粒黑乎乎的药丸，一把塞进落有财嘴里，整个动作干净利落，不等李俊鹏和落小莲反应，那药丸已经入了落有财嘴里，“李叔！”落小莲来不及制止便看到他从身后的竹筐取出一个军绿色的水壶，抬起落有财的头部，将瓶口对准他的嘴灌了下去。像是被呛到，落有财“咳咳咳——”地大声咳了起来。“爷——”落小莲拉着他的手惊喜地叫道。

落守吉家中灯火通明，屋内满是来回走动的人影。

院外的大柳树旁低矮的围墙下，落小莲看着夜色中李俊鹏晦暗不明的脸，平稳了下情绪后，轻轻地吐了口气，缓缓地说：“今天的事，谢谢你。”巨大的月儿半挂在树梢上，银白色皎洁的圆盘清冷地散发着淡淡的银光，轻柔如薄纱，曼妙的身影悄然抚过两人的脸颊，在鼻梁处投射下一片阴影。李俊鹏笑着摇摇头，说：“不用谢，应该的。”不同于落小莲的躲闪，他的视线始终聚焦在她身上，她原本就苍白的脸颊在月光下更加透亮，随风摇晃的柳树枝的倒影恰巧停留在她修长纤细的脖颈上，黑色的斑驳在白皙的肌肤上更加分明，如水墨画的一角，她的眼睛如同黑黢黢的晶石，闪着暗自低沉的光，格外深邃地镶嵌在巴掌大的脸上。他回想起每一次相遇，一直以来他都小心翼翼地和落小莲保持着某种距离，总觉得她身上有某种虚恍的气质，既遥远又影影绰绰的存在，每靠近一分就会远离一分，她的外壳如同一个被小心黏连起来的易碎的瓷瓶，仿佛稍一触碰就会瞬间瓦解，但就是这种极易破碎的脆弱感犹如磁石有着魅惑人心的魔力，不断令他着迷，引诱他一步步深陷。他的脑中总是不自觉地浮现出她淡漠疏离的表情，不同于寻常女孩的娇嫩甜美，她仿佛总怀有心事，眉间笼罩着一股淡淡的哀愁，让他想竭尽所能帮她承担一切悲伤与烦恼。他们之间的气氛又一次陷入了某种沉默的环境，他知道她又打算不说话了，就像之前的好多次那样，静静地站着，眼神不知道落在远处的哪里，像是不存在一样。

“那天，你怎么没来？”李俊鹏清澈的嗓音响起，打破了沉闷。他指的是正月十五那天，他们在西凉河边约好晚上出去散步的事。这些天他一直想找她问清楚那天晚上为什么没来，他等了许久，久到村里的灯火一盏一盏地熄灭，久到喧闹的雀儿归入山林，久到整个白柳村沉沉地睡去，她还是没来。他该恼的，有种被背弃的感觉，但是再一次见到她，那种情绪就瞬间消失得无影无踪，一定有某种原因让她不能出门，比如她的家人，又比如她会害怕走夜路……他彻夜不眠地想了无数种可能，最后带着一丝残念等太阳爬上了山。此刻，她就在自己面前，他不会再给她机会逃跑了。

“那天，不是拒绝了吗？”落小莲的声音紧了紧，因为李俊鹏终于提到这件事了，她不用再为怎样开口而苦恼了，既然避免不了见面，总要说出来才能化解他们之间的尴尬。

“拒绝？”李俊鹏不可思议地看着落小莲，这是他没有设想过的答案。他又一次回忆起那天的场景与他们之间为数不多的对话，他记得当时落小莲没说话，再接着，他们就一前一后地走下山……他猛地对上落小莲的瞳孔。

“你不说——我以为是答应了！”

“？”

“不说话就是默许吧……”

“……”

两人愣了半晌，李俊鹏忽然笑了起来，说：“是我误会了。”接着他泄了口气，一时不明白这是种怎样的感受，仿佛有巨物沉沉地压在胸口上，比不问还难受。看到对方脸上的笑渐渐消失，落小莲忙说：“我不是……我没有别的意思。”她忽然有些后悔做出这样的反应，既然是个误会，明明可以找个别的理由当作借口。一刹那，她开始不知所措，这些天她被那些名为顾虑与纠结的情绪不停地折磨，折磨得她快疯了，直到今天看到李俊鹏紧张的神情，她知道心里好像有一堵墙开始坍塌。月光如水，所有的故事都浮出水面，在柳条轻抚的矮墙下娓娓道来。

院里的人渐渐散去，落守吉站在墙角看了眼柳树下的两个年轻人，整张脸沉了又沉，他不是不知道落小莲和李俊鹏之间早已互生好感，对于李俊鹏这个孩子他没有任何不好的看法，甚至说在整个白柳村都没有比李俊鹏更出色的小伙子，但只要一想到他爹李志诚，就气不打一处来。怕什么来什么，落守吉万万没想到所谓的冤家路窄就是指他和李志诚。从小到大这几十年，他俩就谁也看不上谁，转眼半辈子过去了，偏偏两个孩子竟然看对了眼，这让他无比惆怅。而且对于小莲，他一直小心翼翼，这个孩子敏感，面子薄，最近才开始慢慢融入这个家，这是多么不容易，所以对于这件事，他从一开始就选择睁一只眼闭一只眼，不敢轻举妄动。况且今天发生的事多亏李俊鹏和李拐子，于情于理，他都欠下人家天大的恩情，这让他更加没了主意。

另一边，李志诚看着儿子深夜才从落守吉家回来，一张老脸气得比锅底还黑，这几个月，他们父子吵了好几回，看着杯底蜷曲的茶叶在淡色的水中伸展开来，很多事情仿佛早已脱离了自己的控制，他一开始以为儿大不由人，这小子翅膀硬了，又血气方刚，做事和段涛一样不管不顾，但再咋闹总归逃不出自己的挟制。王阴阳的事磨了许久才劝下，但透过最近的事，他愈发觉得自己这个儿子远非自己想得那么简单，他心里装着许多事，跟自己说话都是说一半藏一半，并且一早就有自己的盘算，他不跟自己摆到桌面上明着闹，但也不听自己的，甚至绕着弯弯把他老子也算计在内。想到这儿，他感觉自己憋了许久的火越烧越烈，端起杯子猛地喝了口水，滚烫的液体顺着喉咙一涌而下。自己年龄大了，除了白柳村，哪里还有他的位置？李志诚抬起手摸了摸自己两鬓逐渐发白的头发，垂下了眼角。事业与前途上自己基本没甚希望了，纵是再不甘心也必须承认这个冷峻的现实，这些年他把心里那团还未熄灭的火苗，把无限的希望全部寄托在李俊鹏身上，就是希望他能出人头地，为老李家争光，他李志诚吭哧吭哧地沉寂了这么多年就想扬眉吐气一回，给三河村看看，也给县里那群人看看。但事情的波折远比他的预期来得更早，也更难对付。他细细分析：眼下落小莲的事最为棘手，他冷哼了两声，心道这个落守吉真是好样的，生的女子也跟他作对！原本早让段响亮去跟校长打招呼，毕竟他早看出来孙老师一开始是情愿与李俊鹏见面的，谁知道第二回再去请，她竟一口回绝了。再细查才知道这个孙晶晶也算有自知之明——不像那个不知天高地厚的落小莲，敢麻缠他儿子！他转念一想就算孙晶晶再入他的眼，可家里成分的问题摆在那儿，要知道这可不是小事，万不可大意，就算她和李俊鹏都愿意，他也不会拿儿子的前途去冒险。听着隔壁屋儿子关门的声音，李志诚长长叹了口气，接着冷哼，哪怕孙晶晶不成，也轮不到她落小莲！想起落守吉这个死对头，他就气得牙痒痒，他咬着牙愤愤地想——这辈子死活不和落守吉当亲家！天底下的好女子多的是，他的儿子咋能让他落守吉的女子拿捏住？炕头的煤油灯里细长的灯芯影影绰绰，油要烧完了，火苗渐渐瑟缩着变小，发出一闪一闪的微弱的光，李志诚依旧睁着混浊的双眼，川字两旁的眉头仍旧紧紧拧着，久久思索着这些让人心烦的事，他不由地想到段涛和刘小枫，心上一动。

二十四

李拐子的事在村里很快传扬开来，人们没想到李拐子这种古怪的人还有这种本领，除了落家人对他感恩戴德，其他人只当茶余饭后或是劳动间隙的趣事谈。落矮几个小孩偶尔会偷偷去见多萝，这是他们共同的秘密。秘密自然而然地将他们联结起来，关系也更加紧密。所有人忙着修路，没人顾及这些整天灰头土脸的捣蛋鬼。时间飞快地流淌，冰封的西凉河厚重的冰面逐渐松动，发出“吱吱”的碎裂声，灰蒙蒙的天空缓慢瓦解，萧瑟肃杀的气氛随着铺面而来的东风打着转儿，消失得无影无踪。

乔桥又一次手脚并用，费力地爬上统万城的高台，她纳闷儿李拐子走路一瘸一拐的，这两年究竟咋爬上去的，还那么灵活。周围没有一点儿声音，之前还在空中盘旋的麻雀忽然消失不见，没留下一点踪迹。她依旧像前几次那样蹑手蹑脚地站在洞口前，向远处张望了一会儿，确定没有其他人后，凑进去叫道：“多萝！”接着便听到自己的回声从里面传来。没有听到多萝像往常那样的答复，她扶着墙壁继续往前走，又叫了声，依然只有回声，没有答复。不在吗？乔桥心里不由地猜测，脚下的路也越来越漫长，她缓慢地从那段坡道里下去，入目的竟是与她方才刚走过一模一样的坡道，她忽然觉得哪里出了问题，明明这里只有一个坡道，前几次都是这么走的，此刻在她面前的本该是一间内室，里面是多萝的住处，坡道的拐角不应该是灰暗的台阶，而是一些大小不一的瓷罐，有些敞口，有些覆盖着薄薄的木板……她硬着头皮继续往前走，脚步随即加快。穿过这个坡道——她心里只有一个念头，仿佛穿过这个坡道就能见到多萝，一切太过诡异，这种未加确定的虚空比第一次看到多萝的蛇纹鱼鳞脸更加恐怖。转过向下延伸的坡道，拐角处映入眼帘的是又一个坡道！惊悚融进虚无缥缈的气氛里，空气缓慢流动，冰凉的气体渗透到后颈，此刻，她能感受到周身的血液开始凝固，后背接着一颤。“多萝！”她大声地叫着，转眼间感受到一双温暖的手抚上她的双眼，鼻尖有一股淡淡的草香——更像某种药的味道。接着，那只手又缓缓移开，光线重新照亮整个坡道，转角处是一间熟悉的内室和大大小小的瓷罐，有些敞口，有些覆盖着薄薄的木板……乔桥觉得自己上一秒仿佛处在濒临崩溃的边缘，双臂早已爬满了鸡皮疙瘩。转过头，在看到多萝的一瞬，血液缓缓回流。

“乔桥。”

多萝温柔的声音响起，一个缓慢的微笑在嘴角轻轻漾开，红色的裙裾一尘不染。乔桥愣了愣，苍白而紧绷的脸霎时放松下来，大口呼吸着空气。

“多萝！”

在看到熟悉的蛇纹鱼鳞脸后她像是得救了一般，把悬起来的心放回原有的位置。多萝神色温柔，穿透缝隙的阳光照在她优美典雅的另半张脸上，仿佛刚才的一切都只是过分真实的幻觉。屋里的药味愈加浓烈，乔桥感受到一种厚重安稳的感觉。

“你见过新娘子吗？”乔桥问。

“没有。”多萝答。

“你很像新娘子！

“为什么？”

“你的红裙子很好看！”

…………

乔桥痴痴地说着，每次和多萝在一起，都让她感到无比轻松与愉悦，她从心底把多萝当作自己最为亲密的朋友，即使她们看起来相差好几岁，她从未问过多萝的真实年龄，毕竟另一半完好的脸看起来那么年轻。想到这里，乔桥觉得自己突然变得邪恶与自私起来，自私地想将这个秘密当作自己的专属，同时希望自己是多萝唯一的朋友，哪怕李拐子和落阳比自己更早发现多萝的存在。屋内的矮炕散发着温暖的气息，氤氲着奇妙的时光，乔桥发现自己总是不自觉地陷入了某种舒适的氛围，她呆呆地看着近在咫尺的多萝，她的声音那么温暖而富有磁性，每次说话都娓娓道来，很快就能让人沉浸其中……乔桥向她诉说自己的烦恼，之前在学校的经历，还有父亲的病，而多萝只是默默地听着，温柔地注视着她，并在临走时送给她一个能够治疗乔万兴的棕色药瓶，并让她吃完再来取第二瓶——因为只有两瓶才能彻底治好。乔桥在疑惑中接过多萝手里的药瓶，她本想问为什么不一次性将两瓶药都给自己，又想到这药不一定真的管用，于是没有再提。

多萝将乔桥送到出口，看着她下了坡并向自己挥手告别才转身回去。天色幽暝，落日已将大半个脑袋探入起伏的地平线，在离开染着暗金色的巨大建筑物几步之远的地方，乔桥猛地停下脚步，站在原地——后面有人！那一瞬，她回过头，看到藏在几步之外墙体后面的衣服一角，心上突然“咯噔”一声，紧接着目光不自觉地瞟向多萝方才站立的洞口——那里空无一人。是别的什么人！她立马警惕起来，心脏怦怦地直跳，喉头向下一咽，空旷的四周充盈着萧索肃杀之气，一阵寒风呼啸，空气里只有墙体后的一片衣角——它在随风晃动——蓝色的衣角。如果是黑色、灰色或是土黄色，她或许不能发现它及它的主人的存在，但如此鲜明的蓝色，很难与周围的自然环境乃至暗金色的墙面融为一体，况且此刻它正在晃动！乔桥感到自己的双腿不自然地发颤，不知不觉中她的脚步已经在向那片深蓝色衣角的主人靠近，一步——两步——三步……忘记了怎么换脚的她在不自觉中靠近了神秘的目标，风停了，说不清在这一秒还是上一秒，因为被她紧盯的那物停止了晃动，自然地下垂着，她静止，那物也跟着静止，短短的几步走得如此漫长，就在她屏住呼吸的一刹那，与那片衣角连在一起的人突然闪了出来，从左侧或是右侧，完全暴露在面前——在她准备尖叫出声的时候。

“是我！”那人说。

熟悉的声音与面孔，但仿佛隔着浓烈的风沙，模糊成一片，她使劲睁着双眼，直到眼眶发酸。“呼”的一下，挡在两人面前的沙墙又变透明——或许从未出现过。

“周闹闹？”乔桥一惊，突然凑近对方，试图在昏暝中看清他脸上的每一个细微的表情。“你咋在这儿？你看到了？”他来了多久？有没有看到？她的心里瑟缩着，恐惧爬上裸露在空气中的后颈，在那里激起一片酥麻的疙瘩，并成功让她打了一个激灵。四目相对间，周闹闹呆愣地看着近在咫尺的少女的面容——清晰到能看清对方脸上细细的白色绒毛。再想到自己偷偷摸摸的举动，他的脸不自觉地泛起一片红晕，下意识地说：“没——甚也没——”

“那你在这儿做甚？”乔桥黑色瞳孔散发出一道锐利的光，紧紧盯着周闹闹，似是要将对方的脸刺一个洞出来，双方的距离并未发生一丁点儿改变。周闹闹向一侧移动了一下身子，更像是闪躲，避开对方的视线，大大喘了口气，接着立马把自己支棱起来，说：“这又不是你家，我不能来吗？”

见周闹闹理直气壮的样子，乔桥忽然感到一阵厌烦，她最讨厌的便是周闹闹这种不论任何时候任何场合——不管自己是不是有理的一方都强词夺理毫不客气的姿态。仅三两句话的工夫，她发现自己已经不想和周闹闹周旋下去了，不管他有没有看到自己所关注的。

没有答话，乔桥转过身，抬起轻晃晃的两条腿，大步离开。

周闹闹还准备跟乔桥拌几句嘴，却发现对方在短短几秒已经走出几米远，于是重新合上两片嘴唇，看着幽黑的洞口不自抑颤了一下，“等等我！”来不及多想，拔腿朝乔桥的方向追了上去。

…………

“落阳又没来学校。”放学后落文回想起孙晶晶的话，觉得有必要去找落守吉聊一聊落阳的事了。对于落阳，她一直小心翼翼，近几年她发现落阳变了许多，虽然表面上贪玩，但内心似乎总有自己的想法。落守祥去世后，他似乎连表面贪玩都做不到了，仿佛有某种深邃的情绪掺杂在黑色的瞳孔里，那种东西在悄悄颤动，在她每次想要探究时总会忽然刮起一阵狂风，颠簸着呼啸而过，又在瞬间恢复清明。她在家里等了许久，只有落小莲在灶前忙碌，她的动作显然娴熟了许多，不像刚来时紧张与不安，面容上多了几分笃定，她已经渐渐适应这个家了，这让落文感到非常开心。前不久她听到村里有人跟她问起落小莲与李俊鹏的事，虽只是私下闲谈，但足以说明村里多数人已经知道这件事了。对此，落文并没有太过担心，毕竟男未婚女未嫁，总有青春萌动的时候，何况李俊鹏成熟稳重，在村里新一辈年轻人里也算佼佼者，这点足够让人放心，除去落守吉和李志诚在村里人尽皆知的不对盘外，两个年轻人并没有太大阻力。

感受到落文的视线，落小莲放下手里的活儿看向她，夕阳的余光里落文的身影显得单薄，但神情却富有力量，她以前竟从未发觉。直到前天夜里，她才听爷第一次跟她提起落文的病，在那时才解开了一直以来困扰自己的谜团，也因着这个病，家里从没有人提起落文的婚事，并对她的工作如此看重，毕竟村里与她年纪相仿的人孩子已经满地跑了。她又想起了爷说，女娃都是菜籽命，要看落在哪儿。光影恍惚间，她感觉落文肩头的短发似在向下生长，以极为迅猛的速度，到胸前，再到腰间。蒲公英！她想到蒲公英的种子不需要人为播种，仅凭一阵风就可以自由地飘落到任何想去的地方，她觉得落文就像蒲公英。

“落阳一般天黑前就回来了。”落小莲知道落文是为落阳的事而来的。

落文听罢点点头，说："他咋不和落矮、落明一起玩了？"以前这几个孩子总是形影不离，现在都长大了。

"大概有心事吧！"落小莲想了想说。

"我准备回去了，守吉叔回来你跟他说一声。"落文看看越来越黑的天色准备起身。

里屋炕上，落有财喝罢药重新躺下，隐隐约约听到落文在说落阳的事，泛黄的眼珠里漾过倦怠的波澜，又重新合上。

落文走后不一会儿，落守吉和落阳前后脚回来。一家人围坐在炕桌边吃饭，不等落小莲说起落文来过的事，落阳却先说起要出去做工的事。

"去哪儿？"落守吉问。

"山西。"落阳答。

"我也要去！"落明一听忙跟着说。

"学不上了？"落守吉接着问。

"不上了，上也没用。"落阳接着答。

"我也不上了。"落明接着抢话。

"跟谁去，都打问好了？"落守吉继续问。

"跟王阿青去，早就说好了。"落阳继续答。

"我咋不知道？你去我也去！"落明越听越急。

"吃饭！"落守吉说。他知道落阳早就盘算上这件事了，这段时间更是连学校都不去了。落守吉看看沉默的落有财，再看了看落阳倔强的脸上渐渐凸显出的棱角，仿佛看到了自己的影子。他知道这个孩子既已打定注意，再多说也没用。

吃罢饭，落有财把落阳单独叫过去，从箱子里拿出些钱票，用汗巾包住递给他。落阳摆手准备拒绝却被他呵斥住，才勉强接过。"爷知道，你从小觉得爷偏心，落明也说过，你们觉得爷单对小莲好，偏爱小莲，其实在爷心里你们都是一样的。”落有财叹了口气，缓缓说道。

落阳想到自己以前不懂事，确实说过这样的话，顿时心里五味杂陈。落有财重新在炕栏上坐下，在落阳背上拍了拍，良久，牙缝里才挤出话来，说：“这些年你和明娃受苦了，你爹的事……怪我。要不是我当初执意反对也不会酿成这样的恶果……我害了他们，也苦了你们和你们的娘，你不要怪爷……”

“爷——你——”

“轰隆”一声巨响，落阳感觉耳膜被一声巨大的雷鸣击中，电流顺着头皮流经四肢百骸，他不可思议地看着面前的落有财，猛然发现面前的这个老人冲着自己的心脏划开一道口子，透过结痂的裂痕正猛烈地撕扯开……落有财抚着沉重的头颅，感觉自己的双肺像一张被撕扯得破烂的网，痛苦地说：“爷都知道——都知道……”

落阳从炕栏上跳了下来，再次回到地面上，全身的骨头都颤抖着，心底翻起一阵疯狂的怒潮。“你知道？你为甚不……” 随即看着两滴混浊的眼泪滴落到黑色壮裤上，一眨眼便渗透得干干净净。耳边继续传来落有财沙哑的声音：“谁能想到老天爷这么狠心，把三河村的那个收走也就罢了，还要把我儿和姜也收走……你爹的事好在知道的人不多，不然你们可咋活呀！”说罢终于忍不住抱头痛哭起来。落阳从没见过这样的落有财。冰冷的被挫伤的空气穿过窗户纸钻进屋子里，让他忽然找不到刚才升腾而起的滔天怒火。落阳转过身缓缓蹲坐在地上，汗水从他的额头渗了下来，大脑在变得肿涨、充血，冰冷干燥的空气中满是尘土，泪水灼伤了他的双眼，火辣辣的，刺得他生疼，仿佛看到远处有一群苍蝇一窝蜂似的闯进屋子，打着转地俯身在周边某些腐烂的物体上，发出令人眩晕的噪声。他紧抿住双唇，强迫自己用鼻子呼吸，可是鼻腔瞬间被一股滚烫的液体灌满，于是他不得已重新张开嘴大口地喘息着，他觉得自己此刻就像从西凉河刚捞上来的烂鱼，被丢弃在河畔上，追切需要大量的空气，否则就会窒息。他把指甲深深地掐进指腹，企图用一丝痛感抽回部分理智，他勉强支撑着站起来，逃也似的离开这个地方……

看着落阳突然从里屋跑出门去，落守吉忽然察觉到气氛不对，他忙放下水壶推门而进，却看到老泪纵横的落有财和掉在地上包裹着一团东西的汗巾……

夜色渐渐退去，落明看着旁边空无一人，铺盖卷完好地保持着昨天的形状，没有一丝褶皱，冰凉的炕面预示着什么。他突然心上一惊，整个人瞬间清醒，来不及惊动落有财和落守吉，蹬了双鞋忙不迭地跑去王阿青家。乌青色的山路被一缕晨光照得五彩斑斓，顾不得欣赏山间美景，脏兮兮的鞋底下翻腾起阵阵小型风暴，胃里传来的绞痛让他的前额渗出一层薄汗，憋着一口气冲进王阿青家。院门大开着，屋里只有王阿青的娘在灶房烧火。她抬起头看了眼落明，隔着灶台传出一句轻飘飘的话……

落阳走后，落守吉去了几趟王阿青家，托她给落阳寄了些衣服和钱票。他始终想不明白那天晚上落有财和落阳谈了些什么，让两个人的情绪那样激动，落阳更是一刻都等不了，天不亮就跟王阿青去了山西。满脑子的疑问让他每每话到嘴边又欲言又止，在看到落有财每况愈下的身体和日渐消靡的精神后，落守吉终于决定闭口不再追问这件事。

二十五

三河村的王养盛到白柳村来了，进了刘温家的门，手上还提着不少东西，镇白石跟前不少人看得真切，消息一时传遍了全村，都说是乔万兴上回偷人家祖宗没偷成，这会儿要秋后算账，把亲戚家的女子往里赔哩，说王养盛上门打问刘小枫，就是想娶刘小枫过门……也有人反驳说乔万兴自己也有女子，哪用得上找刘温家的。

此刻的刘温不知道外面怎么传的，更没心情关心这些，他和王养盛面对面坐着，桌上放着两杯刘桂怜刚泡的茶，冒着腾腾热气。虽然早就知道王养盛的意思，但看着面前这个面容沧桑的男人，还是让他一阵心酸。王养盛过了年虚岁三十七岁，但从外型上看说他四十六也不为过，可以看得出在来之前他刻意打理过，头发有刚剃过的痕迹，胡子也刮得干净，看不见青茬，不似上次见面时那般灰头土脸，但饱经沧桑的庄稼汉再怎么打扮也遮掩不住生活搓磨所留下的烙痕，前额和眼角上趴着几条深深浅浅的褶子，两个晒得黝黑的脸蛋儿被西北风吹的发皴，刘温甚至觉得除去白头发这一点外，王养盛看起来比自己小不了多少。

刘桂怜自王养盛进屋，视线就紧紧粘在这个人身上，从头到脚细细看了好几遍，就差把对方盯出个洞来。想到这样的人和自己女子结婚，她的心里五味杂陈，要知道她的小枫是白柳村长得最俊的姑娘了，本来应该配村里最出色的后生，想不到现在竟还得由着四十岁死了老婆的老男人过来挑三拣四，去三河村给人家当后妈。她不动声色地坐在刘温身后，朝后头里屋的方向看了一眼，越想越不甘心，她再一次暗暗咒骂老天爷不公平，好端端地毁了她的小枫，让她的小枫遇上这种事，甚至变成这副样子。

看到屋里两张并不好看的脸，王养盛没来由地感到一阵不自在，他向四周扫视了一圈，并没有看见年轻姑娘的身影，目光停留在一扇门上，他猜刘小枫一定在里面，虽然他从未见过她，但是听村里人说她是白柳村最俊的女子，传言说她和一个有妇之夫差点勾搭上，没想到那个男人竟杀了人，还被枪打了，于是她就疯了。他心想白柳村还真是甚稀奇事都有，那不是东西的乔万兴还是刘温家的亲戚，差点偷了他家祖坟，还没来得及算账就先自己疯了，他本一肚子火没处撒，要不是着急讨媳妇，咋也不会找这家人……他原本也没想过找个疯婆姨回家当媳妇，只是家里就有一个丫头片子，一天到晚除了哭屁事都顶不上，何况他的身体大不如前，眼看老王家到他这儿就要绝后了，才不得已出此下策……这个刘小枫如果真像传言中说得那么年轻貌美，就算是个疯婆娘，自己也不吃亏。

王养盛清了清嗓子说：“小枫不在吗？”

刘桂怜立马冷着一张脸，心道这人一上来就想见自己女儿，没见过这么直白的，又看了眼只顾抽烟的刘温，不情愿地说：“在里屋呢。”

“哦。”王养盛不是傻子，一眼看出来他这个未来的丈母娘满脸怨气，没再继续说要见刘小枫的事，反而把话头对向老丈人刘温，“今天我来还是为了上回说的那个事，”说着堆出一脸笑，“您二老要是没甚意见的话，我觉得还是赶快定下比较好。”

听到王养盛嘴里的“二老”两个字，刘温不舒服地皱了皱眉，从进门就抽着的一棒烟，眼看就要燃尽时用发黄的手指捻了捻，并向地下掸了掸烟灰，才说：“这件事急不得，还是要考虑考虑才行。”

王养盛端起杯子抿了口茶，继续道：“我看您老最近腿脚越来越不好，还要操持这一大家子，让小枫早早嫁人就不用这么辛苦了，负担也轻。再说嘛，女孩子迟早得嫁人，迟嫁不如早嫁，您二老说呢？”

“小枫能吃多少，负担倒也没多重。”刘桂怜听了马上就不高兴起来，这个王养盛话里话外说得好像小枫是家里最大的负担一样。王养盛也不在意刘桂怜的情绪，而是继续说：“现在是没问题，那以后呢，您二老不可能一辈子陪在她身边吧？她嫁了人，生了儿子，以后也有人养老送终，你们才能放心，对不对？”

刘温和刘桂怜没说话，这些本就是他们反复考虑的，要不是因为这点，他们也不会见王养盛，更不会把他放进家门。现在，他们两口子再没有其他更好的选择了。

王养盛知道自己说到点子上了，刘小枫的后半辈子是他们最关心的事，只要拿捏住这点，这件事就八九不离十了，随即他又把自己的准备和打算大概说了一遍，并说好等几天刘温回话，说罢见对方并没有留他吃饭的意思，所以干脆起身，临出门前他的视线从紧紧关着的那扇门上一扫而过。

王养盛走后，刘桂怜把他喝过的茶倒掉，用灶锅里剩下的水反复洗了好几遍，她心里是看不上这个王养盛的，年纪大，又显老，看着不顺眼。洗罢，刘桂怜擦擦手，对刘温说：“你咋想的？”

刘温坐着没挪动地方，眉头紧紧扭着，并不答话。

“问你呢，咋想的？”刘桂怜看着刘温窝囊的样子，肚里的火蹭地蹿了上来。

“问问问，就知道问！我又不是天王老子，我有甚办法？”刘温一张脸扭成一团，活像颗褪了皮的干枣。他心里还憋着气呢，自从上回在三河村见过王养盛后，就没有一天不为这件事发愁，现下他们一家人苦点累点都没关系，可问题是人都有老的一天，死的一天，等他们都走了，把他的疯女子撇在世上，有谁会管？但凡有个年轻后生愿意要小枫，他恨不得把自己这点家当都给陪嫁过去！可是小枫的名声已经臭了，还变成这副模样，十里八乡哪户人家还愿意要？不要说刘桂怜，就是他自己也不喜欢这个王养盛，但凡有别的选择，他都不会把女子给王养盛。

“你不是天王老子，可你是小枫老子！你就真打算把小枫给那个王养盛？”刘桂怜愤愤地说，在见到王养盛本人后她对这件事更加反感了，说着说着情绪就上来了，控制不住地冲着刘温发火。

“不然呢，还有甚办法？你出去问问，现在哪家人愿意要她！”刘温此刻也气得脸红脖子粗，把桌上的杯子重重一掼。他气自己养的女子不争气，败坏门风，气那个死了的郝小替勾引不经人事的黄花大闺女，气这村里看热闹不嫌事大的众人，气老刘家命不好，更气自己没本事。

刘小岚赶回家时就听到爹娘的吵架声，进屋看见刘桂怜坐在炕上抹眼泪，跟着眼睛一酸，过去抱住刘桂怜，说：“不行就别嫁了，小枫是我的亲妹子，我养她，以后我让金宝给她养老送终！”

“混账，说得甚话，你老汉还没死呢，能轮得上你当家作主？”说着长长叹了口气，“你有你家的营生要过，再说，天底下哪有一辈子养着小姨子，给小姨子养老的？说出去叫世人笑话！”

“笑话就笑话，被笑话的还少吗？到现在了，咱家还怕被人笑话吗？”刘小岚气道。

“闭嘴！”刘温呵斥了一声大女儿，“要笑也是笑我们刘家，嫁出去的女儿泼出去的水，你现在是金家人，哪还自己个儿拿脏水往自己身上蹭哩？”说着站起身，说：“这件事你不要管了，你妹子的事有我和你娘说了算……是她自己命不好……”说罢烦躁地从屋里出去，留下母女二人相拥着号啕大哭……

二十六

修路队的工程浩浩荡荡地进行着，在蜿蜒的蛇形山峦里，扬起一阵黄土，将旷野里黑色、灰色、蓝色的身影淹没，又在一阵激情的号子声中变换着原本的形状，挥洒着炽热的汗水。

“都别干了！”村口张小军媳妇气喘吁吁地跑过来，冲着大部队吼叫。张小军放下铁锹皱起眉，说：“干甚了你，家里营生做完了？跑出来瞎逛！”众人以为两口子闹事，没搭理，依旧铲土、填石子，少有人抬起头。

“真的出事啦！村口不少老人说要去统万城捉鬼，王阴阳也去！”张小军媳妇话一出，原本劳动的人纷纷停下手里的活儿围过来，不等张小军说话，就有人抢先问：“鬼？甚鬼？”

“女鬼！说是有个穿红裙子的女鬼！”张小军媳妇气息平复下来，嗓门儿更大了，脸憋得通红，心惊肉跳地说。

“瞎说！统万城咋能有鬼了？”

“封建迷信，这世上哪有妖魔鬼怪了！”

“就是！谁看见了？”

劳动的汉子们七嘴八舌起来。

“真的有，周闹闹那娃娃亲眼看见的，把周婶子吓个半死，王阴阳都信哩！”

众人你看我，我看你，最后都看向一起劳动的白孝川。有个年轻后生问："白叔，你说呢？"白孝川抹了把额头上的汗，笑着摇了摇头，接着又继续开始劳动了。

张小军媳妇一脸认真，说出来的话铿锵有力："他们正要过去，你们不信就去看看，要是怕就算了！"

话说到这个分儿上，要是不去就是认㞞，不知是谁说了句"去就去，谁怕谁！"接着，一群本该忙着修路的汉子们顺着这些天洒满汗水的山路，乌泱乌泱地拥向村口的方向。

村口人群中年龄大的老汉和老太神色慌张，一张张核桃皮般皱巴巴的脸上笼罩着蓝色的阴影，有的翻动着干裂的嘴唇，叽叽喳喳地说着，有的紧抿着同样干裂的嘴唇，生怕从舌尖牙缝钻出一个字。空气灰蒙蒙的，一如此时低沉的天空，深色的云层卷着另一片深色的云层，彼此厚厚地交叠着，紧裹着，挤压着，牵连起周边更加厚重且颜色深沉的云朵，再一齐用力向下压迫，抢夺每一丝干净的空气。

"王叔，咋回事？"刚赶过来的一个汉子问。

吵闹声霎时消失，王阴阳理了理厚帽子，也不看拥挤在自己周围的人群，半眯着眼，露出高深莫测的表情，掷地有声地说："十有八九是真的！"

"咋说？"人群里有人接着问。

王阴阳睁开眼睛，厚厚镜片下的眼神瞬间变得幽远，没有人能看清此刻他的目光落在何处，或者根本没有落到任何一个现实的地方——它开始变得虚无缥缈又瞬息万变，如同没有根的浮木跌入奔腾的河流，漂向远方……良久的沉默后，王阴阳本该浑厚的声音有些颤抖，他缓缓说："我师父说过，统万城里红裙子的女人，五十多年前出现过……"

气氛瞬间凝固，就像刚刚劳动的汉子们身上的汗水一般，周婶子乌青着一双老眼，神情更加慌乱，说："我小的时候村里确实有这样的传言，谁也不在意，都以为是骗小娃娃的……"冰凉的雨点掉落在某个人的脸上，激得他倒抽了一口冷气。接着，更多的雨点掉落在更多的脸庞上，很快地连成线，重重地砸落到地上。

“雨？”

“真的是雨，这才几月份！咋下的是雨？”

“雨！竟然下雨啦！”

聚集的人群从刚才凝固的气氛中挣脱出来，伸出一双双手，牢牢盯着阴沉的天，发出更大的躁动。

李志诚和李俊鹏父子听见消息，匆匆赶过来，人群依然躁动……李志诚挤入人群，扯着嗓子吼叫，轰鸣的嗓音瞬间就被更加躁动的沸腾人群淹没。李俊鹏不可思议地看着眼前不断连成线的雨丝以更快的速度坠落——这不可能！他仍不敢相信这么冷的天竟然会下雨，眼前的人群开始向周围的窑洞和草棚里转移。黄土地开始变黑，在一阵脚步穿梭过后开始泥泞，泥土的味道夹杂着冷冻的空气直直扑进鼻腔，浓烈、辛辣、刺激的气味——不同于任何一个季节的泥土的气味。不知过了多久，李俊鹏听到“统万城”“红裙”“女鬼”这些字眼，他觉得再也没有比眼前的景象更加荒唐的事情了！“下雨了——大家都回去吧……不要相信这些东西！”他大声吼叫着，伸出双臂试图阻拦正要浩浩荡荡拥向统万城方向的人群。而四周随处可见的仍是激昂的神色和高涨的情绪，他继续嘶吼着让大家回去——他好像失去了声音，怎么都发不出来声音了——没人能听见他的话。大雨倾盆而下，依然浇不灭人们的躁动。水雾升腾而起，他突然觉得雨中只有自己一个人。大雨中，浩浩荡荡的人群奔腾着，一拥而上——向统万城的方向，水汽里隐约可见铁锹和铲子闪着明亮的光斑。

这天，整个白柳村沸腾了，因为两件事：女鬼和大雨。

落矮和落明盯着面前的雨，刚推开院门就看见淋成落汤鸡的乔桥，她整个人都湿透了，脚上的鞋子沾满了大片泥污。前额的头发一缕一缕地紧贴在脑门儿上，湿淋淋的脸上泛着红扑扑的光，一手扶着门框，一手捂住腰腹，大口喘着粗气，在另外两人的疑惑中断断续续地说：“不好啦！他们去找多萝了！”

听到“多萝”二字，落矮、落明两人的心上皆是“咯噔”一声，震惊地看着乔桥。

“他们是谁？”落矮紧张地问。多萝说过这是仅属于他们几个人的秘密，除此之外只有李拐子，再没有别的人了，多萝不会骗他们！他心里这样想。

“村里的——好多人，李支书他们……你爸你叔他们也去了！”乔桥看着落矮急切地说。她不知道该怎么办，如果多萝被他们发现还能正常生活吗？他们会接受她吗？她原本打算下午再去找多萝求药——给小枫姐治病——治好了就不用嫁给那个死了老婆的老男人了。因为她爹的病情明显好转了，自从吃了掺着药的饭后，一次也没有发疯。她突然尖叫了起来，头脑一阵发酸，阵痛压迫着双耳，雨声太大了，大到让她听不清面前人的声音，仿佛整场雨全部倾倒入这两只脆弱不堪的耳朵，将它们全部灌满后再一股脑儿地流出来，浸湿整个肩头。她看到落矮和落明飞快地冲出门，开始狂奔，下意识地，她也开始跟着狂奔——在铺天盖地的大雨中。雨水几乎瞬间将飘荡在前面的两个少年的衣服打湿，渗透在厚厚的布袄里，布袄重重地向下垂落，又被冷风从某个入口处灌满，几双沾满污泥的脚拖起大片泥浆，飞快地变换着各种奇异的形状，它们交替着，模糊着……

她能听到心脏快要挤到喉咙口，并在剧烈地跳动着，前面的两个人影越来越远，所有的力气好像被耗尽时，乔桥猛地回想起那天的蓝色衣角，喉咙眼的心脏突然开始收缩，再一点点下坠——她被脑海里忽然冒出的一个可怕想法击溃：“他看见了。”奔跑中，她开始揣测，如果没有别的人接近过那里，就只有周闹闹了。她清楚地记得那天的情形，多萝站在洞外送她，接着她发现周闹闹躲在土墙后面，如果他没有看到，甚至毫不知情的话，为什么要躲起来？如果不是被自己发现，他或许根本不打算出来……“他告诉别人了——把他那天看到的——

告诉其他人了！”如果这一切是真的，当时就应该跟他说清楚……她极度后悔。

前面的落矮和落明并不知道身后少女心中百转千回的思绪，他们精疲力竭地跑着，胸腔里喷涌而出的热气在皮肤上与浸透着冰凉的水汽的衣服互相消融。之后，在看到远处熟悉的建筑物和人群后，停了下来。

人群朝着他们的方向过来了，像苍蝇一样的“嗡嗡”声越来越近，乌黑一片，铁锹和铲子在大雨中晃动，偶尔闪出银色的光斑，刺得人睁不开眼。他们依旧在向这边移动——富于热情又似乎只是麻木地移动。落矮走近了，在人群里发现了熟悉的身影，便跑了上去，喊：“爸，咋回事？”不知道为什么，他没有直接问出心里迫切想知道的那个问题，而是用另一种问句。落守忠隔着被水汽氤氲的眼帘，惊讶地看着几步以外三个湿漉漉的人影，呵斥了一声：“甚事也没有，这么大的雨，你们几个瞎跑甚了，赶紧回去！”说罢继续跟着人群向前走。

雨渐渐小了，只有濛濛的细丝裹挟在冷风里。统万城重新归于安静。在雨雾中，墙根底下坐着一个人，周身散发着若隐若现的白色光环。三人几乎一眼认出那是李拐子！

来不及思考，三人飞快地扫视了一眼熟悉的洞口，都呆住了：哪里能看到洞口？那是一块完整的土墙！看不到任何洞口的痕迹，平台前甚至长着枯黄巨大的野草，它们自然而然地长在那里，或者说天生就长在那里，整个土白色的墙体早被雨水冲刷成深褐色，显得更加单薄。

落矮深吸了一口气，回过神来紧紧盯着李拐子——这是他离李拐子最近的一刻。第一次这样直面李拐子，落矮说不上是一种什么样的感觉，只见他低着头，看不见任何表情，全身湿透，颓然地坐在那里，衣角的水珠不住地向下滴，一滴——两滴——三滴——四滴……他看上去整个人已经麻木，周身散发出无比低沉、压抑的气息。

转眼间，落明在泥泞里爬上了那座高高的平台，面对原来幽黑洞口的地方，用手在上面翻来覆去地摸索，又重重地捶打。这是一堵真正的土墙，而不是用什么东西将洞口堵住的，为了证实什么，他迅速低下头看了眼木在原地的落矮和乔桥，得知这一切并不是幻觉后，他不知所措地站立着，战栗着。

落矮抬起沾满泥污的脚，缓慢地向前挪动，在距离李拐子更近的地方，他能清楚地听到自己的心跳声，虽然并没有像以前那样看到李拐子拔腿就跑，但是长久以来对于他的恐惧如同经年累月的习惯，早已渗透至深，良久，落矮才颤巍巍地开口：“你见到她了吗？”雨仿佛在这一瞬停止，空气突然安静。高台上的落明闻声也将视线投向下方。只见李拐子猛地抬头，凌乱的湿发下是布满血丝的瞳孔，里面明明空洞又仿佛写着复杂的东西，淡色的水痕在他的整个脸颊上依稀可见，几滴晶莹的水珠挂在他的黝黑的胡子上。下一秒，他摇摆着站了起来，这让离他最近的落矮忙向后退了两步，稍远一点的乔桥也不自觉地跟着往后退，两张脸同样紧绷着，惊恐地盯着面前狼狈的男人，牢牢屏住气不敢呼吸。落矮不知道自己是不是惹怒了李拐子，因为在漫长的时间里并没有听到对方的回答，反而看着他一瘸一拐地从自己身边经过，从乔桥身边经过，在他们以为他要离开时，他突然回过头，留下一个眼神……接着，他继续一瘸一拐地离开。

落矮从没有见过那样的眼神，就在他转过头对上那个视线的瞬间，他感到自己像是被某种富有侵略性的东西所击中，出乎意料地，这种东西并没有让他产生恐惧的情绪，反而是类似痛苦……他无法弄清楚这到底是什么。

天色依旧阴沉，整个山野都被这场突如其来的雨淋湿，只是低气温让泥泞不堪的土地快速凝固，软塌塌的泥浆在流失掉部分水分后便开始发硬。人们回到原来的地方，除了修路的队伍因突降雨暂时停工外，一切好像没有变化，所有人都被一场大雨搅乱了心神，于是没有人关心不久前使他们紧张、使他们聚集的可怕的东西。夜晚如期降临，一切都没有改变。人们依旧关心粮食与工分。落小莲站在镇白石跟前良久，李俊鹏出现在她身后，说：“太单薄了。”落小莲闻声忙回过头，“什么？”她看着来人，疑惑地问。

“天冷。”李俊鹏看着她。他没想到刚从白孝川家出来能碰到她。天色越来越暗，今晚应该看不到月亮了，下过雨的天上满是大片的乌云，朝某个方向缓慢地飘动着。自从上次在矮墙根下，落小莲说了她的故事后，李俊鹏觉得他们之间的关系亲近了许多，虽然仅仅不再觉得尴尬和局促而已，但这已经足够了，因为他没想到落小莲——现在的落小莲，并不是以前的落小莲，这让他在感到震惊的同时也弄明白了一直以来的疑惑——对于那种遥远的感觉的疑惑，也让他想清楚自己内心真实的想法。

“落明和落矮还没有回来。”落小莲注意到李俊鹏的表情有些阴沉，她以为是天气的原因，于是没有多想，只是解释了自己为什么会在此地等候。

李俊鹏并没有随着人群去统万城，而是在白孝川家待了一下午，所以并没有见过落明和落矮，说：“也许去哪儿玩了。”

落小莲点点头，想今天关于统万城红裙女鬼的传言，正要开口说些什么时，便听到远处一阵脚步声。“你要找的人回来了！”李俊鹏瞅了瞅声音传来的方向，对落小莲说。

看到迎面而来的三人，落小莲“咦”了一声。李俊鹏发觉落小莲的神情突然变得凝重，正要问时，却看到落小莲冲自己摆摆手，追着失魂落魄的三人离开。

李俊鹏仍站在原地，此时他的心情十分复杂，尤其是再次看到村民们躁动着聚集起来的时候，这使他又一次感受到无能为力。他眼前再次浮现出了白孝川焚书的场景——就在刚刚，他亲眼看着白孝川把自己所有的书都烧毁了。

他问：“为什么要烧掉这些书？”

白孝川笑着说："再也用不到了。"

"万一以后需要呢？"

"以后也没用了。"

…………

他又问："段涛的信您收到了吗？"

白孝川点点头，说："收到了。"

"您觉得呢？"

"顺其自然吧！能走下去就走，走不下去就回来。"

…………

"今天的事您咋看？"

白孝川摇摇头，表示没办法。

昏暗的窑洞里只有书页燃烧时发出的金色火光，火光将两个人的影子拉得长长的。李俊鹏突然觉得自己被困住了，只是不知道这张网究竟是什么。

下过雨的空气中满是枯木潮湿的味道，脚步声有规律地响起。

落小莲总有不好的预感，她能感受到三个孩子此时低沉的情绪，他们的眼睛空洞洞的，仿佛失去了某些重要的东西，这种似曾相识的感觉让她回想起自己第一次见到落守吉的情形——就是这种整个人被抽空的感觉。究竟发生了什么事？落小莲心中迫切地想要知道原因。她注意到他们脚上干涸的泥土，于是沉默着没有开口询问，安静地跟在他们身后，在岔路口，与乔桥分离，接着，在一个岔路口与落矮、落明分离。

二十七

白柳村有一件欢天喜地的事——刘温家要办喜事了！

刘温的二女儿刘小枫要嫁给三河村的人了，村民们并不意外，在此之前大家都知道，三河村的王养盛提着大包小包的东西登了刘家的门，为的就是娶老婆。本来王养盛快四十岁的人了，还结过婚，有了孩子，这样的男人放在以前来打问刘小枫是万万不可能的。谁不知道，刘小枫是这个乡村里最俊的女子了，起码也能找个村里的年轻好后生，哪能轮得上三河村的人，而且这王养盛之前因为乔万兴的事就来村里闹过，让众人唾骂了好一阵，况且当时在场的还有郝小替，拼死拼活地拦着闹事的人……现如今，刘小枫闹出了这种事，让人一阵唏嘘，众人一时竟说不上个高低了。

结婚前一天，王养盛找来三河村的曹支书当媒人，到白柳村刘温家说媒，虽是二婚，该有的仪式也不能落下，否则会让乡里人说三道四。曹支书跟着王养盛一大早便到了白柳村，从村口一路过来，背着手，边走边看山畔上修到一半的路，遇到劳动的村民还伸出手打招呼。李志诚远远瞧见，气得脸红脖子粗，心里暗骂那曹支书不知天高地厚，那架势真以为自己是白柳村的支书了，当着众人的面，他不好发作。

刘温家。

刘桂怜和刘小岚忙着做豆腐、蒸馍和炸糕，刘温刚挑回来几担水，正忙着劈柴。刘温看见王养盛和曹支书上门来，忙放下手里的柴，把人引进屋，商量婚礼的事。王养盛给了三块钱聘金和二斤糖的聘礼，又商量了一会儿第二天吹手和引人的事，招呼着吃了饭才走。中午，刘温和刘桂怜出门挨家挨户发喜糖，下请帖。这几年光景不好，农村办喜事也简单了许多，主要事情都由男方操办，布置婚房、引人、闹洞房等都不用女方负责，仪式也相对简单，送完人，宴请宾客吃一顿饭就算结束。

晚上，刘桂怜把缝制好的红被面、红毯子、红棉袄、红壮裤都收拾好，整整齐齐地叠好摞在炕上。刘小枫依旧呆愣着，坐在炕上用根枯树枝来回戳煤油灯的灯芯子，搅得火苗一闪一闪的，整个屋子里的光跟着时明时暗，映照在大红的被面上，染红整面黄色的土墙。

“不玩火，小心烫！”刘桂怜从刘小枫手里抽走那根细长的枯树枝，刘小枫忙起身去抢，双眼紧紧盯着被刘桂怜举起扔到地上的东西，正欲下炕去捡，却听到一声厉喝：“不许捡——”刘桂怜忙活了一天，此时早已精疲力竭，对胡闹的刘小枫也没了平时的耐性，语气里多了分恼怒。刘小枫见状愣了一下，接着，扭头像撒气一样，把炕上刚叠整齐的红被面、红毯子一把抖乱，把红棉袄和红壮裤一脚踢到地上，“放手——”刘桂怜抓住她的后背忙从后面拽，却架不住刘小枫的蛮劲儿，接着母女二人在炕上扭成一团，谁也不松手。

刘温把外面的桌椅板凳收拾完，一进去就听见里屋炕上的响动，推开门就看到脚下散落的衣服裤子，都沾上了灰土，看起来乱糟糟的，还有半挂在炕栏上要掉不掉的大红被单，此时已经皱巴巴的了，整个炕上乱成一包，母女二人扭缠一气。“这是干甚了？”本就心情不好，又操磨了好几天，正准备喘口气歇歇时却看见乱包的家，这让他一下子就起火了，某根压抑了许久的火苗蹭地一下被点燃，就着满屋满墙的红光熊熊燃烧。“小枫又发疯了——”刘桂怜冲刘温大喊。刘温顾不得脱鞋，径直上了炕，把哭喊的刘小枫手里的毛毯往开扯，无奈刘小枫拽得紧，拉扯了好几次竟仍死死抱在怀里，并伸出脚踢向刘温，刘温腿上一痛，气得一把拽起毛毯连带人就往炕栏边扔，“咚”的一声，突然失去钳制的刘小枫顺着力道的方向跌了过去，头因为惯性猛地撞在炕栏侧边的墙上，一股赤红色灼热的液体顺着苍白的脸颊流了下来。

“哇——”

刘小枫号啕大哭起来，刘桂怜惊恐地看着汩汩流淌的殷红色鲜血，立马流下了眼泪，冲着刘温大声吼叫道：“你咋这么狠心！”刘温眼里猩红的光瞬间熄灭了，跪坐在炕上呆呆地看着眼前的乱状，只觉得整个脑壳里面开始“嗡嗡”狂叫，他无力地垂下那只刚才发力拽人又被刘小枫划破皮的糙手，用另一只同样粗糙且被柴火割破的手揉了揉脑袋，接着，越过抱在一起痛哭的母女俩，木然地下了炕。他走到外屋，把门罅开一条缝，顺着冷风吹进来的方向，坐在门槛上。月亮模糊地挂在远远的天边，外面围绕着一个白色的光圈，相互笼罩着淡紫色的光。刘温一动不动地盯着那个“毛月亮”，发了好一会儿呆，随后，叹了长长地一口气。明天不是个好天气，但王阴阳说明天是个好日子——是今年都难遇的好日子。阴阳们看日子那套他不懂，既然都说好那就好吧。他不在乎这些，活动了一下脊椎，酸痛感瞬间激得他浑身一颤，听着屋里断断续续的哭号声，刘温缓缓抬起刚刚划破皮的那只手，想到女儿头上刺目的血，心里一阵后悔。他自己也搞不清当时是咋回事，只知道火气上来的时候大脑不经过思考，用的劲儿也重，他“啪”地甩了自己一个耳光，清脆的响声在夜里扩散开来，立即惊动了墙后树上的一群雀子，接着是一阵窸窸窣窣振动翅膀的声音，月光照着在暗红色的窗户上，两道浊泪顺着沟壑纵横的老脸，歪歪扭扭地滑了下来。

第二日，天大亮了，在村口隔着老远就能听到震天的唢呐声，“迎亲的来啦！”村里一大群孩子听到动静站在高高的硷畔上，挥着胳膊大声喊叫，一个个小脸上写满了喜悦，引得正要出门劳动的人到处张望。村里这几年一直办丧事，好久没有办过喜事热闹热闹了，这让村里的人都稀罕极了，上午不用劳动的人挤在一处看热闹，生怕错过什么。唢呐声越来越近，七八个吹手从远处大摇大摆地走来，唢呐锣鼓上皆绑着红花，身后跟着一队迎亲的人，王养盛穿着一身大红袄，手里牵着一头驴，头戴一朵大红花，背上驮着一个花褥子。在快到村口前，响起“噼里啪啦”的炮声，霎时，唢呐声、锣鼓声、鞭炮声和人群的欢呼声混作一团，竟比过年还要热闹。来村看热闹的一些汉子拦在路上，非要新郎掏出几颗水果糖方肯罢休……

屋里，刘小枫不肯穿衣裳，一群婆姨女子抓住她强行给她把衣服套上，怕她伤到自己，刘桂怜拿来绳子把她的双手捆住，听到引人的到门上了，刘小枫“哇——”地一声哭了出来，死活不肯出门。刘桂怜和刘小岚见状也跟着抹起了眼泪，一旁的婆姨们眼看拦不住，往刘小枫嘴里塞了块糖，才把哭声止住，听着刘小枫不哭了，刘桂怜和刘小岚随即擦干了眼泪，把人送出门去。鞭炮声更响了，裹着花褥子的驴被牵到院里，身后的架子车上驮了厚厚一叠红被单、红毛毯，它弹了几下蹄子，眨巴着毛茸茸的大眼睛。

王养盛在一阵起哄声中看到从门上出来的新娘子，她戴了顶红色的厚帏帽，把整个前额遮住，苍白的面上涂了两个红脸蛋儿，眼睛虽哭得红肿，但丝毫不影响她的美貌。他喜上心头，暗想村里人果然没骗他，这刘小枫竟比他想象得还要漂亮许多，别说是白柳村，就是县里各乡也难有比她更俊的女子了！王养盛当即笑得合不拢嘴，伸出一双黝黑的大手，作势要牵住刘小枫，结果发现她的双手被捆住了，瞬间明白了什么，于是作罢，转而拉住她的袖子开始拜过父母。刘温与刘桂怜穿着新袄强颜欢笑，只想快点结束这些流程，除了心里不舒服外，他们更加提心吊胆——担心刘小枫当着乡亲们的面再做出什么疯癫的事闹笑话。仪式结束后，刘小枫在一阵阵更加吵闹的沸腾声中被强行拉到驴背上，似是感到不舒服，她开始剧烈地挣扎，因为失去双手的控制，好几次险些从驴背上跌落……

看着哭闹的新娘，院里的众人开始议论纷纷，不懂事的孩子们笑着嚷嚷“疯子刘小枫……”，却被一旁的大人猛地捂住了嘴。眼看场面又开始失控，刘温不知从哪儿找来一捆粗绳，从刘小枫的腰间缠了几圈，接着，把剩下的绑在驴肚子上。被束缚住的刘小枫动弹不得，嗓子早就喊哑了，只得发出“呜呜”的低鸣。看着新娘子顺利上驴，院里瞬间响起一阵喝彩声，众人纷纷开始鼓掌，夸奖刘温老汉办法好！

刘温把牵驴的绳子递给王养盛，七八个吹手开始奏乐，欢天喜地的唢呐声登时直冲向头上的天空，响彻四野，鞭炮声更加猛烈了，迅速冒出大片灰白色的烟，将整个混乱的人群包裹，孩子们开始拍着手大笑，一边捂着耳朵尖叫，人群顿时像炸开了锅似的沸腾起来，很快就湮灭了驴背上低沉的呜呜。人群随着接亲的人向村口移动，刘桂怜一路跟在后面，看着驴背上扭动的身影心如刀割，队伍很快出了村口，并逐渐远去，看热闹的乡亲们都回到院里吃席去了，村口拥挤的人潮逐渐散开，只剩几个更小的孩子蹲在地上捡鞭炮玩，震天的喧闹声混合着唢呐锣鼓声渐渐被远山吞噬，最后归于平静，山谷里的“呜呜”声随着飘扬而起的黄沙仍不断地回荡。刘桂怜终于放声大哭起来……

中午突然开始变天，外面狂风大作，天色变得昏黄，狂飞乱舞的沙砾翻卷着屋顶上的沙砾，发出沉闷的呼号。落守吉吃罢喜酒回到家，看见落文和落小莲在灶房熬药，问：“你们几个都不去吃席？”两个人冲他摇摇头。“落明他们呢？”落守吉想到刚才在那儿吃席的有他和落守昌、落守忠三个，孩子们也不知跑到哪里去了。

“落明和落矮刚回来，转眼又跑出去了。”落小莲拿起碗，一边舀水一边说。

落文接着问：“事情咋样？”她指的是刘小枫的婚事。知道她无可挽回地要嫁给三河村的那个老男人，落文感到一阵悲凉，更没有勇气去那样的场面。不知是什么原因，只要每次看到刘小枫，她总是不自觉地想起落姜，她们的经历是那么相似，却又并不相同，她说不上谁的结局更好，可转念再一想到自己，又陷入了另一种迷茫……

落守吉想到刚才院里哄闹的场面，心里有些不好受，莫名发堵，突然庆幸刘小枫不是他的女儿，可一想到她被绑着拉上了驴，被王养盛牵走的画面，又无奈地摇摇头，说：“可惜呀——好好的女子，弄成这个样子……”屋外的风更大了，怒号着发出长长的凄鸣，门窗被吹动，不停地发出“吱呀”的响声，一些尘土顺着缝隙落在窗台上，光线更暗了，三个人的脸在氤氲着升腾而起的水汽中沉默。落守吉去炕上看了一圈，落有财正沉沉地睡着，枯老的脸在昏暗中更黑了，整个人瘦得皮包骨头，颧骨高高凸起，面颊上挂不住一点儿多余的肉，巨大的风声摇曳着，像是狂野的安魂曲。想到自从落阳走后，就没有一点消息，落有财的病势也跟着急转而下，昏暗中的落守吉长长叹了口气。

二十八

开春后，天气千变万化，到了四月终于迎来了暖阳。白柳村修路的工程终于告一段落，崭新的路面和明媚的天气让大家的心情都好了起来。社里的劳动越来越多，里里外外的营生让所有人都忙碌着。大片大片山坳开始回绿，在不起眼的地方换下灰黄的衣被，淡绿色的嫩芽仿佛积蓄着全身的力量准备破土而出，西凉河破除了漫长的冰封，不知从何处汇聚了更加充沛的水流，奔腾着发出欢快的声音。田野里做农活儿的人鼓起昂扬的斗志，卖力地挥动着手里的锄头。李志诚看着村里一派热情洋溢的场面，心情大好地捋了捋下巴上的胡子。修路的工程也圆满了，自己儿子的事情也解决了，他看着头顶的烈日，蹲坐在田垄上，从怀里掏出一卷自制的卷烟，用洋火擦着，深深吸了一口，紧抿了好一会儿才吐出一股灰白色的烟雾。汗水从额头缓缓渗出，晌午的日头越来越大了，太阳直戳戳地挂在头顶上，刺得他眯了眯眼，嘴角不自觉地向上翘起，不禁感叹：要是以后的日子每天都像这样就好啦！

几天前，李俊鹏收到县里的来信。信里说县上准备搞建设，现在正是缺人手的时候，有人向县里推荐了李俊鹏来参与此次建设。瞬间，他想到这个推荐人有可能是父亲李志诚。这让他觉得矛盾，可又不可否认：眼前这个消息无疑是一个大好的机会，可以到县里大展身手，要是干得好也更容易被县里的领导们赏识。李俊鹏紧紧攥着这封被他来回看了无数遍的信，强忍着内心即将喷涌而出的激动与喜悦。没有人知道他已经沉寂多日了，因为好多事，夜深人静的时候，他总能想起那天大雨里的场景——大雨中，浩浩荡荡的人群奔腾着，一拥而上——向统万城的方向，水汽里隐约可见铁锹和铲子闪着明亮的光斑……还有刘小枫哭闹着被强行绑到驴背上的场景——这让他觉得气愤，又深深无奈……

他又一次站到夕阳下的西凉山。

想着与李志诚的那次彻夜长谈，潜藏在心里的某种如同火苗般的东西开始蠢蠢欲动。他要到县里去！在做出这个决定的时候，他仿佛能感受到段涛当时的激情与热血，长久以来的某种无形的渴望终于找到了支点，有了可以用尽全力撬动的目标，回想起自己上次到那个地方是求学，这回他求的是另外一种东西。站在西凉山上，看着远处夕阳的余晖在残照之际仍能够彻底地覆盖住一座座大山，感受着它无比巨大的力量，李俊鹏觉得经历过迷茫与怀疑的自己好像变了，他清楚地记得去年的某段时间自己仿佛跌入看不见的深渊，在社里的日子虽然具有满满的责任感，但时间一长就会伴随着巨大的乏力感，而解决问题的办法似乎只有往前踏一步。但好像又什么都没有改变——他还是他，因为心中的方向从来没有改变过。同时，他想到了落小莲，也想到了村里的一系列悲剧，于是他觉得自己必须要跟她说清楚才能不留遗憾。山下的河水“哗哗”地响着，不停冲刷着河岸两边的碎石，留下凌乱的野草随风摇摆。他知道她不是落小莲，却不知道她的真实名字——或许连她自己都不记得了——但这并不重要。他思索着这半年来她身上的变化，以及她从没有说起过的责任，或许正如段涛所说的，他与她其实是同一类人。所以他在这里等她，也在心底做好告别的打算。

落小莲把家里劈好的柴整齐摆好，将落有财睡觉的房门罅开一条缝，好让新鲜空气能够流通，想到李俊鹏还在西凉山上等着，便匆忙将灶上的火熄灭出门了。硷畔上迎面而来不少刚从地里劳动完的人，褐色的汗珠反射着金灿灿的光，风吹散他们身上泥土的气息，将浓烈融进空气里，孩子们的玩闹声变得悠扬。又一次爬上西凉山，到处没有雪的痕迹，草色开始泛青，坡上的人影拉得老长，落小莲的脚步不断加快，左右交替着离开地面。听到动静，李俊鹏忙转过身，便听到落小莲的声音：“家里有点事，我来晚了。”他看着弯下腰不停喘气的落小莲，只见她脸色绯红，皮肤没有以前那样苍白了，在橘色的光线下整个人显得更有活力了，倒像是土生土长的村里姑娘。李俊鹏摇摇头，说：“我也刚到。”

落小莲缓过劲儿来，抬起头看向李俊鹏，问：“你不是有事要说吗？”直觉告诉她李俊鹏可能有很重要的事要说，可是她却没有在对方脸上看到任何焦急或凝重的神色，反而见他气定神闲地站在坡上吹风。李俊鹏不再看她，低下头把视线放在山底的白色的溪流，静了一刻，像是一阵微风似的轻声说：“我要走了。”

“去哪儿？”落小莲压下心里的震惊，面上强装淡定。

“去县里——县里今年——”他的话还没说完，就被落小莲突然打断：“县里很好！”

气氛变得沉默，风在柔和的金色微光里缓缓地吹动，落小莲鬓边的头发跟着轻轻摆动，这大概是她在统万城见过最温柔和煦的风了。“还回来吗？”她突然问。

一高一低的两个人影倒映在山坡上，变得又窄又长。

“可能——不会回来了……”李俊鹏收回视线，看向身边的人。

气氛再次凝固，落小莲久久沉默，她没有想到李俊鹏竟是来道别的，一种说不清的感觉堵在心头，竟有一丝酸楚。近来他们的相处越来越像朋友，她觉得这样很好，双方都很轻松自然，更没有压力。可是现在，他们面临着离别，虽然隔着几十里路，可离别就是离别！落小莲没有想到李俊鹏的离开会让她再次陷入迷茫，于是痛苦地发现，就在她以为日子会越来越好的时候，生活总是瞬间把她拉回现实。她想到了落姜、落守祥、还有落阳……嘴角扯起一抹无奈的笑，人的一生都在为准备一场场盛大的离别而努力，力耗尽了，也就散场了。

察觉到落小莲渐渐冷却的眼神和若有若无的笑容，李俊鹏踌躇着说："你会一直留在这儿吗？"他想过很多种可能，如果有一天落小莲记起以前的事情，会不会离开这里？如果想不起来，会不会一辈子待在白柳村？再或者，她愿不愿意跟自己去县城生活？只是这些他都不能直接去问，而是避重就轻地在不经意间提起才不显刻意。并没有像预想的那样，落小莲几乎在一瞬下意识脱口而出："会！我会一直留在这儿！"她的眼神笃定，闪烁着异常明亮的光——不是反射太阳的光，而是从内心深处迸发出的光，李俊鹏从没见过的光。

"如果有一天你想起来了呢？"

落小莲知道李俊鹏指的是什么，其实这个问题她想了很久，在最初的那段时间。她是谁？她现在拥有的这些究竟属于谁？甚至因为旁人的关心是对她还是对落小莲这样的事而别扭。她感觉自己穿过了重重迷雾来到这里，直至见到了生离死别后才终于有了答案，其实她是谁并不重要，重要的是现在的她在为谁而活着。当内心有了答案，眼前的路即使再曲折也会有终点。"人不只是为了自己活着，没有我爷和我爹就没有我……"

"人不只是为了自己活着。"李俊鹏反复揣摩着这句话，心中豁然开朗起来，不只是他们，他不也是这样吗？

"如果，我是说，你愿意……"

突然飞来一只乌鸦，在距离他们头顶非常近的距离发出凄厉的叫声，显得格外刺耳。李俊鹏的话被淹没在这位不速之客的叫声里，远山上的太阳已经完全沉没，只剩下大片的云层闪着绚烂的色彩，落小莲好像没有听到他断断续续的话，而是静静地注视着一闪而过的乌黑发亮的身影。时间要是能停留在这一刻就好了，他默默地想。呼啸的山风从脚底折返而来，他突然觉得自己仿佛身处云端，只要抬起另一脚，就能体验到极致的感觉……月从山下爬了上来，落小莲从山上下来。而李俊鹏仍是站在原地，一动不动。她没有回头，原本空落落的心慢慢开始扩充，开始填满，她不由地想着落有财有没有醒来，落守吉有没有回家；想着落明他们三个有没有从统万城找到他们的朋友；想着校长要给落文和曹老师说媒的事；想着今年的稻谷怎么种，能换多少工分……

接着她听到山上传来熟悉的歌声：

月牙儿月牙儿跑得远
一脚一脚爬上山边边
山圪梁梁上的妹子儿哟
照不见哥哥心里想念
西凉河的水茵茵的蓝
倒映出了个山丹丹
照见了哥哥一声喊
山茆茆上人影儿远
哎嗨……妹子儿哟
唉嗨……你等等哟
…………

歌声响彻整个山峦，空中的鸟儿不知归宿，只一刹，天地间只剩下她与千回百转的歌。落小莲的眼眶瞬间噙满了泪水，她再也不能控制住自己翻涌的心潮。月亮多么美啊！月亮下所有的一切都披着洁白的薄纱，月亮适合与这世界上任何一样美好的事物相配，比如告别，比如再见……

她顺着来时的路，走过硷畔，走过山窝窝里的盏盏灯火，走过柳树下的矮墙根，缓缓地推开院门，里面是一阵沸腾的声音，纸糊的窗倒映出来回走动的人影。她想到了什么，心开始猛地收缩，血液瞬间聚集在某处不再流动，发酸的眼皮开始不停狂跳，脑海里有个声音将要呼之欲出——

“砰”的一声，门被猛地推开。

屋里突然陷入一片寂静。眼前是满满一家子人和一桌子饭菜，煤油灯照在一张张蜡黄的脸上，光和影追逐着橘色的面容，把仅有的时间拉得无比久远。

“小莲回来啦！快过来吃饭！”

她看到落有财坐在正中间，看起来非常精神，应该是刚醒没多久，他伸出手，招呼她到他身边的位置坐下。屋里重新沸腾起来，赵珍从灶房端出一小碟刚炒过的正冒着热气的花生米，放在油炸豆腐旁，饭都上了桌，落守昌、落守吉、落守忠三兄弟端起酒盅一边小口地嘬着，一边讨论着曹老师的事，落矮和落明小声嘀咕李拐子的事……全家上下久违地洋溢着一片欢乐的气氛，大家都夸曹老师为人好、有学问、脾气好，是个踏实过日子的……

恍惚间，落小莲听到落有财好像在问她这么晚跑到哪里去了，沙哑的声音透过耳孔，真切地传进脑海里，她的碗里多里一块自己最爱吃的油炸豆腐，盖在黄米馍上，还冒着热气。看着落有财苍老的脸，落小莲发现好像什么都变了，又好像什么都没变。她想起他之前说的“女孩都是菜籽命，撒到哪里，就是哪儿”，可是现在对她来说菜籽命也没什么不好的，于是眼前起了一层湿漉漉的水雾。她不自觉地朝外望去，隔着远远的窗户，即使看不到月亮，但她知道它就在那里，美得不可方物。她不禁轻轻感叹：月亮适合与这世界上任何一样美好的事物相配，比如相聚，比如团圆……

（全书完）